Os tapeceiros de cabelo

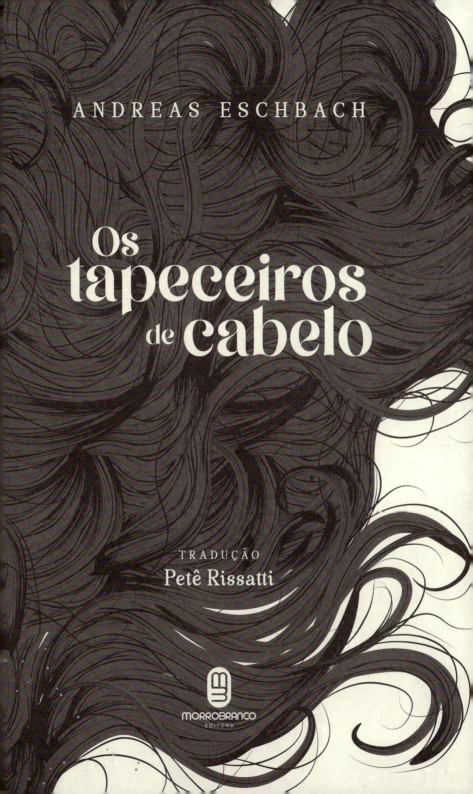

Os tapeceiros de cabelo

ANDREAS ESCHBACH

TRADUÇÃO
Petê Rissatti

MORROBRANCO
EDITORA

Copyright © 1995 by Bastei Lübbe AG
Direitos negociados através da Ute Körner Literary Agent – www.uklitag.com
Publicado em comum acordo com Andreas Eschbach, Ute Körner Literary Agent e Bastei Lübbe AG.

Título original em alemão: Die Haarteppichknüpfer

Direção editorial: Victor Gomes
Coordenação editorial: Aline Graça
Acompanhamento editorial: Bonie Santos e Mariana Navarro
Tradução: Petê Rissatti
Preparação: Bárbara Waida
Revisão: Luana Negraes
Capa, projeto gráfico e diagramação: Vanessa S. Marine
Imagens de capa: shutterstock (@plataa, @amesto @transfuchsian) e freepik (@pikisuperstar)
Imagens internas: freepik (@pikisuperstar)

Esta é uma obra de ficção. Nomes, personagens, lugares, organizações e situações são produtos da imaginação do autor ou usados como ficção. Qualquer semelhança com fatos reais é mera coincidência.

Todos os direitos reservados. Proibida a reprodução, no todo ou em partes, através de quaisquer meios. Os direitos morais do autor foram contemplados.

Dados Internacionais de Catalogação na Publicação (CIP)

E74t Eschbach, Andreas
Os tapeceiros de cabelo / Andreas Eschbach ; Tradução: Petê Rissatti – São Paulo : Morro Branco, 2022.
256 p. ; 14 x 21 cm.

ISBN: 978-65-86015-43-0

1. Literatura alemã. 2. Ficção científica – Romance. I. Rissatti, Petê. II. Título.
CDD 833

Todos os direitos desta edição reservados à:
EDITORA MORRO BRANCO
Alameda Santos, 1357, 8º andar
01419-908 – São Paulo, SP – Brasil
Telefone (11) 3373-8168
www.editoramorrobranco.com.br
Impresso no Brasil
2022

Sumário

OS TAPECEIROS DE CABELO	7
O MERCADOR DE TAPETES DE CABELO	13
O PASTOR DE TAPETES DE CABELO	27
O TAPETE DE CABELO PERDIDO	45
A CAIXEIRA-VIAJANTE	60
O HOMEM DE OUTRO LUGAR	69
O COBRADOR DE IMPOSTOS	86
OS LADRÕES DE TAPETES DE CABELO	100
DEDOS DE FLAUTA	116
O ARQUIVISTA DO IMPERADOR	131
JUBAD	145
O IMPERADOR E O REBELDE	150
VOU VOLTAR A TE VER	169
O PALÁCIO DAS LÁGRIMAS	189
QUANDO VIRMOS NOVAMENTE AS ESTRELAS	194
O RETORNO	204
A VINGANÇA ETERNA	227
EPÍLOGO	251

OS TAPECEIROS DE CABELO

Nó a nó, dia após dia, uma vida inteira, sempre os mesmos movimentos das mãos, sempre os mesmos nós nos cabelos finos, tão finos e ínfimos que os dedos ficaram trêmulos com o tempo, e os olhos, enfraquecidos pelo esforço da visão, e mal se podia perceber o progresso; quando ele avançava bem, tecia em um dia um novo pedaço do tapete que talvez fosse do tamanho de uma unha. Então, curvava-se diante do tear rangente, à frente do qual seu pai já havia se sentado, e, antes dele, o pai de seu pai, na mesma posição encurvada, a velha lente de aumento meio cega na frente dos olhos, os braços repousando no apoio de peito gasto e a agulha de nó sendo conduzida apenas com a ponta dos dedos. Assim, dava nó após nó da maneira transmitida por gerações, até cair em um estado de transe no qual se sentia confortável: as costas paravam de doer, e ele não sentia mais a idade que pesava sobre seus ossos. Escutava os diversos ruídos da casa que o avô de seu bisavô havia construído — o vento que roçava eternamente o telhado e batia nas janelas abertas, o estalar dos pratos e as conversas das esposas e filhas lá embaixo na cozinha. Cada um desses sons lhe era familiar. Ele ouviu a voz da Mulher Sábia que morava na casa havia uns dias porque Garliad, sua concubina, estava esperando o parto. Ouviu a campainha baixinha da porta, então a porta da frente se abriu e a agitação se somou ao murmúrio da conversa. Provavelmente era a mercadora que chegaria naquele dia com mantimentos, tecidos e outras coisas.

Então, passos pesados subiram as escadas até a sala do tear. Tinha de ser uma das mulheres que estava levando almoço para ele. No andar de baixo, agora convidavam a mercadora à mesa para ouvir as últimas fofocas e se deixarem convencer a comprar alguma bugiganga. Ele suspirou, puxou o nó que estava fazendo, afastou a lente de aumento e se virou.

Era Garliad, que estava ali com sua barriga enorme e um prato fumegante na mão, esperando a permissão para se aproximar, o que ele deu com um aceno impaciente da mão.

— O que deu nas outras mulheres para fazerem você trabalhar em sua condição? — rosnou ele. — Quer que minha filha nasça na escada?

— Estou me sentindo muito bem hoje, Ostvan — respondeu Garliad.

— Cadê meu filho?

Ela hesitou.

— Não sei.

— Então vou adivinhar! — bufou Ostvan. — Na cidade. Naquela escola! Lendo livros até os olhos doerem e até ficar com bobagens na cabeça!

— Ele disse que tentou consertar o aquecedor e depois foi buscar alguma peça.

Ostvan levantou-se do banquinho e pegou o prato das mãos dela.

— Maldito dia em que deixei que ele fosse para aquela escola na cidade. Deus não tinha sido gentil comigo até então? Não me deu cinco filhas e só depois um filho para eu não ter que matar nenhuma criança? E minhas filhas e esposas não têm cabelos de todas as cores para que eu não precise pintar nenhum e possa tecer um tapete que um dia será digno do Imperador? Por que não consigo fazer do meu filho um bom tecelão de tapetes para que eu possa encontrar meu lugar ao lado de Deus e ajudá-lo a tecer o grande Tapete da Vida?

— Você briga com seu destino, Ostvan.

— Não se deve pelejar com um filho assim? Já sei por que a mãe dele não me traz a comida.

— Eu preciso te pedir dinheiro para pagar a mercadora — disse Garliad.

— Dinheiro. Sempre dinheiro! — Ostvan deixou o prato no peitoril da janela e se arrastou até um baú revestido de aço adornado com uma fotografia do tapete que seu pai havia tecido. Dentro estava o dinheiro que sobrara da venda do tapete, embalado em caixas individuais com os números dos anos. Ele tirou uma moeda de lá. — Pegue. Mas lembre-se de que este dinheiro aqui precisa durar pelo resto de nossa vida.

— Sim, Ostvan.

— E quando Abron voltar, fale para ele vir me ver imediatamente.

— Sim, Ostvan.

Ela saiu.

Que tipo de vida era aquela, sem nada além de preocupação e raiva! Ostvan puxou uma cadeira até a janela e sentou-se para comer. Seu olhar perdia-se no deserto rochoso e árido. Ele costumava sair de vez em quando para procurar certos minerais que eram necessários para as receitas secretas. Também ia até a cidade algumas vezes para comprar produtos químicos ou ferramentas. Mas agora tinha tudo de que precisava para seu tapete. Provavelmente não sairia de novo. Também não era jovem; seu tapete estaria pronto em breve, e então seria a hora de pensar na morte.

Depois, naquela tarde, passos rápidos na escada interromperam seu trabalho. Era Abron.

— Queria falar comigo, pai?

— Estava na cidade?

— Comprei carvão para o aquecedor.

— Ainda temos carvão no porão, o suficiente para gerações.

— Eu não sabia.

— Podia ter me perguntado. Mas para você basta uma desculpa para ir à cidade.

Abron aproximou-se sem receber permissão.

— Sei que você não gosta que eu vá para a cidade com tanta frequência e leia livros. Mas não consigo evitar, pai, é tão interessante... Esses outros mundos... Há tanto para aprender, tantas maneiras como os seres humanos podem viver...

— Não quero saber de nada disso. Para você só há uma maneira de viver. Você aprendeu comigo tudo que um tapeceiro de cabelo precisa saber, isso basta. Sabe fazer todos os nós, é iniciado nas técnicas de impregnação e tingimento e conhece os padrões tradicionais. Quando tiver desenhado seu tapete, terá uma esposa e muitas filhas com cabelos de cores diferentes. E para o casamento, vou cortar meu tapete do tear, emoldurá-lo e entregá-lo a você, e você o venderá aos mercadores imperiais da cidade. Foi o que fiz com o tapete do meu pai, e assim ele fez antes com o tapete do pai dele, e antes ele com o tapete de seu pai, meu bisavô; tem sido assim de geração em geração há milhares de anos. E assim como eu pago minha dívida com você, você pagará sua dívida com seu filho, e ele, por sua vez, a dele com o filho dele, e assim por diante. Sempre foi assim e sempre será.

Abron suspirou agoniado.

— Sim, claro, pai, mas não fico feliz com essa ideia. Eu não gostaria de ser um tapeceiro de cabelo.

— Eu sou tapeceiro de cabelo, e é por isso que você também será! — Ostvan apontou com um gesto animado para o tapete inacabado no tear. — Teci este tapete durante toda a minha vida, *toda a minha vida*, e você viverá do lucro dele por toda a sua vida. Você tem uma dívida comigo, Abron, e peço que a pague com seu filho. E Deus permita que ele não lhe cause tanto sofrimento quanto você me causa!

Abron não se atreveu a olhar para o pai quando respondeu:

— Há rumores na cidade de uma rebelião, e que o Imperador precisa renunciar... Quem conseguirá pagar pelos tapetes de cabelo quando o Imperador não estiver mais lá?

— É mais provável que se apaguem as estrelas que a glória do Imperador! — rugiu Ostvan. — Eu não te ensinei essa frase quando você mal conseguia se sentar ao meu lado no tear? Acha que alguém pode simplesmente vir e derrubar a ordem que Deus criou?

— Não, pai — murmurou Abron. — Claro que não.

Ostvan o observou.

— Agora vá trabalhar no desenho do seu tapete.

— Sim, pai.

Garliad entrou em trabalho de parto tarde da noite. As mulheres acompanharam-na até a sala de parto preparada; Ostvan e Abron ficaram na cozinha.

Ostvan pegou duas canecas e uma garrafa de vinho, e os dois beberam em silêncio. Às vezes, ouviam Garliad gritando ou gemendo na sala de parto, então nada acontecia por um longo tempo. Seria uma noite longa.

Quando seu pai pegou a segunda garrafa de vinho, Abron perguntou:

— E se for um menino?

— Você sabe tão bem quanto eu o que acontece — respondeu Ostvan, embriagado.

— O que você vai fazer?

— Desde sempre, a lei prega que um tapeceiro só pode ter um filho, pois um tapete só consegue sustentar uma família. — Ostvan apontou para uma espada velha e manchada que estava pendurada na parede. — Seu avô usou aquilo para matar meus dois irmãos no dia em que nasceram.

Abron não disse nada.

— Você disse que Deus criou essa ordem — explodiu ele finalmente. — Deve ser um Deus cruel, não acha?

— Abron! — trovejou Ostvan.

— Não quero nada com o seu Deus! — berrou Abron, correndo para fora da cozinha.

— Abron! Fique aqui!

Mas Abron subiu correndo as escadas para os quartos e não desceu mais.

Então, Ostvan esperou sozinho, mas parou de beber. As horas passaram, e seus pensamentos ficaram sombrios. Por fim, os primeiros gritos de uma criança se misturaram com os da mulher dando à luz, e Ostvan ouviu as mulheres lamentarem e chorarem. Levantou-se desajeitado, como se cada movimento lhe causasse dor, pegou a espada da parede e a deixou sobre a mesa. Então, ficou lá e esperou com paciência até que a Mulher Sábia saísse da sala de parto com o recém-nascido nos braços.

— É um menino — disse ela calmamente. — Vai matá-lo, senhor?

Ostvan olhou para o rosto rosado e enrugado da criança.

— Não — disse ele. — Ele tem que viver. Quero que o nome dele seja Ostvan, como o meu. Vou ensiná-lo o ofício de tapeceiro de cabelo, e, se eu não viver o suficiente, outra pessoa terminará o treinamento dele. Leve-o de volta para a mãe e diga a ela o que eu lhe disse.

— Sim, senhor — disse a Mulher Sábia, levando a criança da sala.

Ostvan então pegou a espada da mesa, subiu com ela para os quartos e sacrificou seu filho Abron.

O MERCADOR DE TAPETES DE CABELO

Yahannochia estava se preparando para a chegada anual do mercador de tapetes de cabelo. Era como um despertar para a cidade, que ficaria novamente imóvel sob o sol escaldante pelo restante do ano. Começava com guirlandas que apareciam aqui e ali sob os telhados baixos e arranjos de flores finas que tentavam esconder as paredes manchadas das casas. Dia após dia, as flâmulas coloridas esvoaçavam cada vez mais ao vento, que, como sempre, varria o telhado, e os aromas que exalavam das panelas das cozinhas escuras se acumulavam pesadamente nas vielas estreitas. Era importante se preparar para o Grande Festival. As mulheres passavam horas escovando os próprios cabelos e os das filhas maduras. Os homens finalmente consertavam seus sapatos. Os ruídos discordantes das fanfarras ensaiadas misturavam-se com o onipresente murmúrio de vozes empolgadas. As crianças, que costumavam brincar calma e tristemente nos becos, corriam aos gritos e vestiam suas melhores roupas. Era uma correria, um banquete para os sentidos, uma espera febril pelo grande dia.

Então, finalmente chegou o dia. Os cavaleiros que haviam sido enviados voltaram e correram pelas ruas, trombeteando e proclamando:

— O mercador está chegando!

— Quem é? — gritaram mil gargantas.

— As carroças são das cores do mercador Moarkan — relataram os batedores, esporeando seus animais e galopando. E as mil gargantas carregaram o nome do mercador adiante, e ele fez a ronda pelas casas e cabanas, e todos tinham alguma coisa a dizer. "Moarkan!" A última vez que Moarkan estivera em Yahannochia foi lembrada, bem como as mercadorias de cidades distantes que vendera. "Moarkan!" As pessoas faziam suposições sobre de onde o mercador estaria vindo e de quais cidades traria notícias ou mesmo cartas. "Moarkan está chegando...!"

Mas ainda dois dias inteiros se passaram até a enorme comitiva do mercador entrar na cidade.

Primeiro vieram os soldados de infantaria, que marchavam à frente do comboio de carroças. De longe, pareciam uma única lagarta gigante com espinhos brilhantes no pescoço, rastejando ao longo da rota comercial em direção a Yahannochia. À medida que se aproximavam, era possível ver homens em armaduras de couro, que carregavam as lanças apontadas para o céu, de modo que a luz do sol se refletia nas lâminas brilhantes das armas. Cansados, eles se arrastavam, os rostos cobertos de poeira e suor, os olhos opacos e vazios de exaustão. Todos usavam a insígnia colorida do mercador nas costas, como uma marca feita a ferro quente.

Eram seguidos pelos soldados da cavalaria do mercador. Vinham em montarias domadas que bufavam, cansadas, armados de espadas, machados, chicotes pesados e facões. Alguns deles carregavam orgulhosamente armas velhas e gastas em seus cintos, e todos olhavam com arrogância para os habitantes da cidade que se enfileiravam na rua. Ai de quem chegasse muito perto do comboio: o chicote estalava de pronto! Com um estrondo, os cavaleiros abriram um largo vão entre os curiosos para dar espaço às carroças que seguiam.

As carroças eram puxadas por grandes e peludos búfalos baraq, cuja pelagem era emaranhada e que fediam como só búfalos baraq conseguem feder. As carroças vinham rangendo, chacoalhando e pulando, com suas rodas não muito redondas e calçadas com ferro, abrindo com diligência sulcos secos na estrada. Todos sabiam que as carroças estavam carregadas de coisas valiosas de áreas remotas, cheias de sacos de especiarias raras, fardos de tecidos delicados, barris de iguarias caras, cargas de madeiras finas e caixas cheias até a borda de pedras preciosas de valor inestimável. Carroceiros de aparência sombria acocoravam-se em seus assentos e incitavam os búfalos, que trotavam com indiferença, para que não parassem diante da agitação desconhecida ao redor.

Magnificamente decorada e puxada por dezesseis búfalos, em seguida vinha a grande carroça em que o mercador vivia com sua família. Todos esticaram o pescoço na esperança de ver Moarkan com os próprios olhos, mas o mercador não apareceu. As janelas estavam fechadas com cortinas, e apenas dois carroceiros descontentes estavam nos bancos.

Então, finalmente, vinha a carroça com tapetes de cabelo. Um murmúrio atravessou a multidão à beira da estrada. Nada menos que oitenta e dois búfalos puxavam o colosso de aço. A caixa blindada não tinha janela nem escotilha, apenas uma única porta estreita, da qual apenas o próprio mercador tinha a chave. Com um estrondo poderoso, as oito rodas largas do gigante, que pesavam toneladas, cavavam trincheiras no caminho, e o carroceiro tinha de fazer o chicote estalar na pelagem dos búfalos constantemente para seguir adiante. O carro era acompanhado por soldados montados que olhavam em volta com desconfiança, como se temessem ser atacados e roubados por uma força superior a qualquer momento. Todos sabiam que a carroça carregava os tapetes de cabelo que o mercador já havia comprado em seu comboio, bem como o dinheiro — uma quantia imensurável — para os tapetes de cabelo que ainda compraria.

Mais vagões seguiam: aqueles em que viviam os oficiais superiores do mercador, vagões de comida para os soldados e vagões para transportar tendas e todo tipo de equipamento de que uma caravana tão grande precisava. E, atrás da comitiva, as crianças da cidade corriam, uivavam, assoviavam e gritavam com entusiasmo, vendo o espetáculo emocionante.

A comitiva avançou até a grande praça do mercado ao som da fanfarra. Bandeiras e estandartes esvoaçavam em mastros altos, e os artesãos da cidade davam os retoques finais nas barracas que haviam montado em um canto do grande mercado, onde vendiam suas mercadorias na esperança de fazer bons negócios com os compradores do mercador. Quando os vagões da caravana pararam, a equipe do mercador começou imediatamente a montar barracas e tendas de venda. A praça ecoou com o murmúrio de vozes, gritos e risos e o estrépito de ferramentas e vigas. Os habitantes de Yahannochia escondiam-se timidamente à margem, porque os soldados montados do mercador guiavam seus orgulhosos animais pela azáfama e colocavam ameaçadoramente as mãos no chicote ao cinto se um dos habitantes da cidade parecesse atrevido demais para eles.

Os líderes da cidade apareceram, vestidos com seus mantos mais esplêndidos e escoltados por soldados locais. A comitiva do mercador abriu caminho para eles e foi liberado um corredor, por onde caminharam até a carruagem de Moarkan. Lá, eles esperaram pacientemente até que uma pequena janela fosse aberta por dentro, através da qual o mercador pudesse olhar para fora. Ele trocou algumas palavras com os dignitários e, então, gesticulou para um de seus criados.

Este, o pregoeiro do mercador, ágil como um lagarto escalador, subiu no teto da carruagem, de onde, com as pernas afastadas e os braços estendidos, gritou:

— Yahannochia! O mercado está aberto!

*

— Há algum tempo ouvimos rumores estranhos sobre o Imperador — disse um dos funcionários da cidade a Moarkan, enquanto a agitação da abertura do mercado acontecia por toda parte. — Talvez o senhor tenha mais notícias?

Os olhinhos astutos de Moarkan se estreitaram.

— De que rumores o senhor está falando?

— Há um boato de que o Imperador teria abdicado.

— O Imperador? O Imperador pode abdicar? O sol pode brilhar sem ele? As estrelas no céu noturno não se apagariam sem ele? — O mercador fez que não com a cabeçorra. — E por que os marinheiros imperiais continuam comprando tapetes de cabelo de mim como fazem há anos? Eu também ouvi esses rumores, mas não sei de nada disso.

*

Nesse meio-tempo, em um grande palco decorado, eram feitos os preparativos finais para o ritual que era o verdadeiro motivo da chegada do mercador: a entrega dos tapetes de cabelo.

— Cidadãos de Yahannochia, venham ver! — gritou o mestre de cerimônias, um gigante de barba branca vestido de marrom, preto, vermelho e dourado, as cores da guilda dos tapeceiros de cabelo. E as pessoas pararam, voltaram o olhar para o palco e se aproximaram devagar.

Este ano havia treze tapeceiros de cabelo que tinham terminado seus tapetes e agora estavam prontos para entregá-los aos filhos. Os tapetes estavam presos a grandes molduras e cobertos com panos cinza. Doze dos tapeceiros de cabelo estavam presentes, homens velhos e curvados que lutavam para ficar em pé e piscavam os olhos meio cegos. Apenas um dos tapeceiros de cabelo já havia morrido e era representado por um membro mais jovem da guilda. Do outro lado do palco havia treze jovens, filhos dos velhos tapeceiros de cabelo.

— Cidadãos de Yahannochia, deem uma olhada nos tapetes que adornarão o palácio do Imperador! — Como todos os anos, um murmúrio de admiração percorria a multidão enquanto os tapeceiros de cabelo desvelavam a obra de sua vida.

Mas desta vez um tom duvidoso já se misturava aos acordes das vozes.

— Ninguém ouviu que o Imperador abdicou? — perguntou alguém.

O fotógrafo que viajava com a comitiva do mercador subiu ao palco e ofereceu seus serviços. Como era de costume, cada tapete foi fotografado individualmente, e, com dedos trêmulos, cada um dos tapeceiros de cabelo pegou o retrato que o fotógrafo havia tirado com seu equipamento velho e arranhado.

Então, o mestre de cerimônias abriu os braços em um gesto largo e calmo, fechou os olhos e esperou até que houvesse silêncio na grande praça, onde todos haviam parado e observavam com fascinação os acontecimentos no palco. Todas as conversas terminaram, os artesãos das barracas deixaram ferramentas e utensílios para trás, todos pararam onde estavam, e fez-se um silêncio em que se ouvia cada farfalhar de roupas e o vento gemendo nas vigas dos casarões.

— Agradecemos ao Imperador por tudo o que temos e tudo o que somos — disse ele na fórmula solene e tradicional. — Oferecemos o trabalho de nossas vidas em gratidão àquele por quem vivemos e sem o qual nada seríamos. E, assim como cada mundo do Império contribui com o seu trabalho para adornar o palácio imperial, também nos consideramos afortunados por poder encantar os olhos do Imperador com nossa arte. Aquele que fez as estrelas mais brilhantes do céu e a escuridão entre elas nos concede o favor de pôr os pés nas obras feitas por nossas mãos. Que ele seja louvado, agora e para sempre.

— Louvado seja ele — murmuraram as pessoas na grande praça, abaixando a cabeça.

O mestre de cerimônias fez um sinal, e um gongo foi tocado.

— Esta é a hora — gritou ele, virando-se para os jovens — em que o vínculo eterno dos tapeceiros de cabelo é renovado. Cada geração torna-se devedora da anterior e paga a dívida que tem com seus filhos. Vocês estão dispostos a manter esta aliança?

— Estamos dispostos — responderam os filhos em uníssono.

— Assim, vocês devem receber o trabalho de seus pais e se tornar devedores deles — concluiu o mestre de cerimônias, dando o sinal para o segundo toque do gongo.

Os velhos tapeceiros de cabelo pegaram suas facas e cortaram cuidadosamente as fitas que prendiam seus tapetes à moldura. Cortar o tapete da moldura era o ato simbólico para concluir o trabalho de sua vida. Um a um, os filhos se aproximaram dos pais, que cuidadosamente enrolaram os tapetes e os colocaram nos braços de seus descendentes, muitos com lágrimas nos olhos.

Quando o último tapete foi entregue, aplausos soaram, a música começou a tocar e, como se uma barragem se rompesse, a azáfama do mercado recomeçou, pois agora começava o festival.

*

Dirilja, a bela filha do mercador, acompanhara o ritual de entrega de sua janela e, quando a música começou, lágrimas escorreram em seu rosto, mas as suas eram de dor. Aos prantos, ela deixou a cabeça bater contra a vidraça e agarrou seus longos cabelos louro--avermelhados.

Moarkan, que estava de pé na frente do espelho, ocupado decorando seu manto esplendidamente brilhante com as dobras corretas, bufou de raiva.

— Faz mais de três anos, Dirilja! Ele deve ter encontrado outra pessoa, e todas as lágrimas do mundo não vão mudar isso.

— Mas ele prometeu esperar por mim! — lamentou a garota aos soluços.

— Ora, é fácil dizer isso quando se está apaixonado — retrucou o mercador. — E rapidamente se esquece. Um jovem cujo sangue está quente faz essa promessa a pessoas diferentes a cada três dias.

— Não é verdade. Nunca vou acreditar nisso. Juramos amor eterno um ao outro até a morte, e foi um juramento tão sagrado quanto o juramento de aliança.

Moarkan olhou para sua filha em silêncio por um tempo, então fez que não com a cabeça, soltando um suspiro.

— Você mal o conhecia, Dirilja. E, acredite em mim, você deveria estar feliz por ter sido assim. O que você quer como esposa de um tapeceiro de cabelo? Não poderá pentear seu cabelo sem ele estar atrás de você, puxando cada um de seus fios da escova. Você terá de compartilhá-lo com duas, três ou até mais mulheres. E se você der à luz uma criança dele, pode contar que o bebê será tirado de você. Com Buarati, por outro lado...

— Não vou ser a esposa de um mercador gordo, mesmo que ele me encha de tapetes de cabelo! — gritou Dirilja com raiva.

— Como queira — retorquiu Moarkan. Ele se virou para o espelho e colocou a pesada corrente de prata, símbolo de seu status. — Tenho de ir agora.

Ele abriu a porta, e o barulho do mercado aumentou.

— Além disso — disse ele ao sair —, me parece que o destino está do meu lado... graças ao Imperador!

*

Acompanhado pelo mestre da guilda dos tapeceiros de cabelo, o mercador subiu ao palco para avaliar e comprar os tapetes. Moarkan aproximou-se do primeiro herdeiro com dignidade e deixou que ele lhe mostrasse seu tapete de cabelo. Verificou a densidade dos nós com os dedos carnudos e examinou cuidadosamente as amostras antes de, por fim, determinar o preço. A música continuou tocando; qualquer espectador só podia observar o comportamento do mercador e as reações dos tapeceiros de cabelo quando ele fazia sua oferta. O que era dito, por outro lado, ficava irremediavelmente afogado no tumulto do mercado.

Normalmente, os jovens simplesmente acenavam com a cabeça, sua expressão abatida, mas composta. Então, o mercador acenava para um atendente que estava esperando a alguns passos de distância e lhe dava algumas breves instruções. Este, por sua vez, com a ajuda de alguns soldados, cuidava do processamento adicional — trazendo e contando o dinheiro e transportando o tapete de cabelo para a carroça blindada — enquanto Moarkan passava para o próximo tapete.

O mestre da guilda intervinha quando o preço que o mercador estava atribuindo lhe parecia injustificadamente baixo. Às vezes, isso resultava em discussões acaloradas, nas quais, no entanto, o mercador estava em posição de vantagem. Os tapeceiros de cabelo tinham apenas a opção de vender para ele ou esperar um ano para que o próximo mercador lhes oferecesse um preço melhor.

Um dos tapeceiros de cabelo idosos desmaiou de repente quando Moarkan deu seu preço e morreu alguns momentos depois. O mercador esperou até retirarem o falecido do palco e continuou, impassível. A multidão mal se deu conta do ocorrido.

Acontecia quase todos os anos e, entre os tapeceiros de cabelo, essa morte era considerada particularmente honrosa. A música nem tinha parado de tocar.

Dirilja abriu uma das janelas da lateral da carruagem que ficava virada para o palco e colocou a cabeça para fora. Seus lindos cabelos compridos causavam sensação, e sempre que via alguém olhando em sua direção, acenava para a pessoa e perguntava:

— Você conhece Abron?

A maioria deles não tinha ideia de quem era, mas outros sabiam.

— Abron? Filho de um tapeceiro de cabelo, não é?

— Sim, você o conhece?

— Há um bom tempo ele ia muito à escola, mas dizem por aí que o pai dele era contra.

— E agora? O que ele está fazendo agora?

— Não sei. Faz tempo que ninguém o vê, muito tempo mesmo...

Isso partiu o coração de Dirilja, mas, quando encontrou uma senhora que conhecia Abron, ela se recompôs e perguntou:

— Alguém ouviu dizer que ele se casou?

— Casar? Abron? Não... — disse a velha. — Isso deveria ter sido no festival do ano passado ou do ano retrasado, e eu saberia, pois, talvez você saiba, eu moro aqui na praça do mercado, em um quartinho no sótão daquela casa ali...

*

Enquanto isso, os preparativos para o cortejo começaram. Enquanto os últimos tapetes de cabelo eram vendidos, os pais levavam suas filhas em idade núbil até a beirada do palco. E quando o mercador de tapetes de cabelo e o mestre da guilda deixaram o palco, a banda mudou para estilos de dança animados. Com movimentos atraentes, as meninas começaram a dançar lentamente, indo em direção aos jovens tapeceiros de cabelo, que estavam de pé com suas caixas de dinheiro no meio do palco, parecendo um pouco envergonhados com o espetáculo que lhes era oferecido.

Agora, as pessoas da cidade se reuniam ao redor do palco e aplaudiam alegremente. As meninas giravam as saias e viravam a cabeça para que os longos cabelos voassem e parecessem chamas errantes de cores vivas à luz do sol poente. Então, elas dançavam para os rapazes de quem gostavam, tocavam-nos brevemente no peito ou na bochecha e pulavam para trás, atraíam e provocavam, riam e piscavam os olhos, levantavam as saias por um momento sobre os joelhos ou corriam rapidamente as mãos pela forma de seus corpos.

A multidão aplaudiu quando o primeiro rapaz saiu do grupo e seguiu uma das garotas. Ela lhe lançava olhares promissores enquanto recuava com aparente timidez, deixava a ponta da língua acariciar lentamente os lábios entreabertos para excluir os outros que agora tentavam a sorte com ela, e o atraía até seu pai, de modo que ele pudesse pedir a mão dela usando a fórmula tradicional. Como de costume, o pai pedia então para dar uma olhada no baú do tapeceiro e, juntos, caminhavam pela azáfama enlouquecida até o círculo no centro do palco, de onde os outros jovens saíam pouco a pouco, separando-se para escolher sua esposa principal. Ali, o jovem tapeceiro de cabelo abria a tampa de sua caixa, e o pai da moça, se concordasse com o que via nela, dava seu consentimento. Cabia agora ao mestre da guilda verificar o cabelo da mulher e, se não houvesse objeções, realizar o casamento e registrá-lo no livro da guilda.

*

Dirilja olhava para o palco sem realmente ver o que estava acontecendo ali. O cortejo dos tapeceiros de cabelo parecia-lhe mais tolo e irrelevante que qualquer brincadeira de criança. Ela reviveu as horas que passara com Abron três anos antes, quando a caravana de seu pai havia parado pela última vez em Yahannochia. Ela viu o rosto dele à sua frente, sentiu mais uma vez os beijos que trocaram, as mãos gentis dele em seu corpo e o medo de serem pegos juntos numa situação que já havia ultrapassado muito as fronteiras daquilo que era adequado para jovens que não eram casados. Ela ouviu sua voz e sentiu mais uma vez a certeza de que o que acontecera com eles era de verdade.

De repente, ela soube que não poderia continuar sem esclarecer qual havia sido o destino de Abron. Poderia tentar esquecê-lo, mas o preço que teria de pagar por isso seria a perda daquela sua certeza interior. Ela nunca saberia se poderia confiar em si mesma. Não era uma questão de honra ferida ou ciúme. Se o mundo era feito de tal forma que uma certeza como a que ela sentia pudesse enganá-la, então não valia a pena viver nele.

Ela olhou por todas as janelas da carruagem e não conseguiu ver o pai em lugar nenhum. Provavelmente estava sentado com os superiores da cidade trocando notícias e fazendo seus negócios secretos.

Enquanto as primeiras tochas eram acesas no mercado, Dirilja começou a embalar roupas e outros pertences em uma pequena bolsa a tiracolo.

*

A música tinha parado de tocar. Alguns estandes já tinham sido desmontados, as mercadorias, recarregadas nas carroças, e o dinheiro, contado. Muitas das pessoas da cidade já tinham ido para casa.

Após o casamento dos jovens tapeceiros de cabelo com suas esposas principais, o palco agora era o local do mercado de concubinas. O pódio jazia à luz inquieta das tochas. Os homens esperavam com suas filhas jovens ou não tão jovens. Alguns tapeceiros de cabelo mais velhos, na maioria acompanhados de suas esposas, passavam de uma para outra com um olhar perscrutador, apalpavam os cabelos das meninas entre os dedos conhecedores e iniciavam conversas mais detalhadas aqui e ali. Tomar uma concubina para si não exigia nenhuma cerimônia especial, bastava que o pai deixasse a filha ir e que ela seguisse o tapeceiro.

*

Na manhã seguinte, a viagem da caravana atrasou. As carroças estavam prontas para partir, os búfalos bufavam inquietos e batiam os cascos, e os soldados de infantaria esperavam em um grande círculo ao redor da caravana. O sol erguia-se cada vez mais alto sem que se fizesse menção de partida. Corria a fofoca de que Dirilja, a filha do mercador de tapetes de cabelo, havia desaparecido. Mas, claro, ninguém se atreveu a perguntar.

Por fim, ouviu-se o som de cavaleiros velozes galopando pelas ruas da cidade. Um criado de confiança do mercador correu até sua carruagem e bateu na janela. Moarkan abriu a porta e saiu, trajado com suas vestes mais esplêndidas e decorado com todas as insígnias de sua grandeza. Com feições impassíveis, ele esperou o relatório de seus batedores.

— Procuramos em todos os lugares, na cidade e nos caminhos que levam aos castelos — explicou o líder dos soldados montados —, mas não encontramos vestígios de sua filha em lugar nenhum.

— Ela não é mais minha filha — disse Moarkan sombriamente.

Então ordenou:

— Deem o sinal para a partida! E anotem nos mapas que nunca mais queremos voltar a Yahannochia.

*

A comitiva do mercador começou a se mover lentamente, mas de forma tão implacável quanto uma avalanche de pedra. Desta vez, quando a comitiva saiu da cidade, apenas algumas crianças se alinharam à beira da estrada. O monstruoso cortejo de carroças, animais e pessoas avançava em uma nuvem de poeira, deixando um rastro profundo de rodas e pegadas que não seriam cobertas por semanas.

Dirilja esperou em seu esconderijo nos arredores até que a caravana do mercador desaparecesse no horizonte e, depois disso, mais um dia antes de sair. A maioria das pessoas não a reconhecia, e aqueles que a reconheciam contentavam-se em lançar olhares de reprovação.

Ela conseguiu com tranquilidade perguntar nos arredores pelo caminho até a casa do tapeceiro Ostvan. Equipada com algumas provisões, uma garrafa de água e um lençol cinza para se proteger do sol e da poeira, ela se pôs a caminho.

O trajeto era longo e árduo sem uma montaria. Ela observou com inveja uma mercadora que vinha em sua direção, uma mulher pequena e muito velha que montava um burro yuki e trazia outros dois atrás dela, carregados com trouxas de pano, cestas e bolsas de couro. Embora Dirilja tivesse dinheiro suficiente para comprar todos os animais da cidade, ninguém venderia um burro yuki manco para ela, uma jovem que viajava sozinha.

À medida que o caminho rochoso subia, a moça tinha de parar com uma frequência cada vez maior e, quando o sol estava a pino, ela se arrastou para a sombra de uma pedra pendente e descansou até sentir suas forças retornarem. Dessa forma, ela levou a maior parte do dia para chegar ao seu destino.

A casa era atarracada, pálida e desgastada pelas intempéries como o crânio de um esqueleto de animal com um ano de exposição. As cavidades pretas de suas janelas pareciam encarar inquisitivamente a jovem, que estava parada e exausta no pátio bem varrido e olhava em volta, indecisa.

De repente, uma porta se abriu e uma criança pequena saiu com passos vacilantes, seguida por uma mulher esbelta com cabelos longos e cacheados.

O coração de Dirilja apertou-se ao perceber que a criancinha era um menino.

— Com licença, esta é a casa de Ostvan? — perguntou ela com dificuldade.

— Sim — disse a mulher, olhando-a com curiosidade da cabeça aos pés. — E quem é você?

— Meu nome é Dirilja. Estou procurando Abron.

Uma sombra cobriu o rosto da mulher.

— Por que está procurando por ele?

— Ele era... quer dizer, nós tivemos... Sou filha do mercador de tapetes de cabelo Moarkan. Abron e eu tínhamos prometido um ao outro... mas ele não apareceu e... — Ela fez uma pausa quando a mulher deu um passo à frente e a abraçou, dizendo estas palavras:

— Meu nome é Garliad — disse ela. — Dirilja, Abron está morto.

*

Elas a levaram para dentro, Garliad e Mera, a esposa principal de Ostvan. Elas sentaram-na em uma cadeira e lhe deram um copo de água. Dirilja contou sua história, e Mera, mãe de Abron, contou a dela.

E, quando tudo havia sido dito, elas ficaram em silêncio.

— O que eu faço agora? — perguntou Dirilja com suavidade. — Deixei meu pai sem permissão, ele precisou me deserdar e, se eu o encontrar de novo, ele vai ter de me matar. Não posso mais voltar.

Garliad tomou sua mão.

— Você pode ficar aqui. Ostvan tomará você como concubina quando falarmos com ele e explicarmos tudo.

— Ao menos você estará segura aqui — disse Mera, e continuou. — Ostvan está velho. Não poderá mais se deitar com você, Dirilja.

Dirilja assentiu lentamente. Seu olhar recaiu sobre o garotinho que estava sentado no chão, brincando com um pequeno tear de madeira, moveu-se até a porta, que estava escancarada, e depois se dirigiu ao longe, além dos incontáveis cumes e vales, além do deserto empoeirado e estéril, que conhecia apenas o vento sem fim e o sol impiedoso. Então, ela abriu sua trouxa e começou a desempacotar suas coisas.

O PASTOR DE TAPETES DE CABELO

Uma súbita rajada de vento despenteou seu cabelo, soprando os fios em seu rosto. Ele os empurrou para trás com um aceno raivoso da mão e olhou carrancudo para os fios brancos que ficaram presos entre os dedos. Odiava qualquer lembrança de que estava ficando cada vez mais velho. Quando sacudiu a mão, foi como sacudir esse pensamento ao mesmo tempo.

Passara muito tempo em todas essas casas, tentara muitas vezes ensinar pais rebeldes. A experiência de uma vida longa deveria tê-lo informado de que estava apenas desperdiçando seu tempo. Agora, eram os ventos da noite que puxavam seu manto cinza esfarrapado, e começava a esfriar. Os caminhos longos e solitários entre as casas remotas dos tapeceiros de cabelo ficavam mais difíceis para ele a cada ano. Ele decidiu fazer apenas mais uma visita e depois ir para casa. A casa de Ostvan ficava no caminho, de qualquer modo.

Ao menos a idade lhe dava uma vantagem que às vezes o deixava um pouco mais tolerante: emprestava-lhe a autoridade e a dignidade aos olhos do povo que o estimado posto de professor nunca lhe concedera. Cada vez menos lhe acontecia de precisar discutir se os filhos deveriam frequentar a escola ou de um pai se recusar a pagar a matrícula escolar do ano seguinte. E, cada vez mais, bastava um olhar severo para cortar tais objeções pela raiz.

Mas tudo isso, pensou ele, arquejando pela trilha íngreme, *não seria motivo suficiente para envelhecer se eu pudesse escolher.* Ele tinha o hábito de antecipar o calendário e recolher as taxas escolares um pouco mais cedo que o habitual para poder fazer suas rondas na estação fria do ano. Acima de tudo, as visitas aos tapeceiros de cabelo, que viviam todos longe da cidade e aos quais, como era próprio de sua classe, era preciso ir pessoalmente se quisesse receber alguma coisa deles, eram sempre dias árduos. No brilho do sol da virada do ano, ele não queria mais enfrentar aquelas rondas.

Por fim, chegou ao terraço em frente à casa. Tirou alguns minutos para respirar enquanto observava a casa de Ostvan. Era bastante antiga, como a maioria das residências dos tapeceiros de cabelo. O olhar aguçado do professor reconhecia uma técnica de junção na disposição dos tijolos que havia sido utilizada no século anterior. Alguns acréscimos eram visivelmente mais recentes, embora parecessem tão antigos quanto.

Quem se importa com essas coisas hoje em dia?, pensou com amargura. Era um tipo de conhecimento que desapareceria com ele. Ele bateu à porta, dando uma olhada rápida para si mesmo, verificando o caimento correto de sua túnica de professor. Era importante parecer correto, especialmente aqui.

Uma senhora abriu a porta. Ele a reconheceu. Era a mãe de Ostvan.

— Saudações, Garliad — disse ele. — Estou vindo para recolher as taxas escolares de sua neta Taroa.

— Parnag — respondeu ela simplesmente. — Entre.

Ele deixou o cajado encostado na parede do lado de fora e entrou, a túnica ondulando. Ela ofereceu a ele uma cadeira e uma caneca de água, depois foi para os fundos para avisar o filho. Pela porta aberta, Parnag conseguiu ouvi-la subindo as escadas até a sala do tear.

Ele tomou um gole da água. Sentar-se fez bem a ele. Examinou a sala que conhecia de visitas anteriores, as paredes brancas nuas, a espada manchada em um gancho na parede, a fileira de garrafas de vinho em uma prateleira alta. Pela fresta da porta, vislumbrou uma das outras mulheres do tapeceiro, que estava ocupada dobrando roupas no cômodo ao lado. Então, ouviu passos de novo, dessa vez passos jovens e lépidos.

Um rapaz de rosto estreito e obstinado entrou pela porta. Ostvan, o Jovem. Dizia-se que ele era muito duro e agressivo com seus semelhantes, e, em sua presença, tinha-se a sensação de que ele estava o tempo todo querendo provar alguma coisa. Parnag não o achava simpático, mas sabia que Ostvan tinha um profundo respeito por ele. *Provavelmente ele também pensa que deve sua vida a mim*, pensou Parnag amargamente.

Eles cumprimentaram-se formalmente, e Parnag contou a ele sobre o progresso que sua filha Taroa havia feito no ano anterior. Ostvan assentiu para tudo, mas não pareceu se importar muito.

— Você a treina para ter obediência e amor ao Imperador, não é? — quis saber ele.

— Claro — disse Parnag.

— Bom — assentiu Ostvan, e pegou algumas moedas que usou para pagar a taxa escolar.

Parnag saiu, mergulhado em pensamentos. Cada uma de suas visitas ali despertava algo nele, lembranças de tempos passados, quando era jovem e poderoso e acreditava que podia enfrentar o universo inteiro, quando se sentia forte o suficiente para desvendar os segredos e as verdades do mundo.

Parnag bufou com raiva. Tudo aquilo havia acabado fazia muito tempo. Naquele momento, era um velho estranho sofrendo de uma sobrecarga de lembranças, nada mais. E, além disso, o sol estava vermelho e coberto de nuvens no horizonte e lançava longas sombras sobre a planície, com raios que já não tinham força suficiente para aquecer. Era melhor ele se apressar se quisesse estar em casa antes do anoitecer.

Uma sombra em movimento chamou a atenção de Parnag. Enquanto a seguia com os olhos, viu a silhueta de um cavaleiro no horizonte. Encurvada, como se estivesse dormindo, uma figura alta estava sentada em uma pobre montaria que lutava para colocar um pé diante do outro.

Ele não sabia dizer por quê, mas aquela visão o fez sentir que uma desgraça era iminente. Parnag parou e estreitou os olhos, mas não conseguiu ver nem um pouco melhor ao fazê-lo. Um cavaleiro adormecido à noite não era nada incomum.

*

Quando chegou em casa, ficou decepcionado ao descobrir que havia se esquecido de fechar a janela da sala de aula. O incansável vento do norte tivera o dia todo para soprar pó de areia fina que trouxera do deserto e distribuí-lo por toda a sala. Aborrecido, Parnag tirou a vassoura de palha puída do armário onde guardava seus poucos utensílios de ensino. Precisou até varrer um pouco de areia do caixilho da janela para poder fechá-la. Acendeu a lamparina de barro e, à luz quente e trêmula dela, pôs-se a limpar as mesas e as cadeiras, as prateleiras e os livros esfarrapados e, finalmente, a varrer a areia do chão.

Então, sentou-se cansado em uma das cadeiras e olhou adiante para o vazio. A luz inquieta, aquela sala à noite... Aquilo também tocava nas lembranças que a visita à casa de Ostvan havia evocado. Muitas vezes eles haviam se sentado ali no passado, lendo livros uns para os outros e discutindo o que haviam lido, frase por frase e cheios de paixão e por várias vezes haviam visto a manhã chegar. Então, de repente, ele dissolveu o pequeno grupo da noite para o dia. E, depois disso, sempre evitou ficar naquela sala à noite.

Ainda tinha os livros. Ficavam em um canto escuro do sótão, amarrados em um saco velho e cheio de furos e escondidos sob o combustível. Ele estava determinado a nunca os desembalar em sua vida e deixar para seu sucessor descobri-los ou não.

Quem começa a duvidar do Imperador fica infeliz.

Estranho: de repente, ele se lembrou de que essa frase o preocupava mais que todos os ensinamentos que tivera quando criança. A dúvida era provavelmente uma doença com a qual ele já havia nascido, e era o trabalho de sua vida combatê-la. Aprender a confiar. Confiar! Ele estava muito longe de ter confiança. *Na verdade*, pensou com amargura, *contento-me em simplesmente ficar longe de todo o assunto.*

Quem começa a duvidar do Imperador fica infeliz. E traz infelicidade para todos que se relacionam consigo.

Tinha sido uma vitória conseguir aqueles livros naquela época. Havia convencido um amigo que fizera uma viagem até a Cidade Portuária a buscá-los e, no ano seguinte, recebeu os livros com uma sensação de triunfo sem igual. Ele pagou uma quantia imensurável por isso, mas valeu a pena. Ele também teria dado o braço direito para conseguir esses livros, que vinham de outros planetas do Império.

Mas com isso, sem perceber, ele colocou as sementes de sua dúvida em solo fértil.

Para seu espanto sem limites, ele encontrou menções a tapeceiros de cabelo nesses livros, que vinham de três mundos diferentes. Ocasionalmente, deparava com palavras e expressões cujos significados não eram claros para ele, mas a descrição de todas as castas os identificava nitidamente: homens que dedicavam suas vidas inteiras a tecer um único tapete com o cabelo de suas esposas e filhas para o palácio do Imperador.

Ele ainda se lembrava do momento em que havia parado durante a leitura, olhado para cima com a testa franzida e encarado a chama fuliginosa da lamparina enquanto formulava perguntas dentro de si que nunca mais o deixariam.

Ele começou a fazer as contas. A maioria de seus alunos nunca alcançava habilidades numéricas significativas, mas, mesmo ele, que tinha a aritmética entre seus conhecimentos mais fortes, logo teve problemas. Cerca de trezentos tapeceiros de cabelo viviam apenas em torno de Yahannochia. Quantas cidades como aquela existiam? Ele não sabia, mas, mesmo com estimativas cautelosas, chegou a uma quantidade impressionante de tapetes de cabelo que os mercadores traziam até a Cidade Portuária todos os anos para entregar aos marinheiros imperiais. E um tapete de cabelo como aqueles não era exatamente pequeno: da altura de um ser humano e da largura de seus braços abertos, essa era a medida a ser alcançada.

Como era mesmo o juramento do tapeceiro de cabelo? *Cada província do Império faz sua parte para enfeitar o palácio do Imperador, e é nossa honra tecer os tapetes mais preciosos do universo.* Qual seria o tamanho desse palácio para que a produção de um planeta inteiro não fosse suficiente para revesti-lo com tapetes?

Ele sentiu como se estivesse sonhando. Podia ter feito esses cálculos a qualquer momento, mas nunca teria lhe ocorrido; até então, essa brincadeira com números teria parecido pura blasfêmia para ele. Mas agora ele tinha esses livros que falavam de tapeceiros de cabelo em três outros planetas... Quem sabia quantos poderiam ser?

Entretanto, já não era tão fácil para ele compreender por que tinha agido assim naquele momento: ele havia fundado um pequeno grupo que se reunia regularmente à noite, alguns homens de sua idade que achavam que valia a pena aprender algo mais. Entre eles, estavam o curandeiro, alguns artesãos e um dos mais ricos proprietários de rebanhos.

Era uma tarefa tediosa e cansativa. Ele tentava nada mais, nada menos que os transformar nos interlocutores que estava procurando. Havia tanta coisa que tinham de aprender antes que fizesse algum sentido discutir as questões que o incomodavam. Como a maioria das pessoas, eles tinham ideias muito vagas sobre a natureza do mundo em que viviam. O Imperador vivia "em um palácio nas estrelas", eles sabiam disso, mas não sabiam o que isso significava. Então, primeiro ele teve de ensinar a eles o que sabia sobre estrelas e planetas, que as estrelas no céu noturno nada mais eram que sóis distantes, muitos dos quais tinham planetas em que também viviam humanos; que todos esses planetas naturalmente pertenciam ao Império e que havia um planeta incomensuravelmente distante no coração do Império no qual se situava o poderoso Palácio das Estrelas. Ele teve de ensiná-los a calcular a área, teve de ensiná-los a lidar com grandes números. E só então pôde começar a familiarizá-los cuidadosamente com suas considerações heréticas.

Mas... quem começa a duvidar do Imperador fica infeliz. E traz infelicidade a todos que se relacionam consigo. A dúvida começa em um ponto e depois se espalha como um fogo que consome...

*

No dia seguinte, durante a aula, as lembranças também o assombraram. Como de costume, a pequena sala estava ocupada até a última cadeira e até o último espaço no chão, e naquele dia ele mal conseguia domar a horda de crianças animadas. A turma lia em coro, e Parnag seguia distraidamente o texto em seu próprio livro, tentando identificar vozes que liam mal ou devagar. Ele costumava fazer isso, mas naquele dia estava ouvindo vozes de pessoas que não estavam lá.

— Há um pastor que prega na praça do mercado — disse um dos meninos mais velhos, filho de um vendedor de tecidos.
— Meu pai disse que eu preciso ir até lá depois da aula.
— Podemos ir todos juntos — respondeu Parnag. Em assuntos religiosos, ele fazia questão de ser particularmente zeloso.

Nem sempre fora assim. Em seus anos mais jovens ele tinha sido mais aberto, havia compartilhado a si mesmo e seus sentimentos sem hesitação. Se não estava indo bem, ele se desculpava com seus alunos e, se algum problema o incomodasse, fazia um ou dois comentários durante a aula. Mesmo quando os livros o lançaram em profunda dúvida e confusão, ele tentou relatar a seus alunos o que vira.

Mirou os olhos perplexos das crianças e depois mudou de assunto. Apenas um de seus alunos, um menino brilhante e extraordinariamente inteligente chamado Abron, reagiu de forma diferente.

Para seu espanto, Parnag encontrou naquele menininho magricela o interlocutor que procurava sem sucesso entre os adultos. Abron sabia tão pouco, mas o que sabia lhe proporcionava pensamentos surpreendentemente independentes. Podia olhar para a pessoa com seus olhos escuros e insondáveis e, com a inteligência simples e direta de uma criança, ver através de conclusões frágeis e fazer perguntas que chegavam ao cerne da questão. Parnag ficou fascinado e, sem hesitar, convidou o menino para participar das noites de seu círculo.

Abron chegava e se sentava de olhos arregalados, sem dizer uma palavra. Seu pai, Ostvan, o Velho, um tapeceiro de cabelo, mais tarde o proibiu completamente de ir à escola.

O professor convidou Abron para ir até ele quando quisesse, ler quantas vezes quisesse todos os seus livros e perguntar-lhe qualquer coisa que lhe interessasse. E Abron tornou-se um hóspede regular na casa de Parnag. Repetidamente ele dava desculpas para se esgueirar pela cidade e depois passava horas e tardes inteiras lendo os livros do professor, enquanto este fazia chá para ele com suas melhores ervas e respondia a todas as perguntas do menino da melhor maneira possível.

Aquelas horas, Parnag percebeu em retrospecto, tinham sido as mais felizes de sua vida. Abron transformara-se em um aluno querido como um filho; ele se esforçava com ternura paternal para saciar a sede insaciável de conhecimento da criança.

Acontece que Abron estava presente quando Parnag recebeu uma visita inesperada de seu amigo, que havia retornado pela segunda vez da Cidade Portuária com um segundo pacote de livros e um boato inacreditável.

— Tem certeza? — Parnag precisava ter certeza.

— Ouvi isso de vários mercadores estrangeiros. E não consigo imaginar como eles todos combinariam isso.

— Uma rebelião?

— É. Uma rebelião contra o Imperador.

— É possível?

— Eles dizem que o Imperador precisaria abdicar.

Depois disso, Abron não voltou mais. Em algum momento, sob a promessa de sigilo, Parnag foi informado de que Abron não estava mais vivo. Aparentemente, havia feito discursos heréticos e blasfemos em casa, e seu pai o matara depois disso em favor de um filho recém-nascido.

Parnag percebeu, naquele momento, toda a extensão de seu pecado. Havia permitido que sua dúvida destruísse uma vida jovem e promissora. Havia semeado a desgraça. Sem uma palavra de explicação, dissolveu o grupo de discussão e se recusou a discutir as questões levantadas novamente.

*

Enquanto trotava para a praça do mercado na companhia de seus alunos, um sentimento de depressão o dominou. Era um dia frio e ensolarado, mas ele sentia como se estivesse andando por um vale tão escuro quanto a noite. Ele afundou em suas lembranças como em areia movediça. No limite de sua consciência, ele se viu fazendo alguns esforços indecisos para manter o bando de crianças unido, mas basicamente não se importou e os deixou por conta própria.

O pastor estava sentado em um dos pedestais de pedra entre os quais o palco era montado nos festivais. Uma multidão de pessoas de todas as idades e origens reunia-se e ouvia suas palavras.

— Em minhas longas caminhadas, encontro pessoas em todas as cidades que me dizem que estão indo mal e que estão sofrendo, seja de fome ou pobreza ou nas mãos de seus semelhantes — disse ele no tom salmódico dos pregadores itinerantes, que levava sua voz para longe. — Elas me falam sobre isso porque esperam que eu possa ajudá-las, talvez com bons conselhos, talvez com um milagre. Mas não posso fazer milagres. Também não tenho nenhum bom conselho, pelo menos nenhum que vocês não pudessem dar a si mesmos. Tudo o que faço é lembrar algo a vocês de que talvez tenham se esquecido, isto é, que vocês não pertencem a si mesmos, mas ao Imperador, nosso Senhor, e que vocês só podem viver se viverem por ele!

Alguém lhe trouxe uma fruta como oferenda, e ele interrompeu seu sermão com um sorriso de lábios finos para receber o presente e colocá-lo com as outras coisas que havia empilhado ao seu lado.

— E quando vocês sofrem — continuou ele, em tom de súplica —, vocês sofrem por uma única razão: porque se esqueceram disso. E então tentam pensar por si mesmos, e o infortúnio começa. Ah! — Sua mão direita se levantou em advertência. — É tão fácil esquecer que vocês são do Imperador. E é tão difícil se lembrar disso de vez em quando.

Seu braço projetava-se estranhamente da manga de seu manto esfarrapado. Parnag observou a cena com um olhar sombrio. A sensação de que havia estragado sua vida não queria mais abandoná-lo.

— Por que acham que estamos tão ocupados neste mundo com nada mais que tecer tapetes de cabelo? Fazemos isso apenas para que nosso Imperador não tenha que pisar na pedra nua? Com certeza, haveria outras soluções mais simples. Não, tudo isso, todos os rituais, nada mais são que presentes graciosos de nosso Imperador para nós, são as ferramentas com as quais ele quer evitar que nos percamos dele e depois corramos em direção à nossa queda. Nada diferente disso tem sentido. A cada fio que o tapeceiro de cabelo pega e tece, ele pensa: *Eu pertenço ao Imperador*. E o resto de vocês, pastores de gado, camponeses e artesãos, são vocês que permitem que o tapeceiro de cabelo faça seu trabalho. Vocês têm exatamente o mesmo direito de repetir o pensamento a cada um de seus movimentos: *Eu pertenço ao Imperador. Faço isso pelo Imperador*. E eu mesmo — continuou, cruzando as mãos em um gesto humilde diante do peito — sou apenas mais um humilde instrumento de sua vontade, enquanto ando e grito a todas as pessoas que encontro: *Lembre-se!*

Parnag sentiu-se desconfortável. Ele pensou na longa lista de casas aonde tinha de ir para coletar as taxas escolares, e parecia uma perda de tempo ficar ali. Mas ele não podia simplesmente ir embora.

O pastor olhou para as pessoas ao redor com uma expressão reluzente e apaixonada.

— E por isso preciso falar dos incrédulos, dos céticos e dos hereges, e tenho de alertar vocês, que são de verdadeira fé, sobre eles. O incrédulo é como aquele que tem uma doença contagiosa. Não é como vocês, que às vezes esquecem a verdade... Isso é humano, e basta que vocês sejam lembrados disso para renovar sua fé. O incrédulo não simplesmente esqueceu a verdade, ele a conhece muito bem e deliberadamente a desconsidera.

Parnag sentiu calor. Teve de se esforçar para manter uma expressão que o denunciasse o mínimo possível. Era como se o homem barbudo e emaciado de repente estivesse falando apenas com ele.

— Ele faz isso porque acredita que lhe dará uma vantagem e inventa todo tipo de dúvidas e argumentos astutos para se justificar. E essas dúvidas são como veneno para o coração de uma pessoa simples, que pode se extraviar e na qual o incrédulo planta as sementes da incredulidade e, portanto, da perdição. Eu lhes digo, se vocês tolerarem um incrédulo em sua comunidade, estarão agindo como alguém cuja casa está pegando fogo e que fica parado ao lado do fogo.

Parnag teve a sensação de que algumas pessoas da cidade estavam olhando para ele, investigando-o com desconfiança. Suas perguntas inflamadas ainda não tinham sido esquecidas, nem mesmo depois de vinte anos. Certamente alguns deles haviam se lembrado agora e se questionavam...

E eles tinham razão. As dúvidas ainda estavam nele, como uma semente que traz a ruína e que ele não conseguia eliminar. Tinha visto como havia mergulhado outras pessoas na desgraça com isso, e ele mesmo se arrastara por uma vida que foi uma corrente de dias cinzentos e disformes. Dúvidas, assim que surgiam, não podiam ser levadas a desaparecer. Não era mais capaz de pensar quando estava fazendo alguma coisa: *Faço isso pelo Imperador*. Ele só conseguia pensar: *O Imperador ainda existe?*

Quem já tinha visto o Imperador? Eles nem sabiam onde ele morava, só que devia ser em um planeta muito distante. Claro que havia fotografias, e o rosto do Imperador era mais familiar para todos que o de seus próprios pais, mas, até onde Parnag sabia, o Imperador nunca havia posto os pés naquele planeta. Dizia-se que o Imperador era imortal, que vivera desde o início dos tempos e governava todas as pessoas... Dizia-se tanto e sabia-se tão pouco. Uma vez que se começava a duvidar, a dúvida virava uma compulsão interna maléfica para continuar a questionar.

— Estejam alertas para as vozes que proclamam dúvida e descrença. Estejam alertas para não dar ouvidos a discursos heréticos. Estejam alertas para qualquer um que lhes diga que vocês precisam descobrir a verdade por si mesmos. Nada poderia ser mais falso! A verdade é grande demais para ser compreendida por um único ser humano, fraco e mortal! Não, somente em amor e obediência ao Imperador podemos participar da verdade e ser guiados com segurança...

O pastor fez uma pausa e lançou a Parnag um olhar questionador. Parnag retribuiu o olhar e, como um golpe repentino, percebeu que conhecia aquele rosto! Conhecia o pastor de algum lugar e de tanto tempo antes que, naquele momento, não conseguia lembrar de onde. E o repentino reconhecimento foi mútuo: Parnag sentiu que o outro também o havia reconhecido. Parnag enxergou algo como pânico cintilar nos olhos escuros do homem, mas apenas por um momento, e em seguida eles brilharam com ódio fanático e vingativo.

Ele sentiu-se desconfortável. Do que o pastor esfarrapado se lembrava? Ele sentiu o coração acelerado, ouviu o sangue pulsando nos ouvidos. Estava apenas vagamente ciente de que o pastor continuara falando. Estava agora pedindo à multidão para apedrejá-lo? Não conseguia entender nada.

Havia duvidado do Imperador e levado infortúnio para os outros. Era a vez dele agora? Seu destino o estava alcançando afinal, apesar de todo o remorso e de toda a penitência?

Parnag fugiu. Ele se ouviu dizer alguma coisa ao seu aluno preferido, provavelmente que devia garantir que todas as crianças voltassem para casa, depois se afastou, sentiu as pedras estalarem sob seus pés e ouviu seus passos, cada vez mais rápidos, ecoarem nas paredes das casas. O canto da primeira casa era como um salva-vidas. *Apenas desapareça, saia da mira!*

Mas de repente lhe ocorreu de onde conhecia o homem. Parou de repente, fazendo um som inarticulado de surpresa. Seria possível? Esse homem que ele conhecia, um pastor? Mesmo sabendo que no fundo ele estava certo, não podia deixar de dar meia-volta e retornar para ter certeza. Ao virar a esquina que acabara de servir como refúgio, ele parou e olhou para a praça do mercado.

Não havia nenhuma dúvida. Aquele homem, que estava sentado no meio de uma multidão que escutava com devoção, vestido com o manto peludo de andarilho santo, não era outro senão aquele com quem dirigira a escola em Kerkeema quando jovem. Ele o reconheceu pela maneira como se movimentava e agora reconhecia as feições de seu rosto. Brakart. Esse era o nome dele.

Parnag expirou, aliviado, e só então percebeu que seu peito tinha estado apertado com o medo da morte, como se envolto com fitas de aço. Temia que o outro o reconhecesse como um incrédulo, um ateu. Havia fugido porque tinha medo de ser apedrejado como herege. Mas não tinha nada a temer. O outro o havia reconhecido e também tinha visto que Parnag sabia quem ele era, e com isso soube que havia encontrado alguém que sabia de seu segredo. Seu segredo sujo.

Fora quase quarenta anos antes: Kerkeema, a cidade à beira da extinta cratera vulcânica, com ampla vista sobre a planície e sombras bizarras lançadas a cada pôr do sol. Eles dirigiam a escola da cidade juntos, dois jovens professores, e enquanto Parnag era considerado amigável e sociável, Brakart logo ganhou uma reputação de rigor implacável. Dificilmente se passava uma noite em que ele não tinha alguém lá para uma aula individual, e eram principalmente as alunas, que ele dizia serem menos atentas nas aulas que os meninos.

Os anos passaram-se até que um dia um caso de doença, muitas lágrimas e uma confissão trouxeram à tona que Brakart havia abusado de suas alunas de maneira lasciva e que esse havia sido o verdadeiro motivo de sua rígida disciplina. Ele fugiu às pressas no meio da noite antes que os moradores furiosos pudessem linchá-lo, e Parnag teve de suportar tantos interrogatórios desagradáveis que finalmente deixou Kerkeema também. Foi assim que ele chegou a Yahannochia.

E agora se encontravam novamente. Parnag de repente sentiu-se miserável. Parte dele comemorava, pois estava seguro, estava no controle do outro, mas outra parte dele achou deprimente: ele se livraria assim tão fácil? Tinha duvidado e matado um jovem com essa dúvida. Era irremediavelmente viciado na dúvida, e aquele que poderia ter vingado aquela culpa estava completamente em suas mãos: era uma vitória barata e indigna. Não, não uma vitória, apenas uma fuga. Sua pele fora salva, mas sua honra estava perdida.

*

Ele ficou em casa naquela tarde. Os mesquinhos tapeceiros de cabelo não ficariam tristes se pudessem guardar seu dinheiro por mais um dia. Ele vagou de um lado para o outro pela casa, limpando sem rumo um ou outro objeto e pensando. Cinza. Tudo era cinza e desolado.

Por um longo tempo, ele ficou na frente da bolsa de couro pendurada em um gancho no corredor, completamente absorto com a visão. A bolsa pertencera a Abron. Em sua última visita, o menino a havia pendurado ali e a esquecido ao ir embora, e a bolsa estivera pendurada lá desde então.

Mais tarde, de repente, ele teve vontade de cantar. Com voz frágil e destreinada, tentou entoar uma canção que o impressionara na infância e que começava com as palavras: "Eu me rendo inteiramente a você, meu Imperador...", mas não conseguia se lembrar do restante da letra e finalmente desistiu.

Em algum momento, houve uma batida violenta na porta. Ele foi atender. Era Garubad, o criador de gado, um homem atarracado de cabelos grisalhos com roupas de couro desgastadas. Naquela época, vinte anos antes, Garubad também era membro de seu grupo de discussão.

— Garubad...

— Saudações, Parnag! — O criador de gado corpulento parecia bem-humorado, quase empolgado. — Sei que faz muito tempo desde a última vez que nos falamos, mas tenho algo para lhe contar. Posso entrar?

— Claro. — Parnag deu um passo para o lado e o deixou entrar. Ele ficou estranhamente tocado com o fato de outra pessoa ter aparecido em sua casa agora. Fazia anos que não tinham nada a ver um com o outro, desde que a filha do criador de gado se formara na escola, na verdade.

— Você não sabe o que me aconteceu — soltou Garubad imediatamente em uma explosão. — Eu precisava vir e lhe dizer. Lembra-se daquelas noites de discussão com você naquela época... quando éramos todos jovens, não é? E todas as coisas que falamos, certo? Ainda me lembro bem, você nos ensinou tudo sobre planetas e luas e que as estrelas são sóis distantes...

O que está acontecendo?, pensou Parnag. *Por que tudo ao meu redor hoje tem a ver com aquele tempo?*

— Bem, primeiro você precisa saber que acabei de retornar de uma longa viagem de transporte de gado. Alguém, acho que um dos mercadores viajantes, me disse que o antigo leito do rio ficou com um pouco de água por algumas semanas. Por via das dúvidas, como as coisas na cidade não parecem especialmente boas no momento, levei minhas ovelhas keppo lá para baixo, delimitei um pasto e assim por diante, você já sabe disso. Bem, três dias de viagem se tiver que tocar ovelhas e um dia de volta sozinho.

Parnag preparou-se com paciência. Garubad adorava se ouvir falar e raramente ia direto ao cerne de uma questão.

— E agora vem a surpresa: no caminho de volta, eu já estava mais perto daqui de qualquer forma, fiz um desvio para as falésias de Schabrat para ver se conseguia trazer alguns desses cristais que se encontram lá de vez em quando. E quando comecei a procurar, ele estava saindo de uma das cavernas!

— Quem? — perguntou Parnag, confuso.

— Não sei. Um forasteiro. Usava roupas estranhas, e seu jeito de falar! Não sei de onde vem, mas deve ser bem longe. De qualquer forma, se aproximou de mim e me perguntou quem sou e o que faço e onde fica a próxima cidade e muitas coisas assim. Então, ele me contou um monte de coisas das mais estranhas que você conseguiria imaginar e, finalmente, me disse que era um rebelde.

Parnag teve a nítida sensação de que seu coração havia disparado.

— Um rebelde?!

— Não me pergunte o que ele quis dizer com isso, não entendi tudo o que ele disse. Falou algo sobre ser um rebelde e sobre como depuseram o Imperador. — Garubad riu. — Imagine que disse isso com toda a seriedade. Bem, eu só pensava em você, sabe, no seu amigo que veio naquela tarde e falou sobre rumores na Cidade Portuária...

— Com quem mais você falou sobre isso além de mim? — perguntou Parnag em uma voz que mal reconheceu como sua.

— Com ninguém até agora. Só pensei que você acharia interessante. Acabei de voltar para a cidade... — Ele estava ficando impaciente; havia descarregado sua história e queria continuar falando. — A propósito, o que está acontecendo aqui agora? A cidade inteira está inquieta, acordada...

— Provavelmente por causa do pastor que está na cidade desde ontem à noite — respondeu Parnag. Ele sentia-se cansado, confuso, oprimido pelas coisas do mundo. Em um impulso repentino, disse a Garubad que conhecia o pastor e de onde. — Provavelmente ele vaga como um andarilho santo para se livrar de seus pecados.

Quando olhou para o rosto de Garubad, percebeu que deveria ter guardado aquela história toda para si. Aparentemente, havia tocado em um ponto sensível do criador de gado, pois sua jovialidade se transformou de uma só vez em formalidade gelada.

— Não quero comentar nada sobre suas lembranças, Parnag — disse ele com rigidez —, mas acho que você deveria dar outra olhada. Tenho quase certeza de que está enganado.

— Ah, pode ser — disse o professor, cauteloso.

*

Depois que Garubad saiu, Parnag ficou no corredor por um longo tempo, olhando para a frente. Era como se alguém tivesse enfiado nele um grande gancho de ferro para remexer tudo por dentro, um sedimento espesso de lembranças e sentimentos que acreditava estarem esquecidos, uma torrente avassaladora de imagens. As palavras do criador de gado ecoaram por ele como o som de passos em uma grande caverna.

Um rebelde? O que significava isso? Seria possível derrubar o Imperador? Ele entendeu as palavras, embora o pensamento parecesse absurdo para Parnag, como uma contradição de termos.

Mas lá estavam aqueles livros que ele mantinha escondidos sob pilhas de madeira ressecada e esterco seco de baraq. Os outros planetas onde tapetes de cabelo eram tecidos. Esse boato que chegara até ele da Cidade Portuária vinte anos antes...

Agora cabia a ele fazer a coisa certa. Aquilo que exigia coragem. O que era assustador, pois logo atrás desse ato o desconhecido espreitava.

De repente, sentiu cãibras nas mãos e os dedos pressionando dolorosamente as palmas. Não havia muito tempo para pensar. Ninguém sabia quanto tempo o estranho poderia ficar nas falésias de Schabrat. Se o perdesse, um dia teria de terminar a vida com perguntas sem respostas.

Ele não encontrou ninguém além de algumas mulheres idosas no caminho para fora da cidade, e elas não olharam para ele. Quando passou pelos portões, sentiu que a agitação das últimas horas havia desaparecido. Ele sentiu-se preenchido por uma clareza tranquila.

O horizonte transformou-se em uma faixa de um vermelho-fogo derretido, e as primeiras estrelas apareceram no céu azul-escuro quando ele chegou ao seu destino. As rochas escuras da caverna erguiam-se como cúpulas sombrias contra o crepúsculo. Não havia ninguém ali.

— Olá? — chamou Parnag por fim, de forma hesitante e suave no início, e então, quando não houve resposta, mais alto.

— Olá?

— Ele não está mais aqui, o forasteiro — disse de repente uma voz estridente.

Parnag virou-se. Era o pastor, que surgira ali como se tivesse sido conjurado. Brakart, o pastor. Brakart, o andarilho santo. Brakart, que molestara garotinhas. E agora mais homens saíam de trás das rochas onde estiveram escondidos.

Parnag viu que todos tinham pedras nas mãos. Uma onda quente subiu de seu estômago e queimou em sua cabeça. Sabia que eles o matariam.

— O que quer de mim, Brakart? — perguntou ele com uma indignação fingida.

Os olhos do pastor brilharam de um jeito maldoso.

— Não me chame por um nome! Sou um andarilho santo e não tenho mais nome.

Parnag ficou em silêncio.

— Disseram-me, Parnag — começou o pastor, bem devagar —, que há muitos anos você fez discursos heréticos e até tentou seduzir seus semelhantes a duvidar.

Naquele momento, Parnag viu Garubad entre os homens que formavam um amplo círculo ao seu redor.

— Você?

O criador de gado ergueu as mãos em defesa. Era o único que não carregava uma pedra.

— Eu não disse nenhuma mentira sobre você, Parnag.

— Quando Garubad me contou sobre seu encontro esta tarde, e também que você foi o primeiro a saber disso, pensei que havia chegado a hora de testar sua honestidade — continuou o andarilho santo.

Com puro triunfo nos olhos, ele acrescentou:

— E você não passou no teste!

Parnag não disse nada. Não havia mais nada a dizer. Sua culpa finalmente o abraçou.

— Não sei quem ou o que atingiu Garubad. Talvez alguém tenha contado uma piada de mau gosto a ele. Talvez tenha encontrado um louco. Talvez tenha apenas imaginado, não importa. A única coisa que importa é que você veio. Prova de que você realmente acha que é possível que haja rebeldes contrários ao Imperador. Você pode até pensar que é possível, embora eu deva admitir que tal ilusão está além da minha imaginação, que alguém possa depor o Imperador. Seja como for, sua mera presença aqui refuta que você seja uma pessoa crente e piedosa. Prova o contrário. Você é um incrédulo e provavelmente o tem sido durante toda a sua vida. E quem poderia saber quanto mal você causou a seus semelhantes com isso?

— Herege! — gritou um dos homens.

A primeira pedra atingiu Parnag perto da têmpora e o lançou ao chão. Ele viu o céu, o céu amplo e vazio. *Eu me rendo a ti, meu Imperador*, pensou ele. As pedras acertavam-no agora. *Sim, eu confesso. Eu duvidei de ti. Eu confesso. Dei espaço para a dúvida, e nunca mais ela me abandonou. Eu confesso. Em favor de tua justiça, meu Imperador, agora me destruirás, e eu estarei perdido. Confesso e me rendo à tua justiça...*

O TAPETE DE CABELO PERDIDO

Mais tarde, ele não conseguia se lembrar do que o havia acordado, se o cheiro de queimado ou as chamas crepitantes ou qualquer outra coisa. Ele saltou da cama e gritou, e seu único pensamento foi: o tapete!

Ele gritou, gritou o mais alto que pôde, gritou contra o estalar furioso do fogo, encheu toda a casa grande com sua voz.

— Fogo! Fogo!

Ele não via mais nada além das chamas destrutivas, o reflexo zombeteiro laranja-avermelhado nas paredes e portas, os traços fantasmagóricos de fuligem e a fumaça que rodopiava e fervilhava sob o teto. Ele empurrava as mãos que tentavam segurá-lo, sem ouvir as vozes que chamavam seu nome. Só via o fogo que destruiria o trabalho de sua vida.

— Borlon, não! Salve-se!

Ele avançou sem se preocupar com suas esposas. A fumaça o envolveu e o engolfou de uma vez, fazendo seus olhos lacrimejarem e queimando seus pulmões. Borlon pegou um pedaço de pano e o amarrou na frente do rosto. Um jarro de barro quebrou no chão, ele tropeçou nas lascas e correu. O tapete. Ele precisava salvar o tapete. Precisava salvar o tapete ou morrer tentando.

O incêndio assolou a casa com uma violência incrível, como uma tempestade que furiosamente procurava um oponente à altura e não conseguia encontrar. Borlon, meio sufocado, chegou ao pé da escada que levava à sala do tear no momento que os degraus de madeira, carbonizados e em brasas, desabaram. Seus olhos perplexos viram o balé selvagem das línguas de fogo, que saltaram sobre a balaustrada onde ficava seu tear, e seus ouvidos captaram o som das vigas começando a ceder lentamente, o que soava como o grito desesperado de uma criança. Então, algo dentro dele que sabia que era tarde demais assumiu o controle e o fez recuar.

Quando chegou à sua família, que estava do lado de fora a uma distância segura, tudo aconteceu muito rápido. Karvita, sua esposa, e Narana, sua concubina, o tomaram entre elas, e ele observou com rosto impassível e sem sentir nada enquanto o fogo devorava a casa antiga, enquanto quebrava as vidraças das janelas e depois as lambia, como se quisesse acenar para eles com desprezo, e quando o telhado de repente começou a cintilar, tornando-se cada vez mais translúcido e, por fim, desabou, lançando uma nuvem de faíscas em direção ao céu. Como estrelas dançando suavemente, elas penderam por um tempo no escuro e aos poucos se apagaram, enquanto o fogo lá embaixo ficava sem combustível e, quando tudo acabou, mal havia brasas suficientes para lançar alguma luz na escuridão.

Como isso pôde acontecer?, ele quis perguntar, mas não conseguia, só era capaz de olhar em silêncio para as paredes pretas como carvão, e sua mente se recusava a compreender toda a extensão do que havia acontecido.

Teria ficado imóvel até o amanhecer sem saber o que deveria fazer. Foi Karvita quem, depois de algumas buscas nos escombros, encontrou os restos carbonizados da caixa de dinheiro e guardou as moedas enegrecidas pela fuligem em seu lenço de cabeça, e foi Karvita quem conduziu os três pelo árduo caminho através da noite fria e cortante até a casa de seus pais na periferia da cidade.

*

— É minha culpa — disse ele sem olhar para ninguém, seu olhar dolorido fixado em uma distância indefinida. Uma dor indescritível sacudiu seu peito, e algo dentro dele esperava trazer a justa punição da maneira mais rápida e indolor possível acusando-se e declarando-se culpado.

— Bobagem — retrucou a esposa com firmeza. — Ninguém sabe de quem foi a culpa. E você precisa comer alguma coisa.

O som da voz dela o feria. Ele lançou a ela um olhar de soslaio e tentou redescobrir a garota orgulhosa com cabelos pretos longos de tirar o fôlego por quem ele havia se apaixonado. Ela sempre fora tão fria, tão distante, e, em todos esses anos, ele não havia conseguido derreter o gelo. O seu próprio coração havia congelado.

Sem dizer uma palavra, Narana empurrou para ele um prato de mingau sobre a mesa. Então, quase assustada, como se tivesse ousado demais, encolheu-se na cadeira. A pequena concubina loira, que poderia ser filha dos outros dois, comia em silêncio, debruçada sobre o prato como se quisesse ficar invisível.

Borlon sabia que Narana achava que Karvita a odiava, e provavelmente era verdade. Sempre que os três estavam no mesmo cômodo, havia tensão no ar. Karvita não deixava transparecer nada com seu jeito frio, mas Borlon estava certo de que a esposa tinha ciúmes da jovem concubina, pois ele dormia com ela.

Ele deveria renunciar a isso? Narana tinha sido a única mulher de cuja cama ele havia se levantado com o coração curado. Era jovem, tímida e distraída, e, em princípio, ele só a tinha tomado como esposa por causa de seu lindo cabelo louro-branco, que contrastava incrivelmente bem com o cabelo de Karvita. E ela havia vivido intocada na casa deles por vários anos antes de ele se deitar com ela pela primeira vez, por sugestão de Karvita.

Quando estavam a sós, Narana conseguia ficar maravilhosamente relaxada, apaixonada e cheia de ternura e gratidão. Ela era o raio de esperança na vida dele. Mas, desde então, o coração de Karvita se tornara inacessível (ao que lhe parecia, para sempre), e ele se sentia culpado por isso.

De soslaio, viu Karvita passando os dedos pelos cabelos e, por puro hábito, estendeu a mão para pegar os fios que se soltavam. No meio do movimento, percebeu o que estava fazendo e parou. Afinal, não havia mais tapete no qual continuar trabalhando. Ele sentiu a lembrança como uma dor ardente em seu peito.

— Não adianta se culpar agora — disse Karvita, que tinha visto seu movimento. — Isso não vai trazer de volta o tapete nem a casa. Pode ter sido qualquer coisa, uma faísca do fogareiro, brasas nas cinzas, qualquer coisa.

— Mas o que eu vou fazer agora? — perguntou Borlon, desesperançoso.

— Primeiro temos que reconstruir a casa. E, então, você começa um novo tapete.

Borlon ergueu as mãos e olhou para as pontas dos dedos, sulcadas por anos de trabalho com a agulha de nó.

— O que eu fiz para que isso acontecesse comigo? Não sou mais tão jovem para terminar um tapete de tamanho adequado. Tenho duas mulheres com os cabelos mais maravilhosos que o Império já viu e, em vez de tecê-los em um tapete que encantará os olhos do Imperador, conseguirei fazer apenas uma passadeira estreita...

— Borlon, por favor, pare agora mesmo de choramingar. Você podia ter morrido nas chamas, e assim não teria contribuído com nada em sua vida.

Agora ela havia realmente se enraivecido. Provavelmente por isso, acrescentou:

— Além disso, você não tem mesmo nenhum herdeiro, então o tamanho do tapete não é tão importante.

É mesmo, pensou Borlon com amargura. *Também não consegui fazer isso.* Um homem com duas esposas que não tinha filhos não podia culpar ninguém além de si mesmo.

*

Borlon pensou ter visto nos olhos de sua sogra um toque de desaprovação, até mesmo de desprezo, quando a velhinha deixou entrar o mestre da guilda dos tapeceiros de cabelo.

— Não consigo lhe dizer o quanto estou compadecido, Borlon — disse o mestre da guilda. — Fiquei estarrecido quando sua esposa me contou... Nunca houve um desastre como esse pelo que me lembre!

Ele estava tentando humilhá-lo? Esfregar no seu nariz o fracasso que Borlon era? Ele olhou para a figura alta e esguia do mestre da guilda, e o cabelo grisalho mosqueado do velho tapeceiro de cabelo lhe parecia mais desgrenhado que nunca.

Parecia sincero. O velho, em geral sempre sério e objetivo, estava de verdade profundamente comovido e cheio de comiseração.

— Quando aconteceu? Ontem à noite? — perguntou ele enquanto se sentava. — Na cidade ninguém sabe nada sobre isso ainda...

— Não quero que fiquem falando por aí — disse Borlon com esforço.

— Mas por que não? Qualquer ajuda será bem-vinda para você agora...

— Eu não quero — insistiu Borlon.

O mestre da guilda olhou para ele por um tempo. Em seguida assentiu, compreensivo.

— Muito bem. Ao menos me diga. E peça meu conselho.

Borlon olhou para sua mão, que jazia grande e pesada sobre o tampo de madeira áspera da mesa. As veias nas costas da mão latejavam de forma quase imperceptível, mas incessante. Quando começou a falar, teve a sensação de que não estava falando nada; ouviu a si mesmo e pensou estar ouvindo Karvita falar com sua voz. A princípio hesitou, depois, quando começou, repetiu com fluência cada vez maior o que ela lhe havia inculcado.

— É sobre minha casa, mestre da guilda. Precisa ser reconstruída, preciso de um tear novo, novos equipamentos... Não tenho mais dinheiro para isso. Meu pai só conseguiu um preço muito ruim por seu tapete na época... — *Meu pai também foi um fracasso em sua época*, pensou ele. *Ele teceu um tapete maravilhoso e o entregou por um salário de fome revoltante. Mas pelo menos ele terminou um tapete: o filho do fracassado, por outro lado...*

— Eu sei.

— E?

— Você está pensando em um empréstimo de longo prazo...

— Sim.

O velho tapeceiro de cabelo estendeu lentamente as mãos em um gesto de preocupação.

— Borlon, por favor, não me deixe em maus lençóis. Você conhece o estatuto da guilda. Se não tem um filho, não consegue um empréstimo.

Borlon teve de lutar contra a sensação de afundar em um buraco negro infinitamente profundo.

— Eu não tenho um filho. Tenho duas esposas, e nenhuma delas me dá um filho...

— Então, provavelmente, o problema não é com as mulheres.

Ah, sim. Claro que não.

Ele encarou o mestre da guilda. Havia algo que ele precisava dizer agora, mas tinha esquecido. Ou talvez não houvesse nada que ele pudesse dizer sobre isso.

— Veja, Borlon... Esse empréstimo duraria cento e vinte ou cento e sessenta anos. Os filhos de seus filhos ainda teriam de pagar. Esse tipo de coisa não se decide levianamente. E é claro que o caixa da guilda precisa de certa segurança. Se parecer que você não poderá gerar um herdeiro, então não conseguiremos lhe conceder um crédito de longo prazo. Esse é o objetivo desse regulamento. E, mesmo com isso, corremos um risco alto, pois quem sabe se seu filho terá um filho?

— E um empréstimo de curto prazo? — indagou Borlon.

— Como vai quitá-lo? — perguntou o mestre da guilda sem rodeios.

— Tecerei um tapete novo — disse Borlon apressadamente. — Se eu não tiver um herdeiro, posso usá-lo para pagar o empréstimo e, se tiver um filho, o empréstimo poderá ser convertido em um crédito de longo prazo...

O velho suspirou.

— Sinto muito, Borlon. Sinto muito por você, pois sempre o valorizei muito e adorava o tapete que você estava tecendo. Mas também estou comprometido com meu cargo e, no momento, acho que vejo as coisas de forma um pouco mais realista que você. Primeiro, você não é mais tão jovem, Borlon. Qual seria o tamanho do tapete que você poderia tecer, mesmo que trabalhasse até ficar cego? E você sabe que um tapete que não atinge o tamanho prescrito terá um preço desproporcionalmente menor. Na maioria das vezes, deve-se ficar feliz se um mercador sequer o aceitar. Em segundo lugar, você vai ter que trabalhar com um novo tear, um cuja madeira ainda não está assentada e que não esteve sob tensão por décadas. Nós sabemos, e você também sabe, que não é possível chegar à mesma qualidade em um tear novo se comparado a um antigo. Você quer construir uma casa, precisa viver... Não vejo como você poderia resolver tudo.

Borlon ouviu incrédulo enquanto o mestre da guilda, que ele chamara de amigo nos bons dias e de quem esperava ajuda, lhe dava golpe após golpe, sem piedade.

— Mas... o que devo fazer?

O mestre da guilda abaixou a cabeça e disse baixinho:

— Sempre aconteceu de a linhagem de um tapeceiro de cabelo terminar. Muitas pessoas morrem jovens ou sem herdeiro... isso sempre existiu. Nesse caso, a guilda procura alguém que queira ocupar o espaço vago e estabelecer uma nova linhagem, e cuidamos de seu treinamento e assim por diante...

— E lhe dão crédito.

— Se tiver um filho, sim.

Borlon hesitou.

— Uma das mulheres... Narana... ela pode estar grávida...

Era uma mentira, e os dois sabiam disso.

— Se ela lhe der um filho, o crédito não será um problema, isso eu prometo — disse o mestre da guilda e se levantou.

À porta, ele se virou de novo.

— Conversamos muito sobre dinheiro, Borlon, e pouco sobre o objetivo do nosso trabalho. Acredito que você deve procurar renovar sua fé durante esse período difícil. Ouvi dizer que há um pastor na cidade, talvez seja uma boa ideia procurá-lo.

*

Depois que o mestre da guilda saiu, Borlon ficou sentado, imóvel e pensativo. Não demorou muito para Karvita entrar e perguntar sobre o resultado da entrevista. Ele apenas balançou a cabeça com relutância.

— Não querem me emprestar nada porque não tenho um filho — disse ele por fim, após a insistência dela.

— Então, vamos tentar — falou ela de imediato. — Ainda não sou velha demais para ter filhos.

Hesitante, ela acrescentou:

— E, principalmente, Narana também não é.

Por que era tudo daquele jeito? Por que tudo tinha de ser daquele jeito? Dedicar a vida inteira a um único tapete...

— E se ainda assim não funcionar? Karvita, por que estamos juntos há tanto tempo e não temos filhos?

Ela olhou para ele inquisitivamente enquanto suas mãos brincavam com uma mecha de seu longo cabelo preto-azulado.

— Seu filho — disse ela lentamente — só precisa nascer de uma de suas esposas. Por outro lado, não é necessário que... você também seja pai dele!

O que ela se atrevia a sugerir para ele? Indigente e marcado pelo destino, deveria agora também se permitir ser desonrado?

— Claro que teria que ser feito com a máxima discrição... — A esposa continuou com suas reflexões.

— Karvita!

Ela olhou nos olhos dele e estacou, assustada.

— Desculpe, foi apenas uma ideia. Nada mais.

— Você tem mais alguma ideia como essa?

Ela ficou em silêncio. Depois de um tempo, e após lançar para ele um olhar cauteloso, ela disse:

— Se a guilda não te ajudar, talvez você tenha amigos que possam te emprestar alguma coisa. Poderíamos perguntar a alguns dos tapeceiros de cabelo mais ricos. Benegoran, por exemplo, tem mais dinheiro do que ele e sua família podem gastar.

— Benegoran não dá nada. Por isso ele é tão rico... porque não dá nada para ninguém.

— Conheço bem uma de suas esposas. Eu poderia perguntar a ela um dia, de maneira discreta.

Borlon olhou para ela parada ali à porta e, de repente, pôde ver novamente a jovem nela, e se lembrou de outro fim de tarde, muitos anos antes, quando ela também estivera àquela porta.

A lembrança o atingiu como uma punhalada no coração. Ela sempre fora uma boa companhia para ele, e ele se detestava por todos os momentos em que a tinha injustiçado ou tratado mal.

Ele se levantou, na verdade para tomá-la nos braços, mas então se virou e foi até a janela.

— Sim — disse ele. — Mas eu não quero que a cidade inteira saiba disso de imediato.

— Mais cedo ou mais tarde não seremos mais capazes de esconder.

Borlon pensou nas residências isoladas dos tapeceiros de cabelo nos desfiladeiros e vales das montanhas ao redor da cidade. Provavelmente não havia nenhum lugar distante de onde se poderia ver duas dessas propriedades rurais ao mesmo tempo. Se todos tivessem morrido nas chamas, levaria muito tempo para isso ser notado na cidade.

Provavelmente seria uma das caixeiras-viajantes que depararia com as ruínas carbonizadas e levaria as notícias adiante.

— Se acontecer, que seja mais tarde. Quando soubermos como as coisas se ajeitarão por aqui.

O sol já estava baixo no horizonte de novo. Borlon podia ver o portal da cidade e algumas velhas conversando embaixo dele. Um homem idoso saiu apressado da cidade; parecia familiar para Borlon, mas ele não sabia quem era naquele momento. Só quando não estava mais à vista se lembrou de que era o professor. O homem costumava vir perguntar sobre filhos, mas não vinha fazia muitos anos, e Borlon até tinha esquecido seu nome.

Não conheço mais as pessoas da cidade, pensou. Ele já havia chegado ao estágio em que um tapeceiro de cabelo não saía mais de casa. Entre todos os sentimentos que o comoviam naquele momento, havia uma decepção muito forte: a desilusão imensurável de um homem que assumira um grande e extenuante risco e falhara pouco antes de alcançar seu objetivo.

Ele agora também sentia fisicamente os esforços do dia: a longa marcha pela noite e as curtas horas de sono inquieto do qual despertava repetidamente; a manhã em que todos haviam saído para passear pelas ruínas incendiadas da casa, resgatar alguns utensílios domésticos das cinzas e mensurar os danos. Borlon pegou uma garrafa de vinho e duas canecas. De repente, sentiu o cheiro acre das cinzas de novo, e pensou que podia sentir o gosto de fumaça na língua.

Colocou uma caneca na frente de Karvita e outra para ele. Então, abriu a garrafa.

— Vamos! — disse ele. — Beba comigo.

*

Na manhã seguinte, ele se levantou cedo e se arrastou para as ruas da cidade. Pela primeira vez em sua vida, havia se deitado com as duas esposas na mesma noite e, também pela primeira vez em sua vida, não havia conseguido atingir o clímax em nenhuma das duas vezes.

Minha vida está se desfazendo sob meus pés, pensou Borlon. *Pouco a pouco ela desaparece, o fracasso circunda e, por fim, vou desaparecer.*

Ele era ignorado, e preferia que fosse assim. Era bom ser invisível: não ser visto nem deixar rastros. Ele tivera medo de que a notícia já tivesse se espalhado e de que as pessoas o encarassem e sussurrassem pelas suas costas. Mas havia outras questões que preocupavam as pessoas da cidade; de acordo com o que tinha ouvido de conversas de passagem, um herege havia sido apedrejado na noite anterior a mando de um andarilho santo que estava na cidade fazia dois dias.

Borlon se lembrou do conselho do mestre da guilda e seguiu para a praça do mercado. Talvez fosse realmente uma questão de crença. Fazia muito tempo que não pensava no Imperador, só estava preocupado com seu tapete e suas inquietações triviais. Ele havia perdido de vista o panorama geral, o todo, e provavelmente teria continuado assim até o fim da vida se nada tivesse acontecido.

Talvez o incêndio tenha sido o castigo por isso. *Não quero seu tapete se você não o tecer com o sangue do seu coração e o seu amor por mim*, parecia lhe dizer o Imperador.

Curiosamente, essas linhas de pensamento o tranquilizavam. Afinal, tudo parecia explicável, ao menos isso. Ele estivera ausente e, consequentemente, merecera a punição. Não cabia a ele julgar; o que aconteceu foi correto, e Borlon devia aceitar sem reclamar.

A praça do mercado estava quase deserta. Algumas mulheres estavam sentadas à margem, oferecendo legumes espalhados em toalhas esfarrapadas, e como quase ninguém queria comprar nada, passavam o tempo tagarelando. Borlon aproximou-se de uma delas e, pelo seu olhar, pôde ver que ela não o reconheceu. Ele perguntou a ela sobre o andarilho santo.

— O pastor? Ele saiu em suas andanças novamente pela manhã — respondeu ela.

— Ele discursou de forma tão pungente — disse outra, uma mulher gorda sem os incisivos inferiores. — Uma pena que ele só ficou por aqui um dia.

— Estranho, não é? — disse uma terceira com uma voz desconfortavelmente irritante. — Quer dizer, normalmente é difícil se livrar desse povo santo. Acho estranho que ele já tenha ido embora.

— Sim, é verdade — assentiu a mulher gorda com os dentes faltantes. — Ouvi o sermão ontem de manhã, e ele deu uma lista detalhada dos assuntos sobre os quais queria falar conosco.

— Quer comprar alguma coisa, senhor? — perguntou a primeira mulher a Borlon. — Tenho karaqui maravilhosamente fresco... ou raízes em maço aqui, muito baratas...

— Não. — Borlon balançou a cabeça. — Obrigado. Só queria perguntar... sobre o pastor...

Tudo estava escuro e sombrio. O tribunal reuniu-se em torno dele, e ele não teve permissão para se esquivar da responsabilidade.

As aberturas escuras das janelas das casas ao redor da praça do mercado olhavam para ele como olhos pretos e curiosos. Ele ficou imóvel por um tempo e sentiu essa sensação dentro de si, a sensação de cair e nunca chegar ao fundo, condenado a cair para sempre sem nunca se chocar com o chão e ser libertado. De repente, ele se virou e voltou.

Ao chegar diante da casa, encontrou o pai de Karvita, um homem pequeno e velho que era tecelão de profissão e, como todos os tecelões, tinha um respeito sagrado pelos tapeceiros de cabelo. Ele sempre se aproximava do genro de maneira totalmente submissa, mas agora Borlon também descobria um crescente desprezo em seus olhos.

Eles apenas acenaram um para o outro. Borlon entrou correndo na casa, subindo as escadas até o quarto de Narana. Ela estava sentada em uma cadeira perto da janela, costurando, imóvel e tímida como sempre e parecendo muito menor e mais jovem do que realmente era. Ele pegou o kit de costura da mão dela e a levantou até a cama; sem dizer uma palavra, levantou sua saia, desamarrou as calças e imediatamente a penetrou rápido e com força, cheio de desespero. Então, caiu na cama ao lado dela e olhou ofegante para o teto.

Ela manteve a saia levantada, mas pôs as mãos entre as pernas.

— Você me machucou — disse ela baixinho.

— Sinto muito.

— Você nunca me machucou antes, Borlon. — Ela disse isso quase com espanto. — Eu nem sabia que era possível se machucar lá.

Ele não disse nada, apenas ficou lá deitado, encarando o vazio. Depois de um tempo ela se virou para ele, examinou-o com olhos arregalados e pensativos, e então começou a acariciá-lo suavemente. Borlon sabia que não merecia, mas deixou acontecer enquanto tentava desesperadamente descobrir o que havia de errado.

— Você está terrivelmente preocupado, Borlon — sussurrou ela. — Mas pense nisso... Nós tínhamos dinheiro suficiente para o resto de nossas vidas antes de a casa pegar fogo. Não temos uma casa agora, mas ainda temos o dinheiro. Então, o que pode acontecer conosco?

Ele fechou os olhos e sentiu o coração palpitar. Tudo aquilo não era tão simples.

— O tapete — murmurou ele. — Não tenho mais um tapete.

Ela não parou de acariciar o rosto dele com os dedos.

— Borlon... Talvez você nunca tenha um filho, então para que precisa de um tapete? Se você morrer sem um herdeiro, o lucro do tapete irá para a guilda de qualquer maneira. A guilda que não quer te ajudar agora.

— Mas o Imperador...

— O Imperador recebe tantos tapetes de cabelo que mal sabe o que fazer com eles. Um a mais ou a menos definitivamente não importa.

Ele se sentou de repente.

— Você não entende. Se eu morrer sem terminar um tapete, minha vida terá sido inútil.

Ele se levantou, arrumou as roupas e foi até a porta. Narana ainda estava deitada na cama com a mão entre as pernas nuas, e seus olhos pareciam os de um animal ferido. Ele quis dizer alguma coisa, quis dizer o quanto sentia, que estava envergonhado, queria falar da dor que assolava seu coração, mas não conseguiu encontrar palavras para isso.

— Sinto muito — disse ele, então saiu.

Se ao menos ele soubesse o que havia de errado. Parecia não haver saída para toda a culpa que se acumulava, se empilhava ao redor dele. A cada um dos passos desajeitados e pesados com que descia as escadas, esperava cair e se estilhaçar, como um pote de barro.

Não havia ninguém na cozinha. Lá estava a garrafa de vinho e, ao lado dela, as canecas da noite anterior. Ele se serviu sem se preocupar em lavar a caneca e começou a beber.

*

— Falei com Benegoran — relatou Karvita. — Ele vai emprestar o dinheiro para uma nova casa e um novo tear.

Borlon, que ficara sentado em silêncio à janela da cozinha a tarde toda, observando as sombras vagarem até o sol finalmente se pôr, não se mexeu. As palavras mal chegaram a ele, atingindo sua consciência como ruídos distantes e sem sentido.

— Mas ele impõe uma condição.

Finalmente, ele conseguiu virar a cabeça e olhar para ela.

— Uma condição?

— Ele quer Narana em troca — disse Karvita.

Ele sentiu o início borbulhante de uma risada subir em seu abdome e ficar preso em algum lugar entre o coração e a garganta.

— Não.

Ele a observou cerrar os punhos e bater nos quadris em um gesto de desesperança.

— Não sei por que estou fazendo tudo isso — explodiu ela.

— Estou de um lado para o outro o dia todo, me humilho, peço e imploro, engulo a poeira do deserto, e você acaba com tudo com uma palavra.

Ela pegou a garrafa de vinho e olhou para dentro dela.

— E tudo o que você faz é ficar bêbado e sentir pena de si mesmo. Acha que isso é uma solução?

Ele percebeu vagamente que ela queria uma resposta enquanto olhava para ele.

— Não — respondeu ele.

— E o que você acha que pode ser uma solução?

Ele apenas deu de ombros, impotente.

— Borlon, sei que você se importa muito com Narana, provavelmente mais do que comigo — disse ela de um jeito amargo.

— Mas eu lhe imploro, pelo menos pense nessa ideia. Ao menos é uma possibilidade. E não temos muitas opções.

Havia tanta coisa que ele sempre quisera dizer a ela e tanta coisa que queria dizer a ela naquele momento que não sabia por onde começar. Acima de tudo, precisava deixar claro que a amava, que ela tinha um lugar sólido em seu coração e que doía nele que ela não quisesse ocupar esse lugar. E que nenhuma dessas coisas tinha nada a ver com Narana...

— Você poderia pelo menos falar com Benegoran — insistiu ela.

Era inútil. Ele sabia que era inútil. Tudo era inútil.

— O que vai fazer, então? — perguntou ela.

Ele também não sabia. E se calou. Calou-se e aguardou o veredito do tribunal. Calou-se e esperou que a torre feita de culpa desabasse ao seu redor e o soterrasse.

— Borlon? O que está acontecendo?

As palavras haviam perdido o sentido novamente e se tornado parte do ruído de fundo da noite. Ele se virou para a janela e encarou o céu noturno. Havia a pequena lua, que se podia observar enquanto o firmamento se movia rapidamente em direção à grande lua, que se arrastava lentamente em direção à outra. Naquela noite, a lua pequena se moveria até o meio do disco brilhante da grande lua.

Ele ouviu alguém falar, mas não entendeu nada, nem se importava em entender. Apenas as luas eram importantes. Precisava ficar ali e esperar que elas se encontrassem e se tocassem. Um estrondo, como uma porta batendo, mas aquilo também não tinha sentido.

Borlon ficou parado enquanto a pequena lua se movia. Se a pessoa ficasse parada e esperasse desse jeito, conseguiria observar as estrelas na órbita da pequena lua se aproximarem lentamente do pequeno disco oval de luz, até finalmente serem ofuscadas pela luz e desaparecerem. E, assim, as duas luas no céu se moveram uma em direção à outra, estrela por estrela, para finalmente se fundirem em um único disco de luz, enquanto ele permanecia imóvel e observava.

Estava cansado. Seus olhos ardiam. Quando finalmente se afastou da janela, a lamparina a óleo já havia se apagado. Não havia mais chamas, não havia fogo. Aquilo era uma coisa boa. Ele não tinha certeza do porquê, mas era uma coisa boa.

Podia sair com calma. Já era tempo. Foi até a antessala e tirou o manto do cabide, não porque precisasse dele, mas para arrumar as coisas, para não deixar rastros indesejados. Não podia incomodar ninguém com os restos de uma vida perdida, nem com essa culpa.

E então, abrir a porta e fechá-la suavemente atrás de si. E se deixar levar pelas pernas que carregam o homem adiante, pelo beco até a porta da cidade e para fora da cidade, sem parar, sem parar, sem parar, em direção às duas luas, para se fundir com elas...

A CAIXEIRA-VIAJANTE

Em sua jornada entre as solitárias propriedades rurais dos tapeceiros de cabelo, muitas vezes ela encontrava apenas mulheres por semanas. As esposas, as concubinas e as filhas dos tapeceiros de cabelo a convidavam para entrar em sua cozinha assim que a viam, mas não eram seus tecidos e utensílios domésticos os itens esperados com tanta impaciência, e sim as notícias que ela contava sobre outras famílias e sobre os acontecimentos na cidade. Então ela se sentava por horas com as mulheres, e muitas vezes era tedioso, e exigia reviravoltas inteligentes na conversa para colocar suas mercadorias em cena. Novas receitas, esse era o seu truque favorito. Ubhika conhecia um enorme número de receitas inusitadas, tanto de comida quanto de todos os tipos de produtos de beleza, que tinham uma coisa em comum: ou se precisava de um dispositivo especial, ou de um tempero especial, ou de algo especial que tinha de ser comprado com ela.

Se tivesse sorte, também conseguia uma cama para passar a noite, que muitas vezes já havia caído depois das fofocas e dos mexericos. Naquele dia, não tinha tido sorte, e o que a incomodou particularmente foi que poderia ter adivinhado com antecedência. A hospitalidade nunca era muito válida na casa de Ostvan, nem mesmo com o velho Ostvan, e certamente não com seu filho. Pouco antes do anoitecer, o jovem tapeceiro entrou na cozinha, rabugento, e disse que já era hora de a mercadora seguir viagem. E isso em um tom que fez todas se encolherem em choque e com sentimento de culpa. Por um momento, Ubhika se sentiu uma ladra, não uma mercadora.

Pelo menos uma das mulheres a ajudou a carregar os burros yuki com as cestas, os sacos e as trouxas de couro, caso contrário ela não teria feito a descida íngreme da casa de Ostvan à luz do dia. Chamava-se Dirilja, uma mulher baixinha e quieta, cuja idade de se casar já passara havia algum tempo, e que nunca falava muito durante as conversas, sempre parecia triste. Ubhika queria saber por quê. Mas era assim com as mulheres dos tapeceiros de cabelo: em algum momento elas apareciam e estavam lá, e a maioria delas não contava muito sobre suas origens. Dirilja fora a última concubina que o velho Ostvan tomara, pouco antes de sua morte. O que era estranho, porque o tapete dele já devia estar pronto, e o cabelo de Dirilja também era seco e quebradiço, então não era adequado para um tapete de cabelo. Ubhika atreveu-se a julgar isso porque seu cabelo era igual, mesmo em uma época em que o cinza prateado da velhice não estava próximo. Essa Dirilja, o que ela poderia ter feito com o velho Ostvan? Uma história enigmática.

O sol estava se pondo rapidamente no horizonte, lançando sombras longas e nervosas entre as colinas e as rochas nuas, e estava ficando frio. Quando Ubhika sentiu o vento gelar sob sua saia, ressentiu-se por ter se permitido ficar retida lá por tanto tempo. Se ela tivesse saído mais cedo, poderia ter chegado à casa de Borlon, onde sempre tinha permissão para passar a noite.

Mas, novamente, restava apenas a tenda. Ubhika procurou um lugar protegido, uma pequena caverna ou uma saliência, e finalmente encontrou uma depressão à sombra de uma rocha, para a qual levou seus animais. Ela os amarrou em galhos que enfiou custosamente no chão, batendo-os com uma pedra, tirou o fardo dos dois yukis e finalmente vendou os três animais: essa era a maneira mais segura de impedi-los de fugir se um som os assustasse à noite. Então, armou a pequena barraca, estofou-a com algumas camadas do tecido mais barato e rastejou para dentro dela.

Então, novamente, ela se deitou, ouviu o estalar das pedras e o farfalhar das patas dos insetos e sentiu que estava sozinha no meio do deserto, protegida apenas por uma pequena barraca e dois pacotes de comida, tecidos e utensílios à direita e à esquerda e, como sempre, pensou que nunca se acostumaria com aquilo. Que deveria ter sido diferente. E, como sempre fazia antes de dormir, acariciou o corpo como se quisesse ter certeza de que ainda estava lá; apalpou os seios, que ainda estavam firmes apesar da idade e tinham uma boa sensação ao toque; acariciou os quadris e ficou triste porque nunca haviam sido tocados por um homem.

Quando estava na idade de se casar, não conseguira um marido, e com seu cabelo quebradiço não poderia esperar se tornar concubina de um tapeceiro de cabelo. Tudo o que restava era o negócio solitário de uma caixeira-viajante. Algumas vezes, ela havia considerado ceder aos avanços vulgares de algum artesão ou fazendeiro, mas agora até essas aproximações haviam cessado.

Em algum momento, ela adormeceu, como sempre, e acordou no início da manhã fresca. Quando se arrastou para fora de sua barraca, tremendo, com um pedaço de tecido enrolado no corpo, o sol estava quase nascendo na aurora prateada, e a visão ampla da solidão ao redor a fez se sentir como um inseto, minúsculo e sem importância.

Nunca conseguia comer no lugar onde tivesse passado a noite. Ela desamarrou seus yukis, carregou-os, tirou suas vendas e se apressou em seguir viagem. No caminho, mastigava carne seca de baraq de seu suprimento ou comia uma fruta, se tivesse uma.

A casa de Borlon. Também era bom chegar lá de manhã. Narana, a jovem concubina de Borlon, faria seu chá; fazia isso todas as vezes. E aí ela compraria muito tecido, pois adorava costurar e fazia muito isso.

Mas quando Ubhika viu a casa de Borlon de uma grande distância, imediatamente pareceu estranha: muito mais escura do que se lembrava, quase preta, como se tivesse queimado. E, ao se aproximar, viu realmente apenas o que restava da casa de Borlon, que nem mesmo um grande incêndio conseguira destruir.

Impulsionada por uma terrível fascinação, cavalgou em direção a ela até que finalmente parou diante dos restos carbonizados da parede, cheirando a fogo e destruição, entre os quais as cinzas das vigas de madeira e as telhas se empilhavam. Sentia-se como um necrófago que chega à cena de uma tragédia que não presenciou e a quem só resta usar as sobras para si. Talvez ainda houvesse algumas moedas nas cinzas em algum lugar.

Ubhika reconheceu os alicerces da cozinha, na qual costumava se sentar com as mulheres, e ao lado dela o quartinho em que costumava dormir. Nunca tinha adentrado tanto na casa. Apenas naquele momento, enquanto se arrastava pelas ruínas fuliginosas, levantando cinzas e o cheiro da fumaça, viu os outros cômodos que havia na casa de um tapeceiro de cabelo. Qual deles era a sala do tear? Ela adoraria saber.

Descobriu pegadas na fuligem, que se afastavam dos escombros e se perdiam em algum lugar nas ruínas; a família do tapeceiro parecia ter sobrevivido ao incêndio.

Mas não encontrou dinheiro nem nada mais que valesse a pena carregar. Por fim, decidiu seguir em frente. Pelo menos tinha alguma notícia interessante para contar; um pouco embelezada, talvez a ajudasse a fazer bons negócios e até uma refeição aqui e ali.

E então, de repente, aquele homem estava parado na beira da estrada. Assim mesmo, no meio do nada.

Ubhika puxou seu yuki de montaria para mais perto, desconfiada, uma das mãos tomando o cabo do porrete que carregava na sela. Mas ele lhe acenou de um jeito amigável e sorriu. E era jovem...

Ela se viu involuntariamente arrumando o cabelo enquanto se aproximava bem devagar. *Na verdade, ainda sou jovem também*, pensou Ubhika, surpresa, *só meu corpo me traiu e envelheceu*. Ainda assim, abaixou a mão com medo de parecer ridícula.

— Saudações — disse o homem. Soou estranho. Havia algo duro e alheio em sua maneira de falar.

Ele também estava vestido de um jeito esquisito. Usava um manto feito de um tecido que Ubhika nunca tinha visto antes, que o envolvia completamente do pescoço aos pés. No peito, usava uma joia brilhante e, na cintura, uma faixa à qual todo tipo de bolsas e caixinhas escuras estavam presas.

— Saudações, forasteiro — respondeu Ubhika, hesitante.

O homem abriu um sorriso ainda mais largo.

— Meu nome é Nillian — disse ele, e parecia estar tentando igualar a voz ao tom de Ubhika. — Venho de muito longe.

— De onde? — perguntou Ubhika quase automaticamente.

— De Lukdaria — respondeu o homem. Falou aquilo com uma leve hesitação, como alguém que busca refúgio em uma mentira e tem medo de ser descoberto.

Ubhika nunca tinha ouvido falar de uma cidade ou área com esse nome, mas isso não significava nada. Afinal, era possível ver que o forasteiro vinha de muito longe.

— Meu nome é Ubhika — disse ela, perguntando-se por que estava nervosa. — Sou caixeira-viajante, como pode ver.

Ele assentiu com a cabeça.

— Significa que está vendendo as coisas que carrega com a senhora?

— Sim. — *E o que mais poderia significar?*, pensou ela, examinando o rosto dele. Parecia forte e divertido; um homem que podia dançar loucamente e rir alto e acompanhar qualquer um enquanto bebia. Ele a lembrava um pouco de um rapaz por quem se apaixonara quando muito jovem. Nada tinha acontecido na época; ele havia se casado com outra, aprendido o ofício de oleiro e morrido alguns anos antes.

Ela lembrou-se de pensar nos negócios novamente. Quem quer que fosse o homem, havia perguntado o que ela estava vendendo.

— Sim — repetiu. — O que deseja comprar, Nillian?

O homem deixou seu olhar vagar pelos dois burros yuki lotados.

— A senhora tem roupas?

— Claro. — Ela carregava principalmente tecidos, mas também algumas roupas prontas para homens.

— Gostaria de me vestir como é costume nesta região.

Ubhika olhou ao redor. Não viu nenhuma montaria em nenhum lugar. Se o homem vinha de tão longe, como havia chegado ali? Dificilmente tinha sido a pé. E por que estava ali como se soubesse que encontraria uma mercadora? Algo estava acontecendo ali que ela não entendia.

Mas, em primeiro lugar, os negócios.

— Tem dinheiro? — perguntou Ubhika. — Porque é um costume aqui nesta área ter dinheiro para pagar.

O homem riu e falou com um gesto largo:

— Não é um costume incomum. É possível encontrá-lo em todos os lugares do universo.

— Disso eu não entendo. De qualquer forma, tenho roupas para você se tiver dinheiro.

— Eu tenho dinheiro.

— Ótimo.

Ubhika apeou e viu o olhar do homem segui-la. Involuntariamente, moveu-se mais rapidamente do que costumava fazer, como se quisesse provar que ainda era forte e habilidosa e não tão velha quanto seu corpo magro e sua pele enrugada e castigada sugeriam. No momento seguinte, ficou irritada consigo mesma e puxou a trouxa com as roupas masculinas de sua bagagem.

Desenrolou-a no chão e, quando olhou para cima, ele apresentava algumas moedas em uma mão estendida.

— Esse é o dinheiro que recebemos onde moro — disse ele. — Primeiro, veja se você quer.

Ubhika pegou uma das moedas da mão dele. Era diferente das moedas que ela conhecia: mais fina, brilhante, feita de um metal que nunca tinha visto antes. Uma moeda refinada. Mas não era dinheiro.

— Não — disse ela com pesar e devolveu a moeda para ele. — Eu não posso te vender nada por isso.

E um pequeno negócio inesperado teria sido tão bom para ela.

O forasteiro olhou para a moeda como se a visse pela primeira vez.

— O que há de errado? — perguntou ele. — A senhora não gosta dela?

— Até gosto — respondeu Ubhika. — Mas essa não é a questão. Quando se trata de dinheiro, o que importa é que os outros gostem.

Ela começou a fechar a trouxa de novo.

— Pare, espere! — gritou o homem. — Espere um momento. Ainda vamos negociar. Talvez eu possa lhe dar algo em troca?

Ubhika fez uma pausa e o olhou de cima a baixo.

— O quê, por exemplo?
— Não sei... Talvez as roupas que estou vestindo?
Ubhika tentou imaginar quem vestiria uma roupa tão estranha. Ninguém que fosse mais ou menos sensato. E a possibilidade de fazer alguma outra coisa com ela era questionável... Ela negou com a cabeça.
— Não.
— Espere. Então, outra coisa. Aqui, minha pulseira. Ganhei da minha mãe, é realmente muito valiosa.
Ele não é um bom mercador, pensou Ubhika, divertindo-se. Queria muito as pobres roupas dela e nem tentou esconder esse fato. Era como um livro aberto. Cada um de seus movimentos dizia: por favor, me dê; eu vou pagar a você o que quiser. Ela quase sentiu pena dele.
— Você não tem nosso dinheiro, Nillian, e é possível perceber pela sua fala que vem de longe — disse ela. — Não vai adiantar muito se vestir como as pessoas daqui.
— A pulseira — repetiu ele, e estendeu a peça de joalheria, que Ubhika pensou se lembrar de que ele usava no pulso direito.
— A senhora gosta dela?
Ela pegou a pulseira da mão dele e estremeceu ao sentir o quanto era pesada e fria. Era feita de um metal amarelo liso e brilhante e tinha padrões finos e reluzentes do lado de fora. Quando examinou os padrões de perto, notou que havia um forte odor emanando do aro, um cheiro pesado e oleoso que a lembrava do cheiro da gordura glandular de um jovem e acalorado búfalo baraq. Ele devia estar usando a pulseira fazia bastante tempo. Talvez dia e noite desde que sua mãe lhe dera.
Mas seria verdade? E como alguém chegava ao ponto de dar um presente da própria mãe, e um presente tão valioso, em troca de uns trapos pobres?
Não importava.
— Pegue o que quiser — se ouviu dizer Ubhika, completamente absorta em contemplar o bracelete.
— A senhora tem que me dizer o que eu preciso vestir! — protestou o homem.

Suspirando, Ubhika inclinou-se sobre a trouxa e pegou uma calça e uma camisa comprida feitas de tecido grosso e uma jaqueta do tipo usado pelos criadores de gado. Ela não tinha botas de fazendeiro, é claro; em vez disso, deu-lhe um par de sandálias simples.

— Não servirá em mim.

— Sim, servirá muito bem em você.

— Só vou acreditar quando tiver experimentado — retrucou o homem e, para o espanto de Ubhika, começou a se despir.

Ao menos ele se virou para o outro lado. Abriu a parte da jaqueta em uma costura que se separou com um som de estalo e escorregou de seus braços. Um torso nu e poderoso emergiu, brilhando aveludado à luz do sol, enquanto o homem começava a mexer no cinto.

Ubhika, que havia se esquecido de respirar, suspirou assustada e involuntariamente olhou em volta em todas as direções, como se temesse que alguém pudesse estar observando. Isso nunca tinha acontecido antes, um homem se despindo na frente dela!

Mas o forasteiro não parecia achar nada daquilo estranho. Tirou suas calças e depois vestiu as calças recém-adquiridas.

Ubhika ficou parada olhando para as costas nuas e musculosas, tão perto que tudo o que ela tinha de fazer era estender a mão para tocá-las. E sua mão de fato quase foi sozinha. *Por que não?*, perguntou a si mesma, quase incapaz de conter o desejo de tocar a pele lisa e brilhante do homem, só para sentir como era. E ela viu o traseiro dele, pequeno e forte, coberto apenas por uma peça de roupa incrivelmente apertada que parecia uma calça bem curta, e sentiu uma onda estranha e quente se espalhando pelo ventre.

E pensamentos loucos surgiram em sua cabeça...

Ela torceu a pulseira indecisamente entre os dedos. Os padrões do lado de fora brilhavam de um jeito maravilhoso. *Devolva-lhe a pulseira e lhe peça para fazer as coisas que um homem faz com uma mulher, apenas uma vez...*

Que ideia louca. Ela encaixou a pulseira vigorosamente no pulso esquerdo. Sem condições. Não queria a humilhação de ser rejeitada e de ouvi-lo dizer que ela era velha demais para ele.

— De fato — ouviu-o dizer sem nenhuma suspeita. Ele esticou os braços em todas as direções e olhou para si. — De fato me serve.

Ubhika não disse nada, estava apenas com medo de que ele pudesse ler os pensamentos dela.

Mas o forasteiro que se chamava Nillian sorriu distraidamente para ela e juntou suas coisas. Enrolou a roupa brilhante em um pacote, que colocou debaixo do braço, e pendurou o cinto no ombro. Agradeceu amavelmente e disse isso e aquilo, de que a mercadora nem se deu conta, embora mais tarde ela fosse se lembrar de ter respondido. E, então, ele se despediu.

Ela o observou ir embora, cruzando o campo. Não na direção da cidade. Pouco antes de uma descida, ele se virou novamente e acenou para ela. Então, desapareceu.

Ubhika permaneceu de pé por um tempo olhando fixamente adiante. Em algum momento, voltou a si, levantou o braço esquerdo e olhou para a pulseira, que realmente estava lá. Não havia sido um sonho.

De repente, teve a sensação de que havia pessoas sentadas atrás de cada pedra e colina, sussurrando segredos que ela não deveria saber. Apressou-se a enrolar as roupas que sobraram e guardá-las. Então, pegou as rédeas dos dois yukis, subiu em sua montaria e chutou o flanco do animal para fazê-lo se mover. Sentiu uma pressão em seu peito que não conseguia explicar.

E tentou não pensar na noite que se aproximava. Aquela noite seria difícil.

O HOMEM DE OUTRO LUGAR

— Um planeta estéril, em grande parte feito de desertos e estepes. População estimada de trezentos a quatrocentos milhões. Muitas cidades de médio porte, todas em estado de abandono. Quase nenhum recurso natural, agricultura apenas nas condições mais difíceis. Escassez de água.

O que ele admirava em Nillian era seu incrível dinamismo, essa energia francamente animal que irradiava e que lhe emprestava algo selvagem e indomável. Talvez fosse porque ele não parecia estar pensando muito; suas palavras, ações e decisões eram mais instintivas: diretas, não afetadas, não disfarçadas e quase irrefletidas. Desde que passara a voar com Nillian, Nargant frequentemente notava como seus próprios processos de pensamento davam inúmeras voltas, mesmo diante de decisões completamente insignificantes, e quanta energia ele desperdiçava quase sem perceber, para se proteger de todos os lados e contra todas as eventualidades.

Ele observava Nillian de soslaio. O jovem copiloto estava sentado em sua cadeira, recostado, relaxado, o microfone do sistema de gravação na frente dos lábios, e estudava atentamente os monitores e os sinais dos instrumentos de análise remota. Sua concentração era palpável. Várias imagens da superfície planetária brilhavam nas telas, marrom-acinzentadas, sem contornos particulares. O computador mostrou algumas linhas brancas junto com informações sobre a confiabilidade da análise.

— Os instrumentos indicam alguma coisa — continuou Nillian —, que, com grande probabilidade, são resquícios rudimentares de uma cultura avançada já desaparecida. Do espaço, é possível distinguir linhas retas a olho nu, cuja descoloração sugere fundações de grandes estruturas antigas. Estruturas muito grandes. Na atmosfera, detectam-se produtos de decomposição de elementos radioativos, baixa radiação residual. Possivelmente uma guerra nuclear dezenas de milhares de anos atrás. Há pouca atividade eletromagnética, presumivelmente um tipo simples de rádio, mas não localizamos grandes fontes de energia. Ou seja — concluiu, e sua voz assumiu um tom de ironia impaciente —, o quadro é muito parecido com o de todas as vezes anteriores. Não acho que descobriremos mais se continuarmos a nos abster de pousar nos planetas para os quais voamos. Claro que essa é minha opinião pessoal, mas não me importaria se a liderança da expedição interpretasse isso como uma recomendação. Relatório de Nillian Jegetar Cuain, a bordo da Kalyt 9. Hora-padrão: 15-3-178002. Última calibração: 4-2. Posição: quadrante 2014--BQA-57 do mapa, em órbita ao redor do segundo planeta do sol G-101. Desligo.

— É assim que quer enviar?
— Por que não?
— Esses últimos comentários são muito... atrevidos, não acha?

Nillian sorriu, balançando a cabeça, inclinou-se sobre os controles do transmissor e, com movimentos rotineiros, acionou a transmissão múltipla de seu relatório de aproximação.

— O seu problema, Nargant — disse ele —, é sua educação desconectada da vida cotidiana. Você cresceu acreditando que as regras são mais importantes que qualquer realidade que possa encontrar, e que a menor desobediência inevitavelmente mata. Não aprendeu muito mais, mas essa obediência tomou seu corpo, e se você for despedaçado um dia depois de sua morte, provavelmente encontrarão aí obediência cristalina no lugar da medula óssea.

Nargant olhou para as mãos como se tentasse enxergar através da pele para conferir se Nillian estava certo.

— Você não vai me transformar em mais um rebelde, Nillian — murmurou ele com desconforto.

O problema era que ele mesmo sentia isso. Desde que havia saído em viagem com o ex-rebelde e se visto em contraste com ele, sentia-se como um fóssil.

— Você também não se tornará um rebelde, soldado imperial — respondeu Nillian. Ele estava falando sério agora. — Felizmente, não será mais necessário. Mas eu ficaria muito grato se você pudesse esquecer um pouco o velho exercício. Não só para o seu bem, mas também para o meu. Há quanto tempo estamos na estrada agora? Quarenta dias. Quarenta dias, só você e eu nesta pequena embarcação expedicionária e, para ser sincero, eu ainda não sei se você realmente gosta de mim. Ou se você só me suporta porque mandaram você me aguentar.

— Sim — disse Nargant. — Eu gosto de você. — Aquilo soou terrivelmente esquisito. *Eu já disse isso para alguém?*, perguntou-se ele, assustado.

— Obrigado. Também gosto muito de você, e é por isso que fico chateado quando me trata com tanta rigidez, como se depois do voo eu tivesse que entregar um relatório sobre você a uma comissão sacerdotal ou mesmo ao Conselho Rebelde.

— Rigidez...?

— É! Tão cuidadoso, tão cauteloso... Isso, apenas não diga uma palavra errada e sempre faça a coisa certa... Acho que deveria parar diante do espelho todas as manhãs e todas as noites e dizer bem alto: "Não tem mais Imperador!", e fazer isso por alguns anos.

Nargant se perguntou se ele estava falando sério.

— Posso tentar.

— É só uma questão de você desligar aquele maldito censor que colocaram no seu cérebro de vez em quando e dizer o que vier à mente, não importa o que eu pense. Acha que consegue... pelo menos de vez em quando?

— Estou tentando. — Às vezes ele achava o rebelde bastante irritante. Por exemplo, por que estava rindo daquela resposta agora?

— E acha que poderia desobedecer alguns regulamentos? Interpretar algumas instruções com um pouco mais de liberdade?

— Hum, não sei. O quê, por exemplo?

Um lampejo de conspiração surgiu nos olhos de Nillian.

— Por exemplo, a instrução de que não devemos pousar em nenhum planeta.

Nargant arfou.

— Você não está planejando...?

Nillian assentiu vigorosamente, e seus olhos brilharam de um jeito ousado.

— Mas não pode! — O simples pensamento deixava Nargant perplexo. E depois da conversa, sentia-se realmente pressionado. Ele sentiu o coração palpitar mais rápido. — Temos instruções estritas... estritas!... para não pousar nos planetas aos quais voamos.

— Nós não vamos pousar. — Nillian abriu um sorriso largo. Era difícil dizer se era um sorriso odioso ou hilário, ou as duas coisas. — Só mergulhar um pouco na atmosfera...

— E então?

— Você me deixa ir com o planador.

Nargant respirou fundo e cerrou os punhos. O sangue latejava em suas têmporas. Ele virou o rosto, deixando o olhar se fixar em uma das estrelas estranhas que podiam ser vistas silenciosa e misteriosamente através das escotilhas. Mas isso também não adiantava.

— Não podemos fazer isso.

— Por que não?

— Porque é uma violação de uma ordem expressa!

— Tsc, tsc. — Nillian desaprovou. — Terrível. — E se calou.

Nargant evitou seu olhar; conhecia o ex-rebelde o bastante para saber que agora o estava observando.

O planeta G-101/2 pairava sobre eles como uma grande bola de cor marrom-sujo. Nenhuma cidade podia ser vista a olho nu.

— Não sei o que você vai ganhar com isso — disse Nargant finalmente, bufando.

— Descobertas — respondeu Nillian simplesmente. — Ainda não sabemos muito, mas já sabemos de uma coisa com certeza: não descobriremos o que está acontecendo aqui apro-

ximando-nos de um planeta após o outro e fazendo as medições-
-padrão usuais da órbita.

— Já descobrimos muito — insistiu Nargant. — Todos os planetas para os quais voamos até agora são habitados por humanos. Em todos os lugares encontramos civilizações planetárias em um nível bastante primitivo. E em todos os lugares encontramos vestígios de uma guerra no passado longínquo na qual foram usadas armas atômicas.

— Chato — disse o jovem copiloto. — Basicamente, apenas confirma o que já sabíamos.

— Mas eram apenas lendas malucas, registros pouco críveis de um punhado de contrabandistas. Só agora sabemos por experiência própria.

Nillian levantou-se tão repentinamente que Nargant estremeceu.

— Isso deixa você completamente indiferente? — gritou ele, empolgado. — Estamos navegando em uma galáxia que evidentemente faz parte do Império desde tempos imemoriais... mas que não é mostrada em um único mapa estelar! Descobrimos uma parte perdida do Império sobre a qual não há registros nos arquivos imperiais. E ninguém sabe por quê. Ninguém sabe o que esperar daqui. Esse é um segredo inacreditável!

Ele se deixou cair de novo na poltrona, como se aquela explosão o tivesse esgotado.

— E se imaginarmos que mesmo o rastro desse segredo só foi encontrado por causa de uma cadeia de coincidências... — Suas mãos começaram a fazer círculos maravilhosos com os dedos abertos. — Foram necessárias todas essas coincidências para nos trazer aqui. O governador de Eswerlund, que rastreou um esconderijo de contrabandistas como se não tivesse nada mais importante para fazer... O técnico que fuçou nos discos a bordo da nave confiscada, em vez de simplesmente apagá-los, e que encontrou neles o mapa estelar da galáxia de Gheera... A votação do Conselho, que decidiu por unanimidade por essa expedição... E aqui estamos. E é nosso maldito dever descobrir o máximo possível sobre o que está acontecendo aqui e como foi que grande parte do Império ficou perdida e esquecida por décadas.

Nargant ficou em silêncio. Passou o dedo indicador lentamente sobre o estofamento gasto da manopla de controle principal, que parecia arranhado onde o material do enchimento vazava de rasgos e rachaduras.

— O que você vai fazer? — Nargant queria evitar a qualquer custo que alguém mais tarde dissesse que ele havia dado seu consentimento.

Nillian suspirou.

— Você me deixa na atmosfera com a nave. Aterrisso perto de um assentamento e tento entrar em contato com os habitantes.

— E como você vai se comunicar com as pessoas?

— A julgar pelas mensagens de rádio que captamos, há uma forma muito antiga de paisi sendo falada lá embaixo. Posso demorar um pouco para me acostumar, mas acho que consigo me virar.

— E se não conseguir?

Nillian deu de ombros.

— Talvez eu finja que sou surdo e mudo. Ou que estou tentando aprender a língua. — Ele se levantou da poltrona. — Vou pensar em alguma coisa. — Então desceu a escada estreita que levava à parte inferior da espaçonave.

Nargant viu que o rebelde não seria dissuadido de seu plano e desistiu de resistir. Resignado ao seu destino, ele o seguiu escada abaixo e observou inquieto enquanto Nillian carregava equipamentos no planador: a barraca que na verdade era destinada para pousos de emergência, algumas provisões e alguns dos instrumentos de medição necessários para explorações planetárias, que, nesta viagem, deveriam ficar guardados no armário.

— Leve uma arma — aconselhou ele.

— Bobagem.

— O que você vai fazer se estiver em uma situação perigosa? Afinal, há pessoas lá embaixo!

Nillian fez uma pausa e se virou. Os olhos deles se encontraram.

— Eu confio em você, parceiro — disse finalmente o jovem rebelde, com um sorriso estranho que Nargant não conseguiu interpretar.

Um breve rugido dos motores foi o bastante para desacelerar a nave expedicionária o suficiente para deixar sua órbita baixa e ela mergulhar ainda mais. O planeta ficava cada vez maior, e logo o assobio enervante das primeiras partículas atmosféricas pôde ser ouvido por toda a nave enquanto passavam pelo casco a uma velocidade tremenda. O assobio transformou-se em um gemido, e finalmente, em um rugido ensurdecedor quando a espaçonave mergulhou nas camadas mais profundas da atmosfera.

Nargant desacelerou ainda mais e entrou em uma trajetória parabólica que, em seu ponto mais baixo, chegaria bem perto da superfície planetária e depois catapultaria a espaçonave de volta ao espaço.

— Preparado?
— Preparado.

Pouco antes de chegar ao vértice mais baixo, o planador foi desengatado. Elegantemente, como se seus pilotos tivessem anos de experiência nessa manobra, as duas aeronaves se separaram. Nargant disparou para o céu escuro e entrou em uma órbita muito alta e estacionária, na qual seguiria a rotação do planeta e, portanto, ficaria o tempo todo mais ou menos sobre o lugar onde Nillian estava. Enquanto o rugido dos motores diminuía e a espaçonave estalava ao se recuperar do esforço, ele entrou no canal de rádio.

Nillian já estava passando um relatório em tempo real.

— Estou sobrevoando um assentamento. Quase poderia ser chamado de cidade... Muito extenso, muitas choupanas e ruas estreitas, mas também estradas largas. Vejo algumas áreas verdes e jardins. Uma espécie de muro envolve todo o povoado, incluindo os jardins. Fora da muralha da cidade parece haver apenas deserto e estepe, havendo em alguns lugares no máximo vegetação esparsa. Alguns animais são vistos pastando. Talvez haja criação de gado aqui.

Nargant olhou o gravador, verificando-o. O dispositivo robusto funcionava incansavelmente, registrando cada palavra.

— À minha direita, vejo uma formação rochosa alta e escura que pode ser facilmente vista do ar. A varredura sugere que existem cavernas. Vou pousar ali, talvez o local seja adequado como base.

Nargant fez uma careta. Cavernas! Como se não houvesse outro lugar, acima de tudo mais seguro, para montar uma tenda de ar comprimido em um planeta tão árido.

— Opa! Há também algumas construções nos arredores da cidade. Algumas ficam bem longe do assentamento, a várias horas de caminhada, eu estimaria. Os sensores infravermelhos identificam as estruturas como habitadas. Também vejo o que pode ser fumaça de uma chaminé.

Era uma loucura. O empreendimento inteiro era insano. Nargant massageou a nuca e desejou estar longe.

— Agora estou fazendo uma longa volta para o sul até ver minha pedra-alvo novamente. É realmente ótima como uma marca visual aérea. Estou voando para ela agora e vou pousar.

Nargant puxou uma flanela e começou a polir as tampas dos instrumentos de medição. *Eu o desaconselhei*, pensou ele. *Talvez eu devesse ter insistido para que minha atitude negativa fosse registrada no diário de bordo.*

O som áspero dos trens de pouso tocando o chão pôde ser ouvido e, em seguida, o zumbido do desligamento do motor de gravidade.

— Aterrissei agora. Acabei de abrir a escotilha e estou respirando a atmosfera planetária. O ar é respirável, bastante quente e cheio de cheiros... poeira e excrementos, e há também um cheiro doce, como de putrefação... Estou particularmente sensível agora, claro, depois de ter respirado apenas o ar estéril da nave por meses, mas acho que posso ficar sem filtro respiratório. Vou sair agora e procurar nas rochas aqui um lugar adequado para a barraca.

Nargant suspirou e olhou para cima. Através da escotilha à sua direita, ele conseguia ver a maior das duas luas do planeta. O planeta tinha um segundo satélite, muito menor, que o circulava na direção oposta e exigia menos de dois dias planetários para sua órbita. No momento, no entanto, a lua menor não podia ser vista.

— É bastante rochoso e inclinado aqui. Acho que vou cortar a conexão por um tempo, pendurar o aparelho no cinto e usar as duas mãos. Ainda consegue me ouvir, Nargant?

Nargant inclinou-se para o microfone e apertou o botão liga/desliga.

— Claro.

— É reconfortante saber disso. — Ele ouviu Nillian rir. — Apenas me ocorreu que estou a alguns milhões de anos-luz de distância de casa e que será uma longa caminhada se você me deixar na mão. Então, até logo.

Um ruído rápido, então o alto-falante ficou em silêncio. O gravador parou sozinho. Os sons habituais da espaçonave envolveram Nargant: o silvo quase inaudível do sistema de ventilação, de vez em quando um barulho estranho de estalo da parte dos motores e os vários sussurros e estalidos dos instrumentos na cabine de controle.

Depois de alguns minutos, Nargant se viu olhando quase que hipnotizado para os números do relógio e esperando o próximo contato de rádio. Irritado, ele se levantou e desceu para o salão para tomar alguma coisa.

Estou com raiva de mim mesmo, percebeu. *Nillian está no meio de uma aventura agora, e eu estou em órbita e morrendo de tédio.*

Levou um tempo assustadoramente longo até Nillian restabelecer a comunicação.

— Acabei de ter meu primeiro contato com um local. Um homem mais velho. A comunicação funcionou muito bem, melhor que o esperado. Mas provavelmente o confundi um pouco com meu discurso. Na verdade, pensei que estivesse completamente deserto aqui, mas, pelo que ele me disse, deve haver algumas pedras preciosas nessas cavernas, e as pessoas vêm aqui de vez em quando para procurá-las. No mais, era muito falador. Batemos um bom papo. Curiosamente, eles ainda consideram o Imperador um governante imortal e divino aqui, mesmo que não saibam muito sobre o Império. De qualquer forma, quando contei a ele sobre a rebelião, ele não acreditou em nenhuma palavra que eu disse.

Nargant ainda se lembrava de uma época de sua vida em que o Imperador também era o centro do universo para ele. Mesmo agora, depois de vinte anos de secularização árdua e sangrenta, ele ainda sentia uma dor onde essa crença estivera antes; uma dor que tinha a ver com vergonha, um sentimento de fracasso e também um sentimento de perda.

O jovem rebelde lidava bem com aquilo. Era uma criança na época e, em toda a sua criação, nunca havia sido exposto ao maquinário esmagador da casta sacerdotal. Mal sabia ele quanta agonia alguém como Nargant teria de enfrentar pelo resto da vida.

— Felizmente, pousei o planador em um lugar difícil de ver; acho que ele não viu. Ainda assim, vou procurar outro lugar para acampar durante a noite.

O restante do dia passou calmamente. Nillian voou para vários lugares e tirou fotos, que então transmitiu para a nave espacial. Nargant podia ver as fotografias no monitor: registros de paisagens amplas e áridas, de cabanas velhas, tortas e dilapidadas e de trilhas quase irreconhecíveis que corriam interminavelmente por desfiladeiros rochosos.

Na manhã seguinte, Nillian desistiu de sua intenção original de simplesmente marchar para a cidade e olhar ao redor e passou o dia inteiro rastreando andarilhos individuais, a pé ou em pequenas montarias. Pousava a uma distância segura, ia até eles e os questionava. Durante um desses contatos, comprou um conjunto completo de roupas locais de uma velha em troca de sua pulseira incrivelmente valiosa. A disposição de Nillian para fazer sacrifícios impressionava Nargant involuntariamente, e ele teve de admitir que a prudência com que o rebelde procedia o tranquilizava.

Ao meio-dia do dia seguinte, Nillian descobriu um homem que aparentemente havia se perdido no deserto.

— Eu o tenho observado já faz um tempo. É um mistério para mim por que um homem está aqui a pé; ele só pode ter vindo da cidade, então deve estar na estrada há pelo menos um dia inteiro. O calor aqui embaixo é impiedoso, e não há água em lugar algum. Ele parece ficar caindo constantemente. — O rebelde ficou em silêncio por um tempo. — Ele não está se levantando agora. Provavelmente desmaiou. Bem, assim posso poupá-lo da visão do planador. Estou pousando agora.

— Injete um sedativo nele — aconselhou Nargant. — Caso contrário, ele acordará a bordo do planador, e você não sabe como ele reagirá.

— Boa ideia. Qual frasco é? O amarelo?

— É. Dê apenas metade da dose, a circulação dele provavelmente já está enfraquecida.

— Tudo bem.

Nargant seguiu os ruídos que vinham do alto-falante enquanto Nillian pegava o homem inconsciente no colo e o transportava para um lugar fresco e à sombra. Lá, ele lhe deu uma garrafa e meia de água. Depois, foi só esperar até que o resgatado acordasse.

— Nargant, aqui é Nillian.

Nargant se assustou. Ele havia cochilado na cadeira do piloto.

— Pois não?

A voz estalou e pipocou um pouco no alto-falante, então Nillian perguntou:

— O termo "tapete de cabelo" lhe diz algo?

Nargant coçou o peito, perplexo, e refletiu.

— Não — respondeu ele. — O máximo que posso imaginar é um tapete feito de cabelos, ou pelo menos que pareça ser assim. Por que a pergunta?

— Conversei um pouco com o homem. Ele me disse que era tapeceiro de cabelo de profissão. Profissão talvez não seja exatamente a palavra certa; do jeito que falou, parecia mais uma casta social. De qualquer forma, eu verifiquei. Com isso, ele realmente quer dizer que tece um tapete de cabelo, cabelo humano.

— Cabelo humano? — Nargant ainda estava tentando acordar completamente. Por que Nillian estava contando tudo isso para ele?

— Deve ser um negócio caro. Se não o entendi completamente mal, ele leva a vida toda para tecer um único desses tapetes de cabelo.

— Parece muito estranho.

— Eu disse isso a ele também, e ele ficou totalmente atordoado com o meu ponto de vista. Tecer esses tapetes aqui deve ser uma espécie de ato sagrado. Aliás, pelo fato de eu não saber o que era um tapete de cabelo, ele concluiu de forma muito astuta que eu vinha de outro planeta.

Nargant ficou sem ar.

— E o que você disse?

— Eu admiti. Por que não? Acho interessante que as pessoas saibam que há outros mundos habitados; eu não esperava isso, já que tudo parece muito primitivo por aqui.

Para sua surpresa, Nargant notou que suas mãos tremiam. Só agora sentia que estava realmente passando mal, passando mal de medo. Havia uma tensão nele que só diminuiria quando essa aventura terminasse e Nillian estivesse de volta a bordo, uma tensão que, contra todo o bom senso, tentava proteger os dois das consequências de sua aparente insubordinação.

— O que vai fazer agora? — perguntou ele, esperando que sua voz não revelasse nada disso.

— Estou interessado nesses tapetes de cabelo — disse Nillian de um jeito descuidado. — Pedi para ele me mostrar o tapete em que está trabalhando, mas ele diz que não pode. Não sei por quê, ele murmurou algo que não entendi. Mas vamos visitar um colega dele, outro tapeceiro de cabelo, e poderei ver o tapete dele.

Era uma questão física. Sua mente sabia que os rebeldes tinham uma visão diferente da disciplina, mas seu corpo não sabia nada sobre isso. Seu corpo estava mais disposto a morrer que a desobedecer a uma ordem.

— Quando você vai lá?

— Dei um suplemento para ele, ainda estou esperando que funcione. Uma hora, talvez. O homem estava bastante exausto. Mas não estou conseguindo arrancar dele o que queria fazer aqui no deserto. Uma história bem misteriosa, a coisa toda.

— Você está usando o traje local?

— Claro. Aliás, incrivelmente desconfortável. Arranha em lugares que a pessoa nem sabia que existiam.

— Quando vai entrar em contato?

— Imediatamente após a visita ao outro tapeceiro de cabelo. Temos uma caminhada de duas a três horas pela frente. Ainda bem que o sol já está bem baixo e não está mais tão quente. Talvez sejamos convidados a passar a noite. Claro que não vou recusar.

— Você vai ficar com o rádio por segurança, certo?

— Claro. — Nillian riu. — Ei, você está preocupado comigo?

Nargant sentiu uma provocação nessas palavras. Na verdade, não, percebeu ele, e se sentiu horrível e malvado. Estava realmente preocupado consigo mesmo, com o que aconteceria com ele se algo acontecesse com Nillian. Não merecia o carinho que o jovem rebelde demonstrava por ele, pois não conseguia retribuir. Tudo o que conseguia era invejar sua leveza e sua liberdade interior e sentir-se um aleijado diante dessas características.

— Estou morrendo de cansaço — disse ele de um jeito evasivo. — Vou tentar dormir um pouco. Desejo muito sucesso. Desligo.

— Obrigado. Desligo — respondeu Nillian. Após um estalo audível, o gravador desligou novamente.

Nargant ficou na poltrona, inclinou a cabeça para trás e fechou os olhos. Era como se os globos oculares estivessem vibrando. *Tenho certeza de que não vou conseguir dormir*, pensou. Mas adormeceu antes que pudesse abrir os olhos de novo e caiu em um sonho agitado.

Quando acordou, demorou muito para lembrar onde estava e o que havia acontecido. Entorpecido, olhou para os números no relógio e tentou, sem sucesso, descobrir quanto tempo havia dormido. De qualquer forma, o contador do gravador não se movera mais, o que significava que Nillian ainda não havia ligado de volta.

Ele foi até uma escotilha de observação e olhou lá fora, para a vasta esfera do planeta. Um crepúsculo interminável se estendia de polo a polo da superfície marrom-suja. Foi como um choque quando ele de repente percebeu que era de manhã cedo na área onde Nillian estava hospedado. Ele havia dormido a noite toda.

E Nillian não havia chamado.

Ele pegou o microfone e ativou o transmissor com um movimento muito grosseiro.

— Nillian?

Ele esperou, mas tudo permaneceu em silêncio. Ficou mais formal:

— Aqui é Kalyt 9 chamando Nillian Jegetar Cuain, por favor, responda! — Isso também não adiantou.

O tempo estava passando, e Nillian não respondia. Nargant sentou-se em sua poltrona de piloto e chamou o nome de Nillian repetidamente no rádio por horas. Ele fez o gravador retroceder e ouviu a gravação, mas realmente não havia nada, nenhuma mensagem de rádio de Nillian. Ele não percebeu que estava constantemente mastigando o lábio inferior, que já estava começando a sangrar.

Sentiu-se quase partido ao meio por duas tensões que o puxavam como forças da natureza. Havia a ordem, a ordem clara, definitiva e irrevogável, de não pousar no planeta sob observação e o seu senso de obediência, do qual ele outrora se orgulhara. Sabia desde o início que esse empreendimento ia dar errado, desde o início. Um homem sozinho em um planeta desconhecido, em uma cultura desconhecida com a qual o Império não tivera nenhum contato por décadas. O que esse homem poderia fazer senão correr na direção da própria morte?

Por outro lado, havia esse novo sentimento de amizade, o conhecimento de que em algum lugar lá embaixo um homem poderia estar em uma situação perigosa e havia depositado todas as esperanças nele, um homem que acreditava nele e que se esforçara para conquistar sua amizade, embora soubesse que este ex-soldado imperial achava essas coisas difíceis. Talvez naquele exato momento Nillian estivesse erguendo os olhos para o céu noturno escuro, onde ele sabia que havia uma pequena e frágil nave espacial, e aguardando o resgate.

Nargant respirou fundo e se empertigou. Ele havia se decidido, e a decisão lhe conferiu uma nova força. Com gestos experientes, preparou tudo para uma mensagem de rádio múltipla.

— Aqui é Nargant, piloto da nave expedicionária Kalyt 9. Chamando o cruzador pesado Trikood, sob o comando de Jerom Karswant. Atenção, esta é uma chamada de emergência!

Pausa. Sem perceber o que estava fazendo, Nargant enxugou as gotas de suor da testa. Sentiu como se não se tratasse apenas de uma mensagem de rádio, mas como se tivesse de fazer e falar o que precisava ser feito e dito com todo o seu corpo, usando toda a sua força. Sabia que não devia pensar muito, senão acabaria não transmitindo a mensagem. *Basta falar e enviar imediatamente, e o que vier, terá vindo.* Ele soltou o botão de pausa.

— Em desrespeito às nossas ordens, meu parceiro Nillian Jegetar Cuain foi à superfície do planeta G-101/2 há três dias, horário-padrão, para realizar mais investigações entre os habitantes. Seu último contato planejado está agora com oito horas de atraso. Os seguintes eventos devem ser mencionados... — Ele fez um relato breve e completo, sem considerar o tremor em suas pernas. — Peço instruções. Nargant, a bordo da Kalyt 9. Hora-padrão: 18-3-178002. Última calibração: 4-2. Posição: quadrante 2014-BQA-57 do mapa, em órbita ao redor do segundo planeta do sol G-101. Desligo.

Quando ele acionou a emissão da mensagem, estava molhado de suor. Então, tudo seguiu seu curso. A mensagem de rádio correu em direção ao seu destino, dividida em partículas de informação de uma dimensão incompreensível, e ninguém seria capaz de trazê-la de volta. Nargant abaixou o microfone e se preparou para uma longa espera. Estava cansado, mas sabia que não conseguiria dormir.

Nas horas que se seguiram, continuou chamando o nome de Nillian no rádio eletromagnético. Seus nervos pareciam queimar, e a antecipação do desastre iminente o atormentava.

De repente, a luz de recepção vermelho-alaranjada do transmissor acendeu, e o gravador foi acionado automaticamente. Nargant acordou de um sono crepuscular conturbado. A nau capitânia da frota Gheera havia respondido!

— Aqui é o cruzador Trikood. Kalyt 9, confirmamos a sua mensagem de rádio, enviada na hora-padrão 18-3-178002. A liderança da expedição instrui a interrupção das suas investigações e o retorno o mais rápido possível. Desligo.

O tempo parecia ter parado. De repente, Nargant não ouvia mais nada, apenas as batidas descontroladas do coração e o rugido do sangue borbulhando nos ouvidos. "Erro! Erro! Erro!" parecia ouvir incessantemente no ritmo de seu pulso. Ele havia cometido um erro. Havia permitido que um erro fosse cometido. Havia desobedecido e seria punido implacavelmente. Tudo o que podia fazer para recuperar sua honra era retornar o mais rápido e humildemente possível para receber sua punição.

As mãos de Nargant pairaram sobre as manoplas de comando. Os sussurros e gemidos dos instrumentos no painel de controle cessaram quando os motores colossais nas profundezas da espaçonave despertaram e fizeram o casco tremer. O medo havia levado embora todos os pensamentos, até mesmo a lembrança de Nillian. Um ponteiro subiu do vermelho para o verde enquanto tanques volumosos injetavam energia no propulsor, e então Nargant acelerou, fazendo com que a pequena nave mergulhasse em direção ao tecido escuro das estrelas. Cada um de seus movimentos mostrava a rotina de uma vida inteira; mesmo em estado semimorto, ele ainda poderia ter pilotado a nave. Sem um único movimento de mão desnecessário, ele se preparou para a fase de voo mais rápido que a luz, e, pouco tempo depois, a Kalyt 9 entrou naquela dimensão em que outras leis prevalecem. Não há limite para o avanço nessa dimensão, mas todos estão sozinhos nela. Nenhuma mensagem de rádio chega a uma nave espacial que está viajando nesse superespaço incompreensível.

E foi por isso que a resposta real ao pedido de socorro de Nargant chegou até ele com alguns minutos de atraso.

— Kalyt 9, aqui é o comandante Jerom Karswant a bordo da Trikood. Aviso, estou revogando o último comando que você recebeu. Aquela ordem era uma instrução-padrão para todas as naves expedicionárias. Nargant, fique em órbita ao redor do G-101/2 e continue tentando fazer contato por rádio com Nillian. Estou lhe enviando o cruzador leve Salkantar. Por favor, calcule o ponto de imersão mais próximo para uma nave deste tamanho e envie as coordenadas exatas para que o Salkantar possa chegar até você o mais rápido possível! Repito: não retorne à base. Mantenha sua posição e permita que Salkantar se aproxime. A ajuda está a caminho.

Muito mais tarde, após a chegada da nave expedicionária Kalyt 9 no acampamento-base da expedição Gheera e após várias consultas com o Salkantar, que havia tentado sem sucesso voar para a estrela G-101 com base apenas nos mapas estelares imprecisos e incorretos, Nargant entendeu que não havia percebido, por puro pânico, que a mensagem que ele pensava ser a resposta à sua chamada de emergência havia chegado muito antes do que as leis da física permitiriam, e que, na verdade, tinha sido uma mensagem de rotina para todas as naves expedicionárias. Também percebeu que, com seu retorno apressado, havia deixado seu camarada Nillian na mão e provavelmente o entregado à morte.

Teve uma conversa constrangedora com o robusto comandante da frota expedicionária, mas o velho general rebelde não o puniu. E essa, talvez, tenha sido a punição mais severa.

A partir de então, todas as manhãs, quando Nargant se olhava no espelho, dizia em voz alta para si mesmo:

— Não há mais Imperador.

E cada vez que pronunciava essas palavras, sentia o medo profundo que o paralisava e lembrava-se do homem que lhe dera sua confiança e amizade. Ele queria tanto ter sido capaz de corresponder a esses dois sentimentos, mas não havia conseguido.

O COBRADOR DE IMPOSTOS

Ele vinha seguindo as marcações na rota comercial por dias e realmente não tinha nada com que se preocupar; as pedras grosseiramente lavradas haviam sido colocadas em intervalos regulares e eram claramente reconhecíveis, e foram raros os desvios da rota repisada. Ainda assim, ele deu um suspiro de alívio involuntário quando finalmente Yahannochia apareceu no horizonte.

Seu jibarat era indiferente a esse fato. A montaria não mudou seu passo contínuo e oscilante, nem mesmo quando ele tentou impulsioná-la com palmadas, contra todo o bom senso. Os jibarats eram mais sensatos que os humanos quando se tratava de definir o ritmo certo para longas jornadas terrestres.

De vez em quando, via as residências dos tapeceiros de cabelo entre as colinas. Algumas impressionantes e coloridas, outras castanho-acinzentadas aninhadas discretamente na rocha, dependendo da idade e do estilo arquitetônico das casas. Havia casas com telhados pontiagudos e paredes de barro vermelho cozido, outras eram planas e construídas com pedra lavrada. Ele até viu uma casa que era toda preta e, à distância, parecia ter sido incendiada.

Ninguém o notou quando ele passou pelo portão da cidade. Crianças corriam, discutindo em voz alta, e duas mulheres estavam conversando na esquina de uma casa. Poucas vezes ele viu o inconfundível choque naqueles cujo olhar caía sobre a insígnia em seus alforjes: a insígnia do coletor de impostos imperial.

Ele ainda sabia se localizar muito bem. Não havia mudado muito desde sua última visita, que havia sido uns bons três anos antes. Ainda sabia como percorrer as ruas estreitas, passando por oficinas empoeiradas e bares pobres e escuros, paredes manchadas e pilhas de madeira mofada, até a prefeitura.

Um sorriso fino brincou em seus lábios. Eles não o enganariam. Ele os avaliaria e tributaria sem piedade. Claro que eles sabiam que ele viria; sempre sabiam. E ele estava no serviço imperial havia décadas, conhecia todos os truques. Eles não precisavam acreditar que poderiam enganá-lo com as fachadas pobres. Em um exame mais meticuloso, dava para ver os presuntos gordos pendurados nos porões e os tecidos finos nos armários.

Bando de ímpios! Tudo o que tinham a oferecer de sua existência miserável era uma ninharia em impostos, e mesmo daquilo queriam se esquivar.

Em frente à prefeitura, parou seu jibarat e bateu em uma das janelas sem apear. Um jovem colocou a cabeça para fora e perguntou o que ele queria.

— Sou Kremman, o cobrador de impostos e juiz imperial. Anuncie-me às autoridades da cidade.

Os olhos do jovem se arregalaram ao ver a insígnia imperial. Ele assentiu apressadamente e desapareceu.

Eles tentavam todos os truques. Eles haviam queimado o livro-razão em Brepenniki, de onde ele tinha acabado de vir. Claro que não admitiram isso, nunca admitiam nada assim; eles alegaram que um incêndio acontecera na prefeitura e destruíra o livro. Como se pudessem com isso se evadir de pagar os impostos! Tudo o que conseguiram foi sua permanência por mais tempo. Um novo livro-razão teve de ser criado, e todos os cidadãos da cidade tiveram de ser reavaliados. Houve o ranger de dentes e as lágrimas de sempre, mas Kremman não ficou impressionado e cumpriu seu dever. Sabia que eles seriam mais cuidadosos no futuro. Não fariam isso com ele novamente.

A porta da prefeitura se escancarou, e um velho gordo saiu às pressas enquanto ainda se enfiava nas mangas de sua túnica pomposa extremamente surrada. Ofegante, ele parou diante de Kremman, finalmente terminou de vestir a túnica e depois olhou para o cobrador de impostos com gotas finas de suor na testa.

— Saudações em nome do Imperador, Kremman! — gritou ele, nervoso. — É bom que o senhor tenha vindo, muito bom mesmo, pois temos um homem mau na masmorra desde ontem e não sabemos o que fazer com ele. Mas agora o senhor pode dar um veredito judicial...

Kremman olhou para o homem com desprezo.

— Não desperdice meu tempo. Se for um malfeitor, enforque-o como manda a lei.

O governante da cidade assentiu com tanta ansiedade, bufando com tanta força, que se poderia pensar que despencaria a qualquer momento.

— Eu nunca o incomodaria com isso, juiz, se ele fosse um malfeitor comum, nunca. Mas ele não é um malfeitor comum, ele é na verdade um malfeitor dos mais incomuns, e estou firmemente convencido...

As coisas que eles inventavam! Se ao menos concentrassem sua desenvoltura em seu trabalho em vez de tentar enganá-lo!

Ele interrompeu o discurso do outro homem com um aceno de mão.

— Quero cuidar dos livros primeiro, pois foi por isso que vim.

— Certo, é claro. Perdoe minha falta de consideração. O senhor deve estar exausto da viagem. Quer dar uma olhada nos livros imediatamente, ou posso lhe conceder aposentos primeiro e lhe trazer alguns refrescos?

— Primeiro os livros — insistiu Kremman, girando para descer da sela.

— Os livros primeiro, muito bem. Siga-me.

Kremman pegou a sacola com seus utensílios de trabalho e deixou o velho conduzi-lo até o porão abobadado da prefeitura. Enquanto colocava seu equipamento em uma grande mesa com movimentos treinados centenas de vezes, ele observou em silêncio enquanto o velho pegava uma chave enferrujada e abria o grande armário de ferro em que os livros-razão eram guardados.

— E traga-me logo as alterações — ordenou Kremman depois que o prefeito colocou o livro lacrado sobre a mesa.

— Vou trazê-las para o senhor imediatamente — murmurou o homem.

Kremman sorriu maliciosamente quando o prefeito saiu pela porta. Provavelmente pensou que poderia distraí-lo de seu trabalho com algum tipo de história. E agora estava decepcionado por não ter dado certo.

Ele os pegaria. Em algum momento, ele pegava todos eles.

Então, pôs-se a trabalhar. Antes de tudo, era necessário verificar se o selo do livro fiscal de Yahannochia estava realmente intacto. Kremman sentiu as tiras de vedação que cercavam o livro; estavam ilesas. Então passou ao selo em si. Ele pesou-o na mão e o examinou criticamente. Havia quebrado e amarrado milhares de lacres em sua vida e, no entanto, era sempre um ponto em que parava e não permitia que se degenerasse em algo rotineiro. O selo do livro fiscal era o ponto mais sensível do sistema. Se conseguissem forjar um selo sem que ele percebesse, então o enganariam. Se essa notícia se espalhasse, lhe custaria a cabeça. E se não se tornasse conhecida, poderiam chantageá-lo pelo resto de seus dias.

O rapaz que havia aberto a janela para ele, provavelmente um criado da prefeitura, entrou e trouxe o talão de alterações da cidade. Kremman indicou com um aceno indelicado para que o colocasse sobre a mesa e, quando viu a curiosidade do outro, olhou para ele de um jeito tão venenoso que o rapaz preferiu sair o mais rápido possível. Ele não podia ter nenhum espectador ali.

Kremman colocou cuidadosamente seu selo sobre o pedaço de cera. Para sua tranquilidade, correspondiam. Mesmo um exame minucioso com uma lupa forte não revelou nenhuma irregularidade.

Eles não ousariam. Não tinham esquecido que havia sido ele, quando era um jovem cobrador de impostos, quem descobrira o selo fiscal falsificado na Cidade dos Três Rios. Eles não tinham esquecido a dureza com que ele reavaliara toda a cidade e também impusera uma taxa de penalidade que trouxera lágrimas aos olhos dos habitantes.

Restava o último teste. Depois de uma rápida olhada na porta para se certificar de que realmente ninguém o espiava, pegou uma pequena faca e começou a raspar cuidadosamente a imagem do selo. Esse era o segredo que permanecia oculto se alguém simplesmente quebrasse ou derretesse o selo: sob o primeiro selo havia um segundo, que apenas dedos habilidosos e experientes poderiam revelar. Kremman raspou com infinita cautela até que uma descoloração imperceptível no lacre indicasse a camada de separação. Então, uma pequena torção com a faca, que levara anos para aprender, e a camada superior de cera se desprendeu perfeitamente. Lá estava o selo secreto, um pequeno sinete que apenas os cobradores de impostos imperiais conheciam. Kremman sorriu satisfeito, pegou uma vela e com ela derreteu completamente o selo. Deixou a cera pingar em uma pequena tigela de ferro; quando tudo acabasse, faria um novo selo com ela.

Então, abriu o livro. Esse momento o eletrizava desde que conseguia se lembrar; esse momento de poder. Nesse livro estavam registrados os pertences de todos os habitantes da cidade, as riquezas dos ricos e os escassos bens dos pobres; nesse livro, ele decidia com o golpe de uma pena sobre a penúria ou o bem-estar de uma cidade inteira. Quase com ternura, virou as páginas, que estalavam por sua antiguidade, e seu olhar acariciava as páginas esmaecidas cheias de entradas antigas, cheias de números, assinaturas e carimbos. Os líderes da cidade podiam exibir suas lindas túnicas e se inflar na frente do povo: com este livro e seu direito de escrever nele, era ele quem detinha o verdadeiro poder.

Ele mal conseguia se desvencilhar daquilo. Com um suspiro quase inaudível, pegou o outro livro, o livro de alterações da cidade. Ele parecia muito mais comum, quase vulgar. Era possível literalmente sentir que todos podiam escrever nele; era como a prostituta dos livros fiscais. Kremman abriu-o com alguma relutância e procurou sua última entrada. Em seguida, percorreu as páginas seguintes com as alterações: nascimentos e mortes, casamentos, imigração e emigração e mudanças de profissão. Não eram tantas quanto ele temia depois de tanto tempo. Ele terminaria as estimativas rapidamente, e então haveria tempo para algumas verificações pontuais. Queria saber se tudo estava indo bem naquela cidade tranquila.

Leu a última entrada com um leve franzir de testa. Haviam recentemente apedrejado seu único professor, aparentemente a mando de um pregador itinerante; a acusação formulada posteriormente foi duvidar de Deus. Kremman não aprovava que um pregador de passagem por ali atuasse como juiz. E, em uma cidade sem professor, mais cedo ou mais tarde, a arrecadação de impostos caía, como a experiência havia demonstrado repetidas vezes.

Estava agradavelmente quieto no porão abobadado. Kremman só conseguia ouvir a própria respiração e a pena arranhando o papel enquanto fazia suas listas. Entregaria a primeira lista ao criado depois; ela continha os nomes de todas as pessoas que seriam convocadas para interrogatórios na prefeitura, pessoas cujo estado civil ou cujas posses haviam mudado desde a última vez. Na segunda lista, anotava o nome daqueles que ele mesmo procuraria e avaliaria. Alguns dos nomes vinham do livro de alterações, quando a situação tornava inevitável uma avaliação pessoal. Os outros nomes eram dados por sua intuição, por seu faro para maquinações desonestas e por sua compreensão instintiva do esforço humano para manter o máximo possível dando o mínimo possível e para trapacear nos deveres reconhecidos. Ele confiava completamente nesse instinto, e sempre se saía bem com ele. Ele lia a lista de pessoas da cidade, lia ocupação, idade e status e sua última avaliação, e com alguns nomes sentia algo como um alarme interior; esses eram os nomes inscritos na lista.

Podia muito bem imaginar o que estava acontecendo na cidade agora. A essa altura, a notícia de sua chegada certamente já alcançara a última cabana, e agora estavam debatendo com corações ansiosos se isso os afetaria desta vez. E é claro que estavam ocupados escondendo tudo o que era valioso: as joias, as roupas novas, as boas ferramentas, a carne defumada e os jarros de barro com carne curada no sal. Enquanto estava ali sentado, escrevendo suas listas, eles vestiam suas roupas mais velhas e cinzentas, trapos surrados, sujavam de gordura os cabelos e de poeira o rosto, esfregavam as paredes de suas casas e cabanas com cinzas e carregavam esterco de gado para os quartos, atraindo pragas.

E ele enxergaria através dessas máscaras. Achavam que podiam enganá-lo com cabelos despenteados e rostos sujos, mas Kremman olharia para as unhas deles, veria se tinham calos e saberia. Ele encontraria coisas debaixo da palha onde dormem, atrás de armários, debaixo de vigas e em porões. Não havia tantos esconderijos, e ele conhecia todos. Nos dias em que estava de bom humor, podia aproveitar o desafio, como um esporte. No entanto, esses dias eram raros para ele.

Quando terminou as duas listas, Kremman fechou o livro-razão e chamou o criado.

— Você está familiarizado com o processo de cobrança de impostos? — perguntou ele. — Você é muito jovem e eu não te conheço, por isso a pergunta.

— Sim. Quer dizer, não. Me explicaram uma vez, mas eu mesmo nunca tive que...

— Então, faça o que eu digo. Aqui está uma lista de nomes de pessoas da cidade que vou acarear aqui amanhã. Eu as dividi em quatro grupos: para o início da manhã, o final da manhã, a tarde e o início da noite. Você precisa garantir que elas estejam aqui a tempo. Entendeu?

O jovem assentiu, incerto. *Ele é mesmo um novato*, pensou Kremman com desprezo.

— Consegue fazer isso?

— Sim, claro! — apressou-se em assegurar o criado.

— Como você vai proceder?

Ele o havia pegado. Kremman viu-o engolir em seco e mirar o chão com olhos arregalados, como se a resposta pudesse ser encontrada em algum lugar. Ele murmurou algo ininteligível.

— O que você disse? — insistiu Kremman com cruel satisfação. — Não te ouvi.

— Eu disse que ainda não sei.

Kremman olhou para ele da mesma forma que se olha para um inseto nojento.

— Você conhece as pessoas da cidade que estão nesta lista?

— Sim.

— O que acha de passar na casa de cada uma delas hoje e avisá-las?

O jovem assentiu de um jeito tenso, mas não ousou olhar o cobrador nos olhos.

— Sim. Sim, farei isso.

— Qual é o seu nome?
— Bumug.
Kremman entregou-lhe a lista.
— Você vem à tarde.
— À tarde? — Agora ele olhava novamente para o cobrador de impostos, confuso. — Eu? Como assim?
Kremman sorriu ironicamente.
— É claro que você também está na lista, Bumug.

*

Como sempre, o coletor de impostos imperial ocupou os aposentos de hóspedes da prefeitura. No caso do mobiliário desses aposentos e das refeições para este hóspede, todas as cidades que visitava se viam em um conflito. Por um lado, desejavam não deixar faltar nenhuma comodidade para não despertar seu descontentamento; por outro, não queriam dar-lhe a ideia de que se tratava de uma cidade próspera.

Felizmente para ele, a necessidade de suborno geralmente vencia, e também aqui em Yahannochia. Encontrou um quarto limpo, uma cama digna de um rei e uma mesa ricamente posta. Ele colocou o livro-razão debaixo do travesseiro antes de se sentar à mesa. Até que o livro fosse selado novamente, não tiraria os olhos dele nem por um momento.

Quando foi até a prefeitura na manhã seguinte com o livro debaixo do braço, já havia uma longa fila de pessoas esperando respeitosamente. Kremman respirou fundo e avançou em um passo particularmente forte e determinado para banir qualquer fraqueza, qualquer sinal de piedade, boa índole ou outras emoções que a um cobrador de impostos não fariam bem. Esperava-o um dia atarefado, um dia em que teria de ouvir histórias lamentáveis de manhã à noite, e não podia se permitir um momento de desatenção, nem um momento de indulgência, sem trair a sua tarefa, sua sagrada tarefa de coleta de impostos para o Imperador.

Então, passou pela fileira de pessoas da cidade sem lhes lançar um olhar mais demorado, sentou-se à mesa preparada na qual alguém já havia colocado utensílios de escrita e um jarro de água, abriu o livro-razão e depois chamou o primeiro nome em sua lista.

— Garubad!

Um homem atarracado com rosto envelhecido e cabelos grisalhos deu um passo à frente, uma figura de pura força física, vestido inteiramente com couro surrado.

— Sou eu.

— Você é criador de gado?

— Sou.

— Que tipo de gado você cria?

— Ovelhas keppo, principalmente. Também tenho alguns búfalos baraq.

Kremman assentiu. Estava tudo em seu livro-razão. O homem parecia correto, temente a Deus, não era um caso difícil.

— Quantas keppos? Quantos baraqs?

— Mil e duzentas keppos e sete baraqs.

Kremman consultou seu livro.

— Ou seja, o número de suas ovelhas aumentou em um quarto; o número de baraqs permaneceu o mesmo. Então, vou aumentar o seu imposto no mesmo valor. Tem alguma objeção quanto a isso?

O criador de gado fez que não com a cabeça.

— Não. Entrego esse dinheiro ao Imperador.

— Vou levá-lo ao Imperador — respondeu Kremman à fórmula tradicional e anotou o acordo. — Obrigado, pode ir.

Foi um bom começo. O cobrador de impostos adorava quando um dia de avaliação começava assim. Ali, também, ele confiava no instinto para lhe dizer quando colocar alguém em sua lista de visitas pontuais e quando acreditar nesse alguém.

Acabou por ser um dia atarefado, mas, apesar de tudo, muito agradável. Havia, é claro, as habituais queixas dolorosas de colheitas ruins, gado morto, filhos mortos e homens fugitivos, mas não com tanta frequência quanto de costume, e Kremman até acreditou em algumas das histórias. Com um toque de brandura que o surpreendeu, em um caso ele até ordenou a restituição a uma mulher cujo marido havia morrido. Ninguém deve dizer que os cobradores de impostos são monstros. Ele estava simplesmente cumprindo seu dever, nada mais; seu dever sagrado, a serviço do Imperador.

Era tarde da noite quando ele fez a última entrada sob a luz de uma lâmpada a óleo e dispensou o último homem. Ele olhou com satisfação sua segunda lista, que continha cinco novos nomes. Não precisaria de mais de um dia para as visitas que faria, e então seria apenas uma questão de somar todos os números.

Assim que fechou o livro, o prefeito apareceu novamente em sua túnica pomposa e desarrumada.

— Se eu tiver permissão, gostaria apenas de lembrá-lo que temos esse homem vil na masmorra e...

— Primeiro os impostos — interrompeu Kremman, cansado, e se levantou. — Primeiro os impostos, depois tudo o mais.

— Claro — o velho assentiu obsequiosamente. — Como quiser.

*

Ele entrou na primeira casa sem aviso prévio. Para as visitas, era importante aparecer sem aviso prévio, embora não tivesse ilusões a esse respeito: seu caminho pelos becos de Yahannochia era secretamente seguido por muitos olhos, e tudo o que fazia era imediatamente repassado aos sussurros.

Mas ele realmente surpreendeu aqueles dois. Eles se sobressaltaram, em choque, quando ele passou pela porta; a mulher escondeu o rosto e desapareceu em outra sala, e o homem ficou, como que por acaso, na frente do cobrador de impostos de tal forma que ele não pudesse ver a mulher. Kremman sabia por quê: a presença de uma bela jovem na casa levava alguns cobradores de impostos a estimar inicialmente um imposto dolorosamente alto, apenas para oferecer um imposto mais baixo no caso de a mulher lhe fazer favores. No entanto, Kremman nunca tinha feito isso. Além disso, os líderes da cidade de Yahannochia tinham, com sábia previsão, levado para ele uma moça na noite anterior, uma mulher muito jovem (suas preferências eram conhecidas), e ele havia ficado satisfeito com ela.

— Sou Kremman, o cobrador de impostos do Imperador — disse ele ao jovem que parecia zangado e temeroso na mesma medida. — De acordo com meus registros, você se casou no ano passado. Preciso avaliar vocês. Mostre-me tudo o que possuem.

A mulher já havia desaparecido quando entraram no cômodo ao lado. O olhar aguçado do cobrador de impostos pousou na janela, que estava entreaberta. Kremman sorriu de um jeito sombrio. Ela devia ter escapado pela janela.

Abriu armários, olhou jarras, examinou a palha que servia de cama e bateu em vigas e paredes de madeira. Como esperado, não encontrou nada de especial. Por fim, inseriu o que considerou apropriado em sua lista.

O alívio do jovem era inconfundível.

— Entrego esse dinheiro ao Imperador! — soltou ele.

— Vou levá-lo ao Imperador — respondeu Kremman, e saiu.

O livro-razão foi lacrado e trancado em seu armário, uma cópia da lista de impostos atual foi feita e afixada no livro de alterações, e tudo o que restava fazer era o registro da cobrança.

A própria cidade cobrava os impostos, então ele não tinha nada a ver com isso. Seu único trabalho era fixar o valor do imposto. Também não tinha nada a ver com o transporte do dinheiro; isso seria feito pelo próximo mercador de tapetes de cabelo que viesse a Yahannochia. A escritura também se destinava a ele, pois teria de prestar contas das quantias que lhe haviam sido confiadas e de seu carro-forte na Cidade Portuária.

A maioria das pessoas acreditava que os impostos eram enviados ao Imperador, mas isso não era verdade. O dinheiro nunca saía do planeta. Este mundo pagava apenas um tipo de dívida à corte do Imperador, e eram os tapetes de cabelo. O dinheiro dos impostos era usado apenas para pagar pelos tapetes de cabelo.

Era por isso que os mercadores de tapetes de cabelo eram encarregados do transporte do dinheiro dos impostos; quando finalmente chegavam à Cidade Portuária, entregavam os tapetes de cabelo, o restante do dinheiro e os certificados dos cobradores de impostos. Esses registros eram então comparados com os registros que os mestres da guilda dos tapeceiros de cabelo enviavam à Cidade Portuária, e assim era possível determinar se um mercador havia cumprido seu dever ou enriquecido injustificadamente.

— Os impostos estão fixados — disse Kremman casualmente quando o líder da cidade entrou na sala. — Se tiverem alguma controvérsia que precise ser resolvida perante um juiz imperial, agora é a hora.

— Não temos nenhuma — respondeu o velho —, apenas, como eu disse, o homem vil.

— Ah, sim, seu homem vil. — Kremman parou de escrever o certificado e se recostou. — O que ele fez?

— Ele proferiu todo tipo de blasfêmia, incluindo que o Imperador não governa mais, que foi derrubado, e outras maluquices. E isso na presença de dois tapeceiros de cabelo altamente respeitados que também estão prontos para testemunhar o incidente.

Kremman suspirou de tédio.

— Ah, os velhos rumores. Essas histórias existem há pelo menos vinte anos, e sempre há malucos que acham que precisam requentá-las. Por que simplesmente não o enforca? É um homem desviado, nada mais. É para isso que serve a lei.

— Bem — disse o prefeito —, não tínhamos certeza se a lei deveria ser aplicada neste caso. O ímpio é um forasteiro, e um bem estranho, por sinal. Não sabemos de onde veio. Ele afirma vir de outro mundo, tão distante que não é possível vê-lo do céu.

— Não há nada de especial nisso, os domínios do Imperador são grandes — interveio Kremman.

— E ele afirma ser um dos rebeldes que teriam derrubado o Imperador... Perdoe minhas palavras, estou apenas repetindo o que o forasteiro disse. Ele diz que veio de uma nave rebelde que está circulando nosso mundo...

O cobrador de impostos riu alto.

— Absurdo! Se tal nave existisse, certamente não hesitaria em fazer algo para libertá-lo. Louco, como eu disse.

— Sim, nós também pensamos assim — disse o velho, balançando a cabeça lentamente e hesitando um momento antes de continuar. — O que nos fez esperar pelo seu veredito, no entanto, foi que encontramos um aparelho de rádio com o forasteiro.

— Um aparelho de rádio? — Kremman ouvia atentamente.

— Sim. Trouxe-o comigo. — Das profundezas de sua túnica, o prefeito retirou uma pequena caixa de metal preta com apenas uma membrana de microfone e alguns botões.

Kremman pegou o aparelho e o pesou com cuidado. Era surpreendentemente leve e notavelmente limpo, sem os arranhões e os riscos exibidos por quase todos os dispositivos tecnológicos que o cobrador de impostos já havia visto em sua vida.

— Tem certeza de que é um rádio?

— O forasteiro disse isso. Também não sei o que mais poderia ser.

— É tão... pequeno! — Kremman tivera um rádio uma vez, anos antes, uma caixa grande e desajeitada. Naquela época, ele sempre reportava suas autuações fiscais diretamente à Cidade Portuária. Mas um dia ele foi pego em uma tempestade de areia, sua montaria caiu, e a preciosa propriedade foi esmagada contra uma pedra.

Kremman estudou o pequeno dispositivo mais de perto. Os interruptores não estavam rotulados; apenas no verso havia algo como um número estampado, em caracteres que apenas vagamente o lembravam dos dígitos familiares.

Um medo peculiar invadia o cobrador de impostos enquanto ele segurava o dispositivo na mão, o tipo de medo que se abate sobre aqueles que estão à beira de um penhasco e têm de olhar para um abismo escuro e imensamente profundo. Aquele dispositivo, ele percebeu, era um argumento irrefutável. Era um corpo alienígena. Fosse o que fosse, sua própria existência provava que estavam acontecendo coisas aqui além do domínio de sua autoridade judicial.

Essa percepção repentina o fez respirar aliviado. Havia um caminho que podia ser percorrido, que o exonerava de qualquer responsabilidade e também estava em total conformidade com os regulamentos.

— O malfeitor deve ser levado para a Cidade Portuária — ordenou ele finalmente. — Ele e o dispositivo.
— Devo apresentá-lo antes? — perguntou o prefeito.
— Não, não é necessário. Vou inserir a decisão no certificado. O próximo mercador de tapetes de cabelo que visitar Yahannochia deve levá-lo com ele e apresentá-lo ao Conselho.

Rapidamente, como se quisesse antecipar alguma objeção, escreveu um texto adequado na parte inferior do certificado de impostos, pingou cera na lateral e pressionou seu lacre sobre ela.

OS LADRÕES DE TAPETES DE CABELO

A enorme comitiva do mercador Tertujak, com suas carroças, suas carruagens e seus soldados montados, avançou lentamente sobre a vasta planície em direção ao enorme maciço rochoso de Zarrak, que se estendia interminavelmente de horizonte a horizonte como uma parede escura e intransponível.

Tertujak, que estava sentado em sua carroça sobre os livros, sentiu uma transição clara quando as rodas da carruagem pararam de roncar sobre rochas e escombros, passando por cada depressão e cada pedra ao longo do caminho como um golpe duro, quase doloroso, e começaram a moer a areia resiliente. Ele havia percorrido essa rota muitas vezes em sua vida para saber, sem olhar pela janela, que a subida para a única travessia sobre o maciço de Zarrak havia começado, a passagem ao pé do Rochedo do Punho.

Depois de pensar por um momento, ele decidiu que devia dar outra olhada. Levantou seu corpo maciço para fora das almofadas e abriu a porta estreita que dava para uma pequena plataforma ao lado do banco do cocheiro. Era quase estreito demais para o corpo considerável do mercador, mas Tertujak se espremeu, agarrou a maçaneta instalada para esse fim e acenou brevemente para o cocheiro antes de olhar ao redor.

Certamente encontraria de novo todo tipo de coisa que não lhe agradava. Os membros de sua comitiva às vezes eram como crianças; era preciso estar constantemente em alerta, não se podia deixá-los escapar impunes de suas incontáveis negligências; caso contrário, surgiam hábitos que poderiam se tornar perigosos. O comboio, por exemplo, estava se alongando demais de novo; em vez de se aglomerarem em torno da carroça com tapetes de cabelo, as carroças de suprimentos seguiam em uma longa e torta cadeia. Como sempre, os culpados eram os criados, que ficavam muito felizes em recuar no final da jornada para poder fazer seus pequenos negócios com os soldados sem ser incomodados, e também para demonstrar que não estavam sob a autoridade do mercador.

Tertujak bufou em desaprovação enquanto se perguntava se deveria intervir. Ele deixou o olhar vagar pela longa cordilheira de Zarrak que se erguia diante deles. O Rochedo do Punho ficava exatamente na direção da viagem, altaneiro, preto e cársico, quase ameaçador. Era chamado assim por causa de sua forma: cinco fendas profundas que desciam de um platô alto e inacessível e uma saliência lateral faziam com que se assemelhasse ao punho de um gigante, que parecia guardar a única passagem pelo maciço. Eles cruzariam a ravina pelo lado do dedão curvado do punho, e de lá poderiam ver novamente a Cidade Portuária, o destino de sua viagem, pela primeira vez em anos.

Lembrou-se do prisioneiro. Não passava um dia sem pensar nesse homem estranho que havia recebido em Yahannochia. Claro, não estava entusiasmado com o fardo extra, mas também não podia recusá-lo. Nesse momento, o prisioneiro estava sentado na frente de uma das carroças de comércio, entre dois grandes fardos de pano, amarrado e vigiado por soldados que tinham ordens estritas de não falar com ele e silenciá-lo se dissesse alguma coisa. O prisioneiro era considerado um herege, e qualquer coisa que ele dissesse poderia corromper o coração de uma pessoa pia.

O que havia com esse homem para ser levado perante o Conselho na Cidade Portuária? Provavelmente nunca descobririam.

Tertujak procurou o olhar de seu comandante de cavalaria e acenou para ele com um gesto curto.

— O que seus batedores dizem?

— Eu falaria em breve com o senhor sobre isso — respondeu o comandante, um homem magro e grisalho chamado Grom, que deixava sua montaria trotar com passos leves, quase saltitantes, ao lado da carruagem do mercador. — A subida está muito arenosa desta vez; acho que nem chegaremos à passagem antes de escurecer, muito menos passaremos dela.

O que batia com a avaliação de Tertujak. Ele projetou a mandíbula um pouco para a frente, como sempre fazia quando tomava uma decisão.

— Vamos montar o acampamento — ordenou o mercador. — Amanhã de manhã partiremos à primeira luz; garanta que todos estejam prontos.

— Como quiser, senhor — disse Grom com um aceno de cabeça, e partiu. Enquanto Tertujak voltava para sua espaçosa carruagem, conseguiu ouvi-lo soprar comandos com sua corneta.

O acampamento foi montado como todas as noites, e todos na comitiva do mercador sabiam exatamente o que fazer. Uma fortaleza de carroças formou-se em torno da carruagem do mercador e do carro-forte com tapetes de cabelo, com as carroças de comércio formando um círculo interno e as carroças de suprimentos formando um círculo externo. Na área entre os círculos interno e externo, tendas foram armadas, nas quais os cavaleiros encontraram seu acampamento noturno. Os animais de tração, principalmente búfalos baraq, tiveram seus arreios desamarrados e foram presos com longos fios para que pudessem se deitar. As montarias foram arrebanhadas, pois dormiam em pé. Apenas os soldados de infantaria, que haviam ficado o dia todo deitados em qualquer carroça, cochilando sob uma lona protetora, agora precisavam acordar; seu trabalho era vigiar o acampamento a noite toda.

O cozinheiro pessoal do mercador armou sua pequena cozinha ao lado da carruagem grande e enfeitada do chefe. Tertujak abriu a porta da carruagem e ficou esperando ali.

— Senhor, ainda resta um pouco de carne de baraq salgada — começou o cozinheiro, ansioso. — Eu poderia tostar karaqui para o senhor e preparar uma salada de ervas-de-lua--branca, com um vinho fino...

— Sim, isso mesmo — rosnou Tertujak.

Enquanto o cozinheiro manuseava as panelas, Tertujak olhou ao redor e tentou descobrir de onde vinha a inquietação interior que o dominava naquela noite. Já estava escurecendo; o Rochedo do Punho acima deles era apenas uma silhueta contra o céu escuro prateado, que brilhava bem acima do horizonte e já estava preto no zênite. Tertujak ouviu as vozes dos homens erguendo as últimas tendas. As fogueiras já estavam acesas em outros lugares. Havia poucas fogueiras (eles tinham de ser econômicos com seu combustível), apenas o suficiente para cozinhar a comida para as pessoas do comboio. O clima era alegre e relaxado. Os esforços do dia haviam terminado, no dia seguinte eles seguiriam até a ravina do Rochedo do Punho, e então seriam apenas alguns dias de viagem até a Cidade Portuária.

Três soldados de infantaria emergiram do crepúsculo; um deles abordou o mercador com deferência e informou que os guardas noturnos estavam em seus postos.

— Quem é o sentinela noturno? — perguntou Tertujak. O dever do sentinela noturno era acompanhar a cadeia de guardas durante toda a noite e garantir que nenhum dos soldados adormecesse.

— Donto, senhor.

— Diga a ele para tomar cuidado extra hoje — disse Tertujak, e continuou um pouco mais suavemente. — Estou com um mau pressentimento esta noite...

— Seu desejo é uma ordem, senhor. — O soldado desapareceu novamente, e os outros dois se posicionaram ao lado da carruagem do mercador.

Tertujak olhou para a carroça que estava atrás da sua, duas vezes maior que ela, com oito rodas e arreios para setenta e quatro baraqs: a carroça com os tapetes de cabelo. Continha os maiores tesouros que a caravana transportava, os tapetes de cabelo e uma quantidade imensurável de dinheiro. Mesmo na penumbra do crepúsculo era possível ver os lugares onde a armadura de metal estava começando a enferrujar. Ele teria de consertar a carroça quando os tapetes de cabelo fossem entregues, e as contas, acertadas na Cidade Portuária.

Voltou para a carruagem, mandou servir a refeição e comeu em silêncio, pensando.

Eles haviam conseguido comprar tapetes de cabelo suficientes, mas haviam levado mais tempo do que ele havia planejado. Isso significava que chegariam à Cidade Portuária mais tarde que os outros mercadores, e Tertujak pegaria uma das rotas menos atraentes de novo. E, então, seria ainda mais difícil obter o número necessário de tapetes, e em algum momento...

Ele não queria pensar nesse "algum momento".

Com um movimento abrupto, empurrou o prato. Ordenou ao cozinheiro que se afastasse e mandou trazer outra garrafa do vinho fino.

À luz de uma lamparina a óleo, pegou um de seus bens mais preciosos, uma antiga carteira de negociação que um de seus antepassados havia iniciado várias centenas de anos antes. As páginas do livro estalavam secamente e as colunas de números eram difíceis de decifrar em muitos lugares. No entanto, o livro já lhe dera muitas informações valiosas sobre as várias rotas de tapetes de cabelo e as cidades nessas rotas.

Fora apenas alguns anos antes que havia percebido que aquele livro poderia lhe dar informações sobre outra coisa: as mudanças que tinham ocorrido durante longos períodos. As mudanças eram vagarosas, imperceptíveis; somente quando se comparavam e extrapolavam números de vários séculos, de quase dez gerações, um acontecimento se tornava reconhecível: havia cada vez menos tapetes de cabelo. O número de tapeceiros de cabelo diminuía lentamente, bem como o número de mercadores de tapetes de cabelo. A rota que uma caravana de tapetes de cabelo tinha de percorrer para coletar o número tradicionalmente prescrito de tapetes ficava cada vez mais longa, e a competição entre os revendedores pelas rotas boas e de alto rendimento nas regiões polares se tornava cada vez mais acirrada.

Como todos os mercadores, Tertujak era excelente com contas e herdara o extenso talento matemático de seus ancestrais. Não tinha nenhum problema para converter números comparativos em curvas significativas: as curvas apontavam para baixo. Na verdade, elas haviam despencado; a tendência de queda aumentara dramaticamente nos últimos anos. Eram as curvas de um organismo moribundo.

A conclusão sensata teria sido sair do negócio de tapetes de cabelo. Só que ele nunca seria capaz de fazer isso. Estava obrigado por seu juramento à guilda até o fim da vida. Fazer tapetes de cabelo era a tarefa sagrada que o Imperador havia dado ao mundo, mas, por algum motivo, o poder por trás dessa tarefa parecia ter se extinguido.

E, nesse contexto, Tertujak teve de pensar novamente no prisioneiro e no que se dizia dele. Haviam atribuído a ele todo tipo de coisa em Yahannochia. Ele dizia que tinha vindo de outro mundo. E outra coisa que havia afirmado, algo que chocou profundamente a todos e que foi espalhado incansavelmente: que o Imperador, o Senhor do Céu, o Pai das Estrelas, o Guardião do Destino de Todos, o Centro do Universo, não governava mais!

Tertujak olhou para as curvas deprimentes, e algo dentro dele se perguntou se essa poderia ser a explicação.

Ele se levantou e abriu a porta da carruagem. Nesse meio-tempo, havia anoitecido. Ouviam-se as risadas dos soldados perseguindo as poucas mulheres que faziam parte da comitiva. Como essas mulheres eram todas servas, não era um assunto para o mercador se preocupar. Tertujak acenou para um dos dois guardas.

— Busquem o comandante Grom para mim.

— Sim, senhor.

Grom entrou pouco tempo depois. Entrar na carruagem do negociante quando convocado era o privilégio de sua posição.

— Senhor?

— Grom, há duas coisas que eu gostaria de pedir a você. Primeira: não deixe que *todos* os soldados da cavalaria se embebedem sem motivo. Quero que pelo menos alguns dos homens estejam prontos para combate. Segunda... — Tertujak hesitou por um momento e depois continuou resolutamente. — Quero que o prisioneiro seja trazido a mim discretamente.

Os olhos de Grom se arregalaram.

— O prisioneiro? *Aqui*? Com o senhor na carruagem?

— Isso.
— Mas por quê?
Tertujak bufou com raiva.
— Eu não sou seu superior, comandante de cavalaria?
O outro estremeceu. Sua posição dependia apenas da benevolência do mercador, e ele não queria perdê-la.
— Perdoe-me, senhor. Vai acontecer como o senhor deseja.
— Espere um pouco até que a maioria das pessoas esteja dormindo. Não quero que haja conversinhas. Pegue duas ou três pessoas discretas para escoltar o prisioneiro e traga uma corrente para amarrá-lo aqui.
— Sim, senhor.
— E lembre-se: sigilo absoluto!
Tertujak passou o tempo que antecedeu a chegada do prisioneiro numa tensa impaciência. Várias vezes esteve a ponto de despachar um dos guardas para acelerar as coisas, e foi preciso um esforço quase físico para se conter.
Finalmente, houve uma batida na porta. Tertujak abriu-a rapidamente, e dois soldados trouxeram o prisioneiro. Eles acorrentaram-no a um poste, e o mercador os dispensou com um aceno curto depois disso.
Em seguida, olhou para o homem que agora estava sentado sobre uma de suas peles mais valiosas. Então esse era o herege. Suas roupas estavam rasgadas em trapos sujos, sua barba emaranhada e seus cabelos desgrenhados também estavam sujos. Deixou a inspeção do mercador passar por ele com um olhar embotado e indiferente, como se não estivesse mais interessado no que estava acontecendo com ele.
— Você pode estar se perguntando por que eu o trouxe aqui — começou Tertujak finalmente.
Ele pensou ter visto um lampejo de interesse nos olhos apáticos do prisioneiro.
— A verdade é que eu mesmo não sei exatamente. — Tertujak pensou na silhueta do Rochedo do Punho contra o céu azul-escuro da noite. — Talvez porque amanhã veremos pela primeira vez a Cidade Portuária, nosso destino. E não quero apenas entregá-lo

ao Conselho do Porto sem ter descoberto quem eu estava realmente transportando.

O homem ainda estava olhando para ele sem expressão.

— Qual é o seu nome? — perguntou Tertujak.

Um tempo interminável pareceu passar antes que o prisioneiro respondesse. Sua voz saiu como um coaxar empoeirado.

— Nillian... Nillian Jegetar Cuain.

— São três nomes — disse o mercador, intrigado.

— Todos nós temos três nomes de onde venho. — O homem tossiu. — Temos o nome de nascimento, o nome da mãe e o nome do pai.

Havia de fato um sotaque estranho na maneira como o herege falava que o mercador nunca tinha ouvido em suas viagens.

— Então é verdade que você vem de outro mundo?

— Sim.

— E por que está aqui?

— Estou preso aqui.

— Onde é o seu mundo natal?

— Muito longe.

— Você pode mostrá-lo para mim no céu?

O prisioneiro olhou tão longamente para Tertujak que o mercador pensou que ele não havia entendido a pergunta. Mas, de repente, ele perguntou:

— O que você sabe sobre outros mundos? O que sabe sobre viajar entre as estrelas?

O mercador deu de ombros.

— Não muito.

— O que você sabe?

— Conheço as naves da frota imperial que levam os tapetes de cabelo a bordo. Me disseram que elas podem viajar entre as estrelas.

O homem desgrenhado, que dizia ter vindo das estrelas, parecia ter voltado à vida.

— Os tapetes de cabelo — repetiu ele inclinando-se para a frente, pousando os cotovelos sobre os joelhos. — Para onde são levados?

— Para o palácio do Imperador.

— Como sabe?

— Eu não sei — admitiu Tertujak. — Me disseram.

O homem que se chamava Nillian assentiu, e Tertujak viu um pouco de areia escorrer de seu cabelo para o chão. Ele teria de pedir que limpassem o cômodo no dia seguinte.

— Você foi enganado. Não há tapetes de cabelo no palácio do Imperador. Nem um sequer.

Desconfiado, Tertujak estreitou os olhos. Essa afirmação era de se esperar de alguém que se acreditava ser um herege. Mas e se ele não fosse um herege?

— Como você sabe? — perguntou o mercador.

— Eu estive lá.

— No palácio imperial?

— Isso.

— Talvez você não tenha notado os tapetes de cabelo.

Pela primeira vez o forasteiro riu.

— Impossível. Eu já vi um tapete de cabelo: foi a obra de arte mais intrincada e elaborada que já vi na vida. Uma obra de arte assim não teria passado despercebida. E não estamos falando aqui de *um* tapete de cabelo, estamos falando de muitos milhares. Mas nem um único pode ser encontrado no palácio. Nossa língua nem tem uma *palavra* para isso!

Seria possível? E se fosse mentira, qual seria o objetivo do homem?

— Dizem — começou Tertujak — que o palácio do Imperador é o maior edifício do universo...

O homem pensou por um momento.

— Sim, isso provavelmente é verdade. Mas não é possível esconder nada por causa disso. É mais fácil se esconder em qualquer uma de suas cidades do que em todo o Palácio das Estrelas.

— Mas certamente há aposentos privados do Imperador que não são acessíveis a mais ninguém?

— Houve no passado. — A figura do forasteiro se endireitou. — Estou aqui preso por ter dito isto, então tudo bem se eu repetir: o Imperador deixou de governar há cerca de vinte anos do seu tempo.

Tertujak olhou para o homem sentado com correntes nas mãos e nos pés, esfarrapado e imundo, e soube que ele não estava mentindo. Claro, essa afirmação era uma heresia. Mas ele sentiu no fundo de si uma certeza de que aquilo que o forasteiro dizia não era nada mais que a verdade.

— Então os rumores que circulam por aqui há duas décadas são verdadeiros — murmurou ele lentamente. — Que o Imperador abdicou...?

— Bem, eu diria que esses rumores são muito lisonjeiros.

— Como assim?

O olhar do prisioneiro de repente ficou rígido como aço.

— Meu senhor, sou um rebelde e fui membro do movimento Vento Silencioso durante toda a minha vida. Vinte anos atrás, atacamos o Mundo Central, conquistamos o palácio e derrubamos o Imperador. Desde então, não há mais Império. Vocês podem ou não gostar disso, mas é um fato.

O mercador de tapetes de cabelo olhou com incerteza para o forasteiro. O que ele dizia parecia abrir o chão debaixo dele.

Tertujak apontou vagamente em direção à janela.

— Eu vejo as estrelas no céu lá fora, e elas ainda estão brilhando. Sempre me disseram que elas não poderiam fazer isso sem o Imperador.

— O Imperador não tem nada a ver com isso — disse o rebelde. — É uma lenda.

— Mas não foi o Imperador que as criou?

— Ele não conseguia fazer isso mais do que eu consigo. Era uma pessoa como qualquer outra. Tudo isso só foi dito para que tivessem poder sobre vocês.

Tertujak balançou a cabeça.

— Mas não é verdade que ele governou por incontáveis milênios? Como ele poderia fazer isso sem ser imortal?

O forasteiro apenas ergueu as sobrancelhas.

— Bem, o que quer que ele tenha feito, está morto agora.

— Morto?

— Morto. Um rebelde o capturou em uma sala remota durante a ocupação do palácio e atirou nele em um duelo.

Tertujak lembrou-se do que lhe tinham contado sobre as circunstâncias da prisão do forasteiro. Ele havia sido um convidado de dois tapeceiros de cabelo e, de repente, começou a fazer discursos blasfemos, ao que os dois o prenderam e o acusaram de heresia.

— Você disse isso aos tapeceiros de cabelo? — perguntou ele, maravilhado. — É um milagre eles terem deixado você vivo.

— Eles me deram um golpe na cabeça... É um milagre eu ter sobrevivido — rosnou o prisioneiro. — Um dos dois me questionava ansiosamente, enquanto o outro se esgueirou por trás e... pá! Quando acordei, estava deitado em uma masmorra, acorrentado.

Tertujak começou a andar inquieto de um lado para o outro.

— Você diz que não há tapetes de cabelo no palácio imperial. Por outro lado, vejo dezenas de milhares de tapetes de cabelo deixarem este planeta ano após ano. Para onde os marinheiros imperiais os levam se não para o palácio?

O forasteiro meneou a cabeça.

— Já percebi que essa é a pergunta mais interessante de todas. E não tenho nem ideia da resposta.

— Talvez não estejamos falando sobre o mesmo Imperador?

— Estamos falando deste homem — disse o prisioneiro, apontando para a fotografia do Imperador na parede. Tertujak herdara a foto de seu pai, que por sua vez a havia herdado de seu pai, e assim por diante. — Imperador Aleksandr XI.

— Imperador Aleksandr? — Tertujak ficou realmente surpreso, na verdade pela primeira vez naquela noite. — Eu nem sabia que ele tinha um nome.

— Isso também foi esquecido. Ele era o décimo primeiro de uma linhagem de imperadores, todos chamados Aleksandr. Os dez primeiros também ficaram bem velhos, mas ele sozinho governou por mais tempo que todos os outros juntos. E fazia um tempo tão incomensurável que ele havia chegado ao poder que parecia que estava governando desde o início dos tempos.

— Sim. — Tertujak balançou a cabeça, depois retomou sua caminhada inquieta. O forasteiro o observava em silêncio.

Era isso? Era essa a explicação? A explicação para o número cada vez menor de tapetes de cabelo?

Ele se sentou novamente no banco.

— O que você diz — confessou ele — desencadeia um eco em mim. Mas, ao mesmo tempo, não consigo acreditar. Entende isso? Não consigo imaginar que o Imperador possa estar morto. De alguma forma, ele parece estar dentro de mim, ser uma parte de mim.

— Essa ideia do Imperador como um ser sobre-humano foi criada por sua educação, pois você nunca viu o Imperador. — O forasteiro mexeu no cinto o melhor que suas correntes permitiam. — Eu tenho uma foto comigo que realmente queria manter escondida até que algo como uma ação judicial fosse movido contra mim...

Ele pegou uma fotografia, que entregou ao mercador de tapetes de cabelo. Tertujak olhou para a foto. Mostrava com uma clareza doentia o cadáver de um homem que havia sido preso pelas pernas em um mastro e estava pendurado de cabeça para baixo. Atravessando seu peito havia um buraco do tamanho de um punho, cujas bordas estavam queimadas pelo fogo.

Quando virou a foto para dar uma olhada mais de perto no rosto do homem morto, a certeza o atingiu como um relâmpago, e ele pensou que seu coração ia parar de bater: conhecia aquele rosto, conhecia-o melhor que o seu próprio! O morto era realmente o Imperador!

Com um gemido inarticulado, ele jogou a foto para longe e afundou nas almofadas do assento. Era impossível. Era... Ele estendeu a mão para a foto novamente para se certificar. O Imperador. Morto. Morto em seu uniforme de desfile, o manto imperial em volta dos ombros, pendurado indignamente em um mastro.

— Você agora se sente como se alguém tivesse batido em sua testa com um martelo. — A voz do rebelde chegou até ele como se estivesse a uma grande distância. — Se te conforta: você não é o primeiro a se sentir assim. Esta fotografia é provavelmente uma das imagens mais difundidas de todos os tempos hoje, e é nossa ferramenta mais importante para libertar as pessoas do estrangulamento de sua fixação no Imperador como divindade.

Tertujak mal o ouviu. Tinha uma sensação de água fervente dentro da cabeça. Sua mente trabalhava a uma velocidade insana, percorrendo todas as imagens da memória, tentando enxergá-las e classificá-las novamente: tudo, tudo tinha de ser entendido de novo. Nada do que sempre fora verdade era mais válido.

Sobre o que esse forasteiro estivera tagarelando esse tempo todo? Ele não entendia. Só via essa imagem e tentava compreender a verdade em toda a sua extensão: o Imperador estava morto.

— ... barulho lá fora?

— O quê? — Tertujak se libertou do vórtice de seus pensamentos e sentimentos como se saísse de um pesadelo. Então, também ouviu. Ruídos altos vinham do lado de fora, gritos e berros e batidas de metal contra metal. Parecia perigoso.

De um salto, o mercador de tapetes de cabelo estava de pé na entrada, escancarou a porta da carruagem e enfiou a cabeça para fora. Viu tochas, pessoas correndo, sombras e as formas escuras de montarias disparando pelo acampamento. Ruídos de batalha. Ele bateu a porta novamente e tateou com a mão carnuda a corrente fina que usava em volta do pescoço.

Tudo está desmoronando, pensou.

— Qual é o problema? — perguntou o forasteiro.

— Ladrões — o mercador se ouviu dizer com uma calma antinatural. — Invadiram o acampamento.

— Ladrões?

— Ladrões de tapetes de cabelo. — Então, afinal de contas, ele estivera certo com seus maus pressentimentos. Claro. Aqui, pouco antes da única passagem pelas aparentemente intermináveis cordilheiras de Zarrak, era o local ideal para uma emboscada.

— Você está dizendo que eles querem roubar os tapetes de cabelo?

Tertujak assentiu.

— Mas qual é o sentido disso? O que ladrões do deserto fazem com tapetes de cabelo?

— Eles vendem para outros mercadores de tapetes de cabelo — respondeu Tertujak apressado, sua mente procurando febrilmente uma saída para esse desastre. — Desde sempre, existe um número fixo de tapetes que um vendedor de tapetes de cabelo deve mostrar ao retornar de uma rota para a Cidade Portuária. Se alguém não conseguir atingir esse número, o código de ética do mercador exige que ele se mate.

— E os ladrões vendem os tapetes de cabelo roubados para outros mercadores que têm dificuldades com seus números, mas ainda estão vivos? — especulou o rebelde, cujos olhos agora brilhavam, bem acordados.

— Exatamente.

Um pensamento de repente fez coçar a nuca do mercador, uma voz antiga e empoeirada que disse: *Você ouviu o herege, e ele seduziu você. Você acreditou nele, você realmente acreditou nele, agora aceite a punição por isso!*

Tertujak pegou a foto do Imperador morto e a entregou ao prisioneiro.

— Você não tem uma arma? — perguntou ele, puxando inquieto suas correntes.

— Eu tenho soldados.

— Não parecem ser de muita utilidade.

Sim, pensou Tertujak. *E aquele seria o fim.*

Os sons da batalha se aproximaram, rugidos selvagens e golpes de aço contra aço. Um grito de gelar o sangue ecoou, e algo que soava como um corpo humano atingiu a carruagem. Os fragmentos quebrados do fino colar escorregaram dos dedos aterrorizados do mercador, caíram no chão e afundaram entre as peles.

Por um momento terrível, tudo ficou quieto. Então, a porta da carruagem foi aberta e, à luz de uma tocha coberta de fuligem, eles viram rostos enegrecidos e manchados de sangue.

— Saudações, mercador Tertujak — vociferou o homem à frente, um gigante barbudo com uma cicatriz nodosa na testa. — E, por favor, desculpe o incômodo que lhe causamos tão tarde da noite...

Ele se jogou para dentro, seguido por três comparsas. O sorriso zombeteiro desapareceu de seu rosto como se lhe custasse muito esforço. Ele apenas deu ao prisioneiro um olhar casual, então apontou para o vendedor de tapetes de cabelo.

— Revistem-no! — ordenou ele.

Os homens correram até o mercador, rasgaram suas roupas e as vasculharam, puxando-as até quase tudo estar em farrapos, mas não conseguiram encontrar o que procuravam.

— Nada.

O líder se aproximou do mercador e o olhou atentamente.

— Onde está a chave da carroça dos tapetes de cabelo?

Tertujak engoliu em seco.

— Não estou com ela.

— Sem historinhas, gordo desgraçado.

— Um dos meus homens fica com ela.

O barbudo riu, incrédulo.

— Um de seus homens?

— Isso. Um soldado em quem confio plenamente. Eu o instruí a fugir no caso de sermos emboscados.

— Maldição! — O líder deu um tapa na cara dele, fazendo sua cabeça virar de para o lado. O golpe partiu o lábio inferior de Tertujak, mas o mercador não emitiu nenhum som.

Os outros homens ficaram inquietos.

— O que faremos agora?

— Levaremos o carro inteiro conosco — sugeriu um deles, um homem atarracado cujo braço direito estava coberto de sangue que não parecia ser seu. — Vamos conseguir abri-lo de algum jeito...

— Besteira! — retrucou o barbudo. — Por que você acha que o carro é blindado? Não vai dar. Precisamos da chave.

Os ladrões se entreolharam. O barulho da batalha ainda podia ser ouvido do lado de fora.

— Poderíamos vasculhar toda a área ao raiar do dia — disse outro. — Afinal, um homem sem montaria não pode ir muito longe.

— Como sabe que ele está sem montaria? — perguntou o comparsa.

— Nós teríamos notado se...

— Calados! — ordenou o líder com um aceno áspero de mão, então voltou-se para o mercador de tapetes de cabelo, de cujo lábio inferior pingava sangue. — Não acredito em você — disse ele em uma voz ameaçadoramente baixa. — Não acho que um mercador deixaria a chave da sua carroça de tapetes de cabelo com outra pessoa. — Ele olhou inquisitivamente para Tertujak. — Abra a boca.

O mercador não reagiu.

— Eu disse para abrir a boca! — exigiu o gigante barbudo.

— Por quê? — perguntou Tertujak.

— Porque acho que você está tentando nos enganar. — Ele agarrou o queixo do mercador com um aperto de mão súbito e brutal e o forçou a abrir a boca.

— Estou vendo algumas feridas recentes em sua garganta — anunciou, lançando ao mercador um olhar de pena. — Não acredito no seu soldado. Sabe em que eu acredito? Acredito que você engoliu a chave!

Os olhos do mercador se arregalaram de forma anormal. Ele não foi mais capaz de dizer nada, e seu olhar era sua única confissão.

— Bem? — sussurrou o ladrão. — Não estou certo?

Tertujak engasgou, ofegante.

— Sim — conseguiu responder.

Qualquer traço de compaixão humana desapareceu de repente dos olhos do homem barbudo quando ele estendeu a mão para trás e puxou do cinto uma faca de lâmina grande e afiada.

— Não devia ter feito isso — disse ele, baixinho. — Você realmente não devia ter feito isso.

DEDOS DE FLAUTA

O beco estreito ainda estava adormecido. A neblina fina da madrugada pairava entre os frontões baixos, misturada com a fumaça fria das chaminés de lareiras cujo fogo havia se apagado no decorrer da noite, e quando os primeiros raios de sol fizeram cócegas sobre o telhado das casas inclinadas, tudo parecia mergulhado em uma luz turva, terna, inapropriadamente onírica. Em alguns cantos escuros, como pequenos montes de terra, jaziam mendigos adormecidos no chão nu, embrulhados até a cabeça em cobertores esfarrapados. Alguns pequenos roedores rastejavam atordoados pelo lixo, fartos o suficiente para circular graciosamente entre os adormecidos, e alguns deles se aventuraram a avançar, farejando até a sarjeta estreita, onde a água passava pelo meio do beco com muita lentidão.

Afastaram-se horrorizados, disparando para dentro de suas tocas como se puxados por cordas, quando uma figura velada veio com passos rápidos, ofegante, tropeçando, se escondendo de sombra em sombra, até que, finalmente, correu para a casa do mestre flautista Opur. Então, ouviram-se dois baques surdos da aldrava na porta.

No andar de cima, o velho acordou instantaneamente de seu sono inquieto, olhou para o teto e se perguntou se o som tinha sido apenas um sonho ou realidade. Então, veio mais uma batida. Ou seja, realidade. Ele empurrou as cobertas para o lado e enfiou os pés nos chinelos, pegou o roupão gasto e o vestiu antes de se arrastar até a janela para abri-la. Olhou para a rua, que estava vazia e deserta e fedia a gordura rançosa como todas as manhãs.

Um rapaz saiu timidamente das sombras sob a casa, olhou para Opur e puxou para trás o pano com o qual se cobria até a cabeça. Mestre Opur viu cachos loiros emoldurando um rosto que ele nunca pensou que veria novamente.

— Você?!

— Me ajude, mestre — sussurrou o magricela. — Eu fugi.

A súbita alegria que havia enchido o coração do velho deu lugar a uma dolorosa desilusão. Por uma fração de segundo, ele tinha pensado que tudo seria como antes.

— Espere — disse ele. — Estou indo.

O menino, o que ele havia feito? Opur balançou a cabeça com tristeza enquanto descia as escadas. Ele havia se jogado no infortúnio, havia, sim. Não acabaria bem. Opur sabia, mas algo nele estava pronto para acreditar no contrário.

Ele puxou para trás o pesado ferrolho da porta. Lá estava o menino, tremendo e olhando aterrorizado para ele com grandes olhos azuis que antes pareciam confiantes e distantes. Seu rosto estava marcado pelo medo e pela privação.

— Entre — disse o velho mestre flautista, ainda sem saber se deveria se alegrar ou temer. Mas quando o menino entrou no corredor estreito e escuro e se abaixou sob o teto baixo, ele simplesmente o abraçou sem pensar duas vezes.

— Mestre Opur, o senhor precisa me esconder — sussurrou o menino, trêmulo. — Eles estão atrás de mim. Estão me perseguindo.

— Vou te ajudar, Piwano — murmurou Opur, sentindo o som daquele nome que não tinha mais pronunciado desde que a guilda o havia convocado, justamente esse menino, seu melhor aluno, a flauta tripla mais talentosa desde tempos imemoriais, para servir na marinha imperial.

— Quero tocar flauta tripla de novo, mestre. Você me ensina? — A mandíbula do menino tremia. Ele estava no fim de suas forças.

Opur lhe deu um tapinha gentil e, ele esperava, tranquilizador nas costas.

— Claro, meu rapaz. Mas, antes de tudo, você precisa dormir. Venha.

Ele tirou o grande quadro que escondia a porta da escada do porão e o colocou de lado. Piwano o seguiu até o porão, cujo piso era de barro prensado e cujas paredes eram de tijolos rústicos. Uma das estantes velhas e empoeiradas podia ser girada em dobradiças invisíveis, dando acesso a um segundo quarto escondido no porão com uma cama, uma lamparina a óleo e alguns suprimentos. Não era a primeira vez em sua vida que o velho mestre flautista escondia um refugiado.

Alguns momentos depois, o rapaz adormeceu. Ele dormia com a boca aberta e, às vezes, sua respiração ficava presa, e, em seguida, ele ficava ofegante. Uma de suas mãos se contraía ao redor de uma resistência invisível e depois se soltava, após um gesto longo e convulsivo.

Finalmente, Opur meneou a cabeça com um suspiro. Ele pegou cuidadosamente a lamparina a óleo e a colocou em um lugar seguro. Então, deixou o dorminhoco sozinho, fechou a porta secreta e subiu. Por um momento, pensou em dormir mais um pouco, mas depois decidiu não o fazer.

Em vez disso, preparou seu café da manhã à primeira luz do dia e comeu em silêncio, fez algumas tarefas domésticas e depois subiu até sua sala de aula para se debruçar sobre as velhas notações musicais.

Sua primeira aluna naquele dia chegou pouco antes do meio-dia.

— Sinto muito pelo pagamento da aula — começou a balbuciar assim que ele abriu a porta. — Eu sei que era para hoje, e também pensei nisso já na semana passada e o tempo todo. Então, o que quero dizer com isso é que não esqueci...

— Sim, sim. — Opur assentiu sem vontade.

— Só que eu tenho que esperar meu irmão, ele deve chegar à cidade por esses dias, na verdade, deveria ter chegado há muito tempo. Porque ele é cocheiro do mercador Tertujak, o senhor deve saber, e sempre me dá o dinheiro de que preciso quando volta de viagem. E o mercador Tertujak já é esperado, o senhor pode perguntar a quem quiser...

— Está tudo bem — interrompeu o mestre flautista com impaciência, e fez sinal para ela subir as escadas até a sala de aula. — Então, você paga da próxima vez. Podemos começar.

Opur sentia a própria inquietação. Tinha de encontrar o equilíbrio da melhor maneira possível. Eles se sentaram em duas almofadas, um de frente para o outro, e depois que ela desembrulhou sua flauta tripla e suas partituras, Opur pediu que ela fechasse os olhos e ouvisse a própria respiração.

O mestre flautista fez o mesmo. Ele sentiu a inquietação diminuir dentro dele. A concentração interior era importante. Sem concentração interior era inútil tocar um instrumento tão difícil como a flauta tripla.

Como era costume, Opur primeiro pegou sua flauta e tocou uma peça curta. Então, permitiu que a aluna voltasse a abrir os olhos.

— Quando poderei tocar algo assim, mestre? — perguntou ela, baixinho.

— Essa foi a *Pau-Lo-No* — explicou Opur com calma —, a mais simples das peças clássicas. Será a primeira peça clássica que você vai tocar. Mas, como todas as peças de flauta tradicionais, é polifônica, ou seja, você precisa primeiro dominar o estilo monofônico de tocar. Vamos ouvir seus exercícios.

Ela levou a flauta tripla aos lábios e soprou. Depois da peça tocada por Opur, aquilo soou como uma dissonância horrível, e o velho mestre teve de exercitar todo o seu controle, como tantas outras vezes, para não franzir o rosto em uma careta torturada.

— Não, não, o primeiro exercício de novo. Acima de tudo, você precisa prestar atenção para tocar *limpo*...

A flauta tripla consistia em três flautas individuais com oito furos cada, que podiam ser cobertos individualmente com as falanges. Por essa razão, as flautas eram curvadas em um formato de S peculiar para acomodar as mãos do flautista e os diferentes comprimentos dos dedos. Cada flauta era feita de um material diferente: uma de madeira, uma de osso e uma de metal. Cada uma das três flautas dava ao tom um timbre diferente, e todas ao mesmo tempo produziam aquele som inimitável pelo qual a flauta tripla sempre foi famosa.

— Você precisa ter cuidado para manter o dedo mindinho solto... solto e flexível. Tem que estar estendido, pois a construção da flauta e a disposição dos furos exigem, mas não deve perder sua mobilidade...

Um requisito importante para um tocador de flauta tripla eram dedos flexíveis e alongados, com falanges pronunciadas. Especialmente, um dedo mindinho comprido era uma vantagem. A forma de tocar não consistia apenas em tapar ou abrir os buracos de maneira uniforme, como acontece com uma flauta normal. Apenas iniciantes tocavam dessa forma para se familiarizar com os fundamentos da técnica de flauta e da teoria musical. O flautista avançado, no entanto, tocava a flauta tripla de forma polifônica. Ao dobrar e curvar habilmente cada dedo, produzia um tom diferente em cada flauta; por exemplo, podia levantar as juntas do meio de vários dedos para que os orifícios das duas flautas externas ficassem cobertos enquanto os orifícios da flauta do meio ficavam expostos.

— Ótimo. Agora tente o nono exercício. Ele já contém uma curta passagem de duas vozes, aqui. Nesse ponto, você levanta os dois dedos inferiores para que as duas flautas externas sejam liberadas, enquanto mantém os orifícios da flauta interna cobertos com as falanges inferiores. Tente.

Ele estava muito impaciente naquele dia, apesar de todo o controle. Ela realmente estava se esforçando e, quando esquecia sua agitação, conseguia tocar passagens bastante aceitáveis.

— Pare, pare. Este sinal significa que você cobre as aberturas de sopro de duas flautas com a língua e sopra só em uma, até aqui. De novo, e atenção para a diferença.

No final da aula, ela ficou muito feliz por ter dominado em certa medida o novo exercício, e Opur ficou aliviado por finalmente ter terminado. Ele conseguiu se despedir dela sem se estender em mais conversas.

Então, ele desceu imediatamente ao porão, com pressa para dar uma olhada em Piwano.

O menino estava recostado na parede e comia avidamente os alimentos que encontrara no esconderijo. Não parecia que havia acordado muito tempo antes, mas tinha uma aparência muito melhor que naquela manhã. Quando Opur abriu a porta secreta, ele sorriu com alegria.

— Conte-me tudo — disse o velho. — Do começo.

Piwano colocou o pão de lado e contou a história. Do duro treinamento que teve de enfrentar, do ambiente árido e rude em que teve de viver a bordo das naves imperiais. Dos mundos estranhos e inóspitos, do trabalho desgastante, das doenças e dos ataques maldosos dos outros marinheiros.

— Eles me perseguiam quando eu estava tocando, por isso eu me escondia nas salas de máquinas para tocar — disse ele com a voz trêmula. — Então, eles quebraram minha flauta e, quando eu tentei fazer outra, quebraram-na também.

O peito de Opur parecia estar sendo amarrado com uma faixa de aço enquanto ouvia a história do rapaz.

— Você se colocou em grande perigo, Piwano — enfatizou ele seriamente. — Você fugiu do serviço do Imperador. A punição é a pena de morte!

— Mestre, não consigo ser marinheiro! — exclamou Piwano. — Não consigo viver assim. Se só puder viver assim, prefiro morrer. Não é pelo serviço ao Imperador; claro que eu amo o Imperador, mas... — Ele fez uma pausa.

— Mas você ama a flauta ainda mais, não é?

Piwano fez que sim com a cabeça.

— Isso.

Opur se calou, pensativo. Não sabia o que era verdadeiro e o que era falso. Ele próprio era velho; não tinha medo por si mesmo, fosse lá o que acontecesse. Só temia pelo menino.

A deserção era um assunto sério, pelo que conhecia das leis dos marinheiros imperiais. Mesmo que Piwano se apresentasse voluntariamente, enfrentaria uma sentença pesada, provavelmente vários anos de serviços forçados em um planeta subdesenvolvido. E para um garoto frágil e sensível como Piwano isso significava uma sentença de morte.

— Mestre, posso ter uma flauta de novo? — perguntou Piwano.

Opur olhou para ele. Os olhos do rapaz ainda tinham aquele brilho de devoção absoluta e incondicional a algo maior que ele; aquele brilho que o velho mestre flautista já havia descoberto nos olhos do menino de oito anos.

— Vamos — disse ele.

Subiram para a sala de aula. Piwano olhou ao redor, com os olhos brilhando por estar de volta à grande sala em que passara tantos anos de sua infância; era como se uma força invisível o enchesse de uma nova vida.

Opur foi até as janelas que davam para o beco e verificou se não havia soldados da guilda à vista. Então, acenou para o menino.

— Piwano, estou disposto a escondê-lo por anos, se necessário — disse ele sério. — Mas você nunca deverá sair de casa, mesmo que pareça tranquilo lá fora... nunca. A guilda tem batedores disfarçados, e você nunca sabe quem está na folha de pagamento deles. E você também deve ficar longe das janelas, se possível. Pode tocar flauta lá embaixo em seu esconderijo, pelo menos durante o dia, quando não se pode ouvir da rua. Estamos combinados?

Piwano fez que sim com a cabeça.

— Mas se você se vir em uma situação em que precise fugir, vou explicar uma rota de fuga que apenas alguns iniciados conhecem. — Opur apontou para um prédio um tanto recuado, na diagonal da casa do mestre flautista, encravado entre a vitrine de um fabricante de vime e o balcão de um bar escuro e engordurado. — É uma lavanderia. É para lá que você vai correr. De frente, pode-se ver imediatamente que há um grande pátio de secagem atrás do prédio, no qual as toalhas quase sempre estão penduradas para secar. É impossível ser visto entre as toalhas. Mas o que um perseguidor pensará imediatamente é nas inúmeras saídas que levam do pátio de secagem a outros becos. No entanto, você vai virar imediatamente à esquerda e entrar no bar por trás. Há um alçapão no chão que leva ao porão, e abaixo há uma estante semelhante à minha, que você pode dobrar para o lado. Atrás dela há uma passagem que leva muito, muito longe e, por fim, deságua no sistema de esgoto subterrâneo da cidade alta. Significa que, mesmo que descubram sua entrada, existem literalmente milhares de saídas possíveis para você.

Piwano fez que sim com a cabeça de novo. Opur tinha visto o rapaz memorizar as notas de peças inteiras de música com apenas uma olhada; tinha certeza de que havia entendido tudo e jamais esqueceria.

Ele foi até o armário onde guardava partituras, livros e instrumentos. Depois de pensar um pouco, pegou uma caixinha arranhada, abriu-a e tirou dela uma flauta tripla, que entregou a Piwano.

— É uma flauta muito, muito antiga, que estou guardando há muito tempo... para um momento especial — disse ele. — E acho que este é o momento.

Piwano segurou-a com reverência, virou-a e olhou para ela.

— Tem algo diferente nela — disse ele.

— Em vez da flauta de osso, ela tem uma flauta de vidro. — Opur fechou a caixa vazia e a colocou de lado. — O vidro ficou leitoso com o tempo. Você terá que se acostumar um pouco, porque uma flauta de vidro soa mais aguda que uma flauta de osso.

Piwano encostou cuidadosamente a flauta tripla nos lábios e segurou as três flautas retorcidas com os dedos. Tocou alguns acordes. Eles soaram extravagantes e dissonantes. O velho sorriu.

— Você vai dominá-la.

*

Dez dias depois, a nave imperial decolou. Durante todo o tempo, o colosso prateado foi visto de pé à distância na velha área marcada do espaçoporto. Naquela manhã, no entanto, o ar acima da cidade rugia com o canto dos motores dos foguetes, e Opur e Piwano observaram da janela o míssil de metal brilhante se erguer acima das casas, desajeitado no início, depois subindo cada vez mais rápido até se tornar um pequenino ponto derretido que desapareceu no alto do céu. O silêncio que se seguiu foi como uma libertação.

— Você não deve se descuidar agora, Piwano — avisou o velho. — Eles saíram e não vão voltar por dois anos. Mas a guilda ainda está procurando por você.

Meses se passaram. Piwano logo encontrou a trilha de volta ao seu antigo virtuosismo; por horas ele ficava sentado em seu esconderijo e tocava as peças clássicas, aperfeiçoando sua técnica e experimentando variações, incansável e incessantemente. Às vezes, Opur se sentava com ele e apenas o ouvia, às vezes tocavam juntos. De qualquer forma, não havia quase nada que ele pudesse ensinar ao rapaz.

Piwano brilhava de entusiasmo. Logo, estava pronto para se aventurar nas peças mais difíceis, peças que sempre causaram problemas até para Opur. E para espanto infinito do velho mestre flautista, o menino ainda conseguiu se sair bem na *Ha-Kao--Ta*, uma das peças clássicas consideradas impraticáveis.

— Que palavras são essas embaixo das notas? — perguntou Piwano quando Opur colocou uma velha notação manuscrita na frente dele.

— Transcrições de uma língua esquecida — respondeu o mestre. — As peças clássicas de flauta tripla são todas muito antigas, algumas com cem mil anos ou mais. Alguns mestres flautistas dizem que a flauta tripla é mais antiga que as estrelas e que o mundo foi criado a partir de seu som. Mas é claro que isso é um absurdo.

— O senhor sabe o que as palavras significam?

Opur assentiu.

— Venha comigo.

Eles subiram do porão para a sala de aula. Opur foi até uma mesinha embaixo da janela do beco e pegou a caixa decorada com entalhes gastos que estava sobre ela.

— As velhas peças de flauta são, na verdade, histórias escritas em uma língua antiga e esquecida. As palavras dessa língua não são palavras como as que falamos, mas sequências de tons na flauta tripla. Nesta caixa, guardo a chave para decifrar essa linguagem. Ela é o segredo dos mestres flautistas.

Ele abriu a tampa da caixa. Continha sua flauta e uma pilha de papéis velhos, transcrições de música e notas manuscritas, algumas amareladas e quebradiças.

Piwano pegou os papéis que Opur lhe entregou e os examinou. Ele assentiu levemente quando entendeu o princípio: a duração, o ritmo e a ênfase das notas seguiam as necessidades musicais, enquanto as sequências de tons e de acordes representavam palavras e conceitos.

— Decifrei algumas das histórias. As mais antigas peças clássicas são sobre uma idade de ouro desaparecida na qual dominavam a prosperidade e a felicidade e reinavam reis sábios e benevolentes. Outras peças falam de uma guerra terrível que deu início a uma idade das trevas, e falam do último rei, que viveu solitário em seu castelo por mil anos e não fazia nada além de derramar lágrimas por seu povo.

Ele colocou os papéis de volta e fechou a tampa.

— Antes de morrer, eu lhe darei esta caixa, pois você será meu sucessor — disse ele.

*

Chegou a época da virada do ano, e com ela a hora de se preparar para o concerto anual dos alunos. Opur imaginava se o círculo de flautistas e poucos ouvintes, principalmente parentes e amigos, cresceria a ponto de ele não mais poder acomodá-los em sua sala de aula. Nos últimos anos, o evento parecia ter cada vez menos plateia. Mas o concerto era importante, pois dava a seus alunos um propósito, e a competição com os outros lhes dava perspectiva.

Pouco antes do concerto, Piwano disse a ele que queria tocar também.

— Não — retrucou Opur com firmeza. — É arriscado demais.

— Por quê? — insistiu Piwano em tom de desafio. — Acha que a guilda colocará um espião em sua plateia? Você já conhece todas as pessoas que virão há anos.

— Com que rapidez você acha que a notícia de que alguém está tocando a *Ha-Kao-Ta* vai se espalhar? Não seja imprudente, Piwano.

Piwano cerrou os punhos.

— Mestre, eu *preciso* tocar. Não posso ficar no porão para sempre e fazer música só para mim. Não fica... *completo*, o senhor entende? A arte só é arte quando atinge outras pessoas. Se toco sem ninguém ouvir, não faz diferença se toco ou não.

O mestre flautista sentiu a raiva e o medo pelo menino crescerem dentro de si. Mas ele o conhecia bem o suficiente para saber que, no final, Piwano sempre faria o que achava certo, mesmo que isso lhe custasse a vida.

— Tudo bem, tudo bem — cedeu ele. — Mas apenas com uma condição: não vai tocar peças difíceis, nada que possa chamar a atenção. Vai tocar as peças polifônicas fáceis que os outros também dominam. Nada que vá além de *Shen-Ta-No*. — Ele ficou totalmente sério. Estava pronto para ameaçar Piwano de expulsão se ele não aceitasse.

Mas Piwano assentiu, agradecido.

— Entendido, mestre.

No entanto, Opur aguardava o concerto com uma sensação de desconforto. Sua tensão se espalhou para o resto de seus alunos e os deixou nervosos. Nunca achara os preparativos necessários tão difíceis. Inúmeras vezes reorganizou a ordem das apresentações e, com a mesma frequência, mudou a disposição dos assentos; ficou insatisfeito com as capas das almofadas e quase se desentendeu com o cozinheiro do bar, que forneceria bebidas e um lanche.

Então, a noite do concerto chegou. Opur esperou pessoalmente na porta para cumprimentar todos os visitantes; no andar de cima, na sala de aula, um de seus alunos os levava até os assentos. Todos foram com suas melhores roupas, o que não significava muito para as pessoas que moravam naquela parte da cidade. Quando menino, Opur uma vez tinha assistido a um concerto que seu próprio mestre havia dado na cidade alta; às vezes, insinuava-se nele a suspeita de que tentava copiar nos concertos que organizava o esplendor pródigo daquela época; no entanto, não conseguia fazer nada além de uma paródia de um festival.

Como de costume, o mestre flautista falou algumas palavras no início, resumiu o ano anterior e explicou algumas das peças que estavam no programa. Em seguida, os iniciantes mais jovens começaram suas apresentações, uma prática que funcionava porque eles eram os mais afligidos pelo medo do palco e não podiam ficar esperando muito tempo.

O começo foi difícil. O primeiro aluno esqueceu uma repetição, saiu do ritmo quando se lembrou e depois ficou cada vez mais rápido para acabar com sua parte. Havia alguns rostos sorridentes e indulgentes, e ele ainda recebeu aplausos ao se curvar, com o rosto muito vermelho. A segunda aluna, uma mulher mais velha, surpreendeu até Opur com a fluidez inesperada de sua apresentação; aparentemente ela havia praticado mesmo dessa vez. E aos poucos o concerto se tornou suave, às vezes até muito bom, e Opur gradualmente sentiu uma diminuição da tensão que não queria abandoná-lo nos dias anteriores.

Então, Piwano começou a tocar.

No momento que ele levou sua flauta tripla aos lábios e tocou a primeira nota, a plateia teve um sobressalto. De repente, havia uma sensação de inquietude na sala. Cabeças olhavam para cima e costas se empertigavam como se erguidas por fios invisíveis. No momento que a primeira nota saiu de sua flauta, ficou claro que uma estrela estava em ascensão ali. Em toda a volta havia tons de cinza, mas ali havia cor. Tudo que viera antes fora um esforço bem-sucedido, mas ali estava a perfeição sem esforço. Era como se um manto de nuvens estivesse se abrindo e um feixe de luz brilhante irrompesse.

Piwano tocou a *Pau-No-Kao*, uma peça polifônica fácil que um dos outros alunos já havia tocado. Não tocava nada diferente do que os outros haviam tocado antes... mas o modo como tocava!

Até Opur, que o ouvira tocar coisas infinitamente mais difíceis e que o tinha na mais alta conta que se podia imaginar, ficou fascinado. Foi uma revelação. Com aquela singela peça, o loiro magrinho finalmente pareceu se superar; como num salto quântico, alcançou um novo patamar de virtuosidade com a flauta tripla. Com aquela peça simples, ele superou todos os outros próximos a ele, relegou-os aos seus lugares e deixou claro de uma vez por todas quem era um iniciante e quem era um mestre naquela sala. Ninguém se lembraria de nenhuma das outras peças depois, e todos se lembrariam dessa.

Seus dedos dançavam sobre a flauta tão leves e despreocupados quanto os outros respiram ou falam, riem ou amam. Ele não se contentou em tocar a polifonia da peça, mas aproveitou o fato de que uma mesma nota na flauta de metal tinha um timbre diferente na flauta de madeira e trocou notas entre as flautas, criando assim movimentos subliminares e opostos; brincou com a tendência da flauta de vidro de soltar agudos potentes quando soprada com muita força para dar a algumas passagens um drama que ninguém jamais ouvira antes.

Os outros *tocavam* as flautas triplas; aquele garoto fundia-se com elas, completamente alheio a si mesmo, com devoção completa.

A maioria do público não percebeu o que ele estava fazendo, mas todos sentiram que algo inédito estava acontecendo ali, que estavam apenas tendo um vislumbre de um mundo esquecido e maravilhoso naquela sala pequena e pobre. Deus estava ali. Deus aconteceu. Ele entrou em uma música que ninguém ouvia havia milênios, e todos ficaram sem fôlego.

E quando acabou e Piwano aceitou os aplausos com um sorriso distante, o medo tomou conta de Opur.

*

Eles vieram dois dias depois, pouco antes do nascer do sol. Sem aviso, chutaram a porta da frente e, antes mesmo de Opur se levantar da cama, a casa inteira estava cheia de soldados, ordens duras sendo gritadas e botas batendo.

Um gigante de barba preta vestindo um uniforme de couro da patrulha da guilda se aproximou do mestre flautista.

— O senhor é Opur? — perguntou ele de um jeito imperioso.
— Isso.

— O senhor é suspeito de esconder um marinheiro que desertou do serviço do Imperador.

Embora tudo nele tremesse, ele encarou o olhar do soldado com ousada frieza.

— Não conheço nenhum marinheiro — retrucou ele.

— É mesmo? — O homem barbudo estreitou os olhos para encará-lo com raiva. — Bem, veremos. Meus homens vão revistar a casa.

Ele não podia contestar. Opur concentrou todas as forças em manter o controle e parecer o menos envolvido possível. Talvez tivessem sorte.

Mas eles não tiveram sorte. Dois soldados arrastaram o assustado Piwano escada acima e o apresentaram ao comandante, que ria, triunfante.

— Então — vozeou ele. — Estivador Piwano, do terceiro grupo de carregamento da Kara. Mais cedo ou mais tarde, pegamos todos. E todos, todos se arrependem.

O mestre flautista aproximou-se do comandante da patrulha e caiu de joelhos.

— Eu imploro, tenha misericórdia — implorou ele. — Ele é um marinheiro ruim, mas um bom flautista. Seu dom nesta vida não são os ombros fortes de um estivador imperial, mas seus dedos de flauta...

O comandante olhou para o velho com desdém.

— Se seus dedos de flauta interferem em seu serviço ao Imperador, nosso Senhor, então é nosso dever ajudá-lo — zombou ele, e agarrou a mão direita de Piwano com força para prendê-la ao corrimão. Então, pegou seu pesado bastão de madeira.

Opur ficou subitamente chocado quando percebeu que o homem estava prestes a quebrar os dedos de Piwano. Sem pensar, avançou e acertou o soldado no estômago com toda a força, multiplicada por seu medo por Piwano. O comandante, que jamais esperaria um ataque físico do velho mestre flautista, desabou com um som ofegante, tropeçou e caiu. Piwano ficou livre.

— *Corra!*

De repente, Piwano se moveu com uma agilidade incrível, que Opur nunca havia notado em seu aluno sonhador para além do uso da flauta. Com um salto ousado, o menino pulou sobre o corrimão da escadaria antes que um dos soldados reagisse.

Opur se levantou e correu para a janela; abriu-a e pegou o estojo que continha sua própria flauta. Piwano estava saindo às pressas da casa.

— Mestre Piwano! — gritou Opur, e jogou a caixa para ele.

Piwano parou, pegou a caixa e deu a seu mestre um último sorriso, de uma travessura irracional. Então, saiu correndo e desapareceu pela porta larga da lavanderia.

Os soldados já estavam no seu encalço. Pararam diante da lavanderia, um deu ordens, e eles se separaram, correndo para bloquear as vielas vizinhas, esperando cercar o fugitivo dessa maneira.

Opur sentiu a mão pesada de um soldado em seu ombro e fechou os olhos em resignação. A luz fora preservada e passada para a próxima geração. Mais que isso ele não podia fazer.

O ARQUIVISTA DO IMPERADOR

No passado, aquele havia sido seu reino. Antes, quando o Imperador ainda estava vivo. Naquela época havia silêncio ali, nos grandes salões de mármore que guardavam os testemunhos da gloriosa história do Império, e ele não tinha de ouvir nenhum som além do arrastar dos próprios pés e da própria respiração. Ali ele passara seus dias, seus anos, e envelhecera a serviço do Imperador.

Que grandes momentos aqueles em que o próprio Imperador o procurava no arquivo que ele guardava para a divindade! Sempre abria os enormes portões de aço, deixava todas as lâmpadas se acenderem e, depois, esperava no degrau mais baixo da escada semicircular até que o carro do Imperador chegasse. Então, ficava com toda a modéstia no vestíbulo, ao lado de um dos pilares, olhando humildemente para o chão, e era sua maior recompensa quando o Imperador passava e acenava majestosamente, muito de leve, mas na frente de todos os outros. Para ele, o corcunda. Para ele, Emparak, seu servo mais fiel. Aquele que conhecia o reino melhor que qualquer outro mortal.

Mas, então, os novos senhores vieram e o rebaixaram a serviçal, a administrador sem direitos de um legado indesejável, bom o suficiente apenas para polir o precioso mármore, limpar as tampas de vidro e substituir os elementos leves desgastados. Como ele os odiava! *Comissárias do Conselho Provisório para Pesquisa do Arquivo Imperial.* Elas tinham permissão para ir e vir como quisessem, vasculhando todos os documentos e arquivos e poluindo o silêncio milenar com sua tagarelice irritante. Nada era sagrado para elas. E quando falavam com ele, era sempre de um jeito que deixava claro que eram jovens, bonitas e poderosas, e ele era velho, feio e sem direitos.

Claro, fora intencional o destacamento de duas mulheres bem à sua frente. Queriam humilhá-lo. As mulheres usavam a nova moda, a moda dos rebeldes, que mostrava muito e sugeria ainda mais, e sempre chegavam perto o suficiente para que até ele, com seus velhos olhos míopes, pudesse ver seus corpos sedutores e curvilíneos, ao alcance e ainda assim inacessíveis para um velho aleijado como ele.

Elas haviam acabado de chegar, sem aviso como sempre, e entraram na grande sala de leitura, o centro do arquivo. Emparak ficou sob a sombra dos pilares na área de entrada e as observou. A ruiva estava sentada no meio. *Rhuna Orlona Pernautan.* Como se gabavam de seus nomes triplos, esses rebeldes! Ao lado dela estava a mulher de cabelos loiros infinitos; até onde ele sabia, ela era a assistente da ruiva. *Lamita Terget Utmanasalen.* E trouxeram um homem que Emparak nunca tinha visto antes. Mas o conhecia dos registros do governo. *Borlid Ewo Kenneken, membro do Comitê de Gestão do Espólio Imperial.*

— Estamos muito atrasados! — gritou a ruiva. — Ele vai chegar em duas horas e ainda não temos um conceito. Dá para imaginar uma coisa dessas?

O homem abriu uma grande bolsa e tirou uma pilha de arquivos.

— Precisamos fazer isso. E não precisa ficar perfeito. Tudo o que ele precisa é de um relatório claro e curto para que possa tomar uma decisão.

— Quanto tempo ele vai ter para nós? — perguntou a loira.

— Uma hora, no máximo — respondeu o homem. — Teremos de nos limitar ao essencial.

Emparak sabia que eles o consideravam enrugado e senil. Cada movimento que eles faziam e cada palavra que diziam a ele lhe revelavam esse fato. Bem, eles deviam acreditar naquilo. A hora dele chegaria.

Ah, ele sabia exatamente como eram as coisas no Império naqueles dias. Não era possível esconder nada do arquivista do

Imperador. Emparak tinha suas fontes e seus canais, através dos quais tudo o que precisava saber fluía até ele. Ao menos *aquilo* ele ainda tinha.

— O que ele sabe sobre a história da expedição Gheera?

— Ele sabe sobre a descoberta dos mapas estelares em Eswerlund. Foi um dos conselheiros que votou pelo envio da expedição.

— Ótimo. Isso significa que podemos pular essa parte. O que ele sabe sobre os relatórios anteriores?

— Quase nada. — A loira olhou para a colega como se buscasse ajuda. — Até onde eu sei.

— Até onde eu sei também — respondeu ela. — Seria melhor se apresentássemos uma breve cronologia dos eventos, um resumo de, digamos, quinze minutos. Assim, ele terá tempo para perguntas...

— Para as quais devemos estar preparados, claro! — interveio o homem.

— Isso.

— Vamos começar — sugeriu a ruiva. — Lamita, você poderia manter uma lista de possíveis perguntas, questões que vierem à mente em pontos individuais.

Emparak observou a mulher loira pegar um bloco e uma caneta, e seu cabelo caindo para a frente enquanto ela se inclinava para tomar notas. Ele gostava dela, claro, e no passado teria... mas ela era tão jovem. Tão sem noção. Estava sentada em meio a dezenas de milhares de anos de uma história grandiosa e não sentia nada. E, para ele, isso não tinha perdão.

Ela não sabia que *Ele* costumava ficar ali antes? Emparak ainda enxergava tudo diante de si, como se o tempo não houvesse passado desde então. O Imperador sentado à mesa oval, estudando os documentos que seu arquivista lhe trouxera. Ninguém mais estava presente. Emparak ficava obsequiosamente na sombra dos pilares que se erguiam ao longo do corredor e sustentavam a cúpula de vidro, da qual uma luz pálida caía e banhava a cena com um brilho que lembrava a eternidade. O Imperador virava as páginas com sua graça inimitável, que brotava da serenidade de seu poder, e lia com calma e atenção. Ao redor, dez portões altos e escuros levavam a dez corredores radiais ao longo dos quais se estendiam estantes de livros, dispositivos de armazenamento de dados e cápsulas de arquivo. Os retratos dos dez antecessores do Imperador estavam pendurados nas dez paredes entre os portões. Não havia espaço previsto para seu próprio retrato, pois ele dizia que governaria até o fim dos tempos...

E agora ele devia ter chegado, o fim de todos os tempos. Aqueles jovens simbolizavam esse fim em sua agitação barulhenta e superficial. Não entendiam nada, nada! E se levavam tão a sério. Em sua arrogância sem limites, ousaram destronar o Imperador-Deus, até mesmo matá-lo; Emparak sentiu seu coração disparar de raiva com o pensamento.

Sabia como havia sido o Império no passado e sabia o que era o Império agora. Eles não estavam à altura da tarefa, claro que não. As pessoas estavam morrendo de fome novamente, e as epidemias, cujos nomes haviam ficado esquecidos por milênios, grassavam. A confusão fermentava em todo canto; guerras sangrentas eram travadas em muitos lugares, e tudo estava indo pelo ralo. Eles destrincharam o corpo do Império, estriparam-no com o coração ainda pulsante e o cortaram em pedaços crus. E enquanto faziam isso se sentiram tão importantes e invocaram a "liberdade".

O homem recostou-se na cadeira e descansou a cabeça nas mãos espalmadas em forma de leque.

— Bem, por onde começamos? Sugiro ir com a nave expedicionária que encontrou as primeiras pistas sobre os tapeceiros de cabelo. A nave se chamava Kalyt 9, e o homem a quem devemos a informação se chamava Nillian Jegetar Cuain.

— O nome é importante?

— Não em si. Mas ouvi dizer que ele é um parente distante do conselheiro; talvez fosse bom mencioná-lo pelo nome.

— Ótimo. O que aconteceu com ele?

— Está desaparecido. De acordo com o depoimento de seu companheiro, contrariando uma ordem expressa, ele pousou no planeta G-101/2 no setor HA/31. Temos relatórios de rádio dele e algumas fotos, mas nenhuma de um tapete de cabelo. Nillian descobriu os tapetes de cabelo, mas depois desapareceu.

— Eles não o procuraram?

— Houve algum mal-entendido com comandos que se sobrepuseram. Seu companheiro abandonou-o e retornou à base, e uma nave de resgate só chegou semanas depois e não encontrou vestígios de Nillian.

A ruiva batia com a ponta da caneta sobre a mesa. Emparak estremeceu com o som, que soou quase obsceno para seus ouvidos. Aquela mesa já era velha antes mesmo de o mundo natal daquela mulher ter sido colonizado.

— Eu não sei se devemos nos adiantar dessa forma — disse ela. — Tenho certeza de que haverá outra investigação, de qualquer maneira; é apenas uma história infeliz, mas isso realmente não importa. A única coisa importante é que esse Nillian descobriu os tapetes de cabelo e que eles começaram a investigar esse assunto.

— Exatamente. Será mais importante descrever o que são esses tapetes de cabelo e o que eles significam. São tapetes muito grandes, tecidos com extrema firmeza, feitos de cabelo humano. As pessoas que os fazem são chamadas de tapeceiros de cabelo. Só usam o cabelo de suas esposas e filhas, e todo o processo é tão incrivelmente trabalhoso que um tapeceiro de cabelo tem que passar a vida inteira trançando um único tapete.

A loira levantou a mão por um instante.

— Podemos mostrar um exemplar desse tapete? — questionou ela.

— Infelizmente, não — admitiu o homem. — Pedimos um, claro, e prometeram nos mandar, mas até esta manhã... nada. Eu esperava que o arquivo...

— Não — disse a loira de imediato. — Nós checamos. Não há nada parecido no arquivo.

Em seu canto tranquilo junto aos pilares, Emparak sorriu. Nível 2, corredor L, setor 967. Claro, o arquivo tinha um tapete de cabelo. O arquivo tinha tudo. Só era preciso encontrá-lo.

O homem olhou para o relógio.

— Bom, continuando. Então, temos que deixar claro o que são esses tapetes de cabelo e o tremendo esforço que está por trás deles. Como aponta o relatório sociológico, toda a população planetária não se preocupa com praticamente mais nada.

A ruiva assentiu.

— É. Isso é importante.

— E o que acontece com todos os tapetes de cabelo? — perguntou a loira.

— Esse é outro ponto crucial que precisamos enfatizar. Toda a produção dos tapetes de cabelo tem motivação religiosa. E isso significa a antiga religião do Estado: o Imperador como Deus, como criador e sustentador do universo e assim por diante.

— *O* Imperador?

— É. Sem dúvida. Eles têm até fotos dele. Isso também prova que a parte habitada por humanos da galáxia Gheera realmente foi parte do Império. Toda a superestrutura religiosa e política de poder é a mesma que nas partes conhecidas do Império, e a língua difundida nos mundos Gheera corresponde a um dialeto do nosso paisi, como era falado, segundo os linguistas, há cerca de oitenta mil anos...

— Isso nos daria uma pista de quando o contato entre Gheera e o resto do Império foi rompido.

— Exatamente. Aliás, em muitos desses mundos há vestígios de explosões atômicas de muito tempo atrás... produtos de decomposição duradouros e assim por diante... que apontam para conflitos armados correspondentes. Esses vestígios também são datados de pelo menos oitenta mil anos atrás.

— Isso corrobora a teoria.

— Mas o que isso tem a ver com os tapetes de cabelo? — insistiu a loira.

— Os tapeceiros de cabelo fazem esses tapetes como um serviço ao Imperador. Acreditam que os tapetes são destinados ao palácio do Imperador.

Silêncio perplexo.

— Ao palácio do Imperador?

— Isso.

— Mas não há nada no palácio que se pareça com um tapete de cabelo.

— Isso mesmo. É aí que está o elemento intrigante.

— Mas... — A loira começou a fazer as contas. — Devem ser muitos tapetes que se juntam lá. Um mundo inteiro, população estimada de...

— É uma infinidade — disse o homem. — Poupe seus esforços, a coisa fica ainda melhor. O pessoal da área G-101/2 acredita que só eles fazem tapetes de cabelo. Sabem que os domínios do Imperador abrangem muitos mundos, mas acreditam que os outros mundos fornecem coisas diferentes para o palácio do Imperador. Uma espécie de divisão interplanetária do trabalho. — Ele examinou as unhas cuidadosamente. — Bem, logo depois, a expedição Gheera descobriu um segundo mundo em que as pessoas também fazem tapetes de cabelo e também acreditam que são as únicas.

— *Dois* planetas? — As mulheres ficaram espantadas.

O homem olhou de uma para a outra e obviamente gostou da tensão expectante em seus rostos.

— O último relatório da expedição mostra — continuou ele, saboreando cada palavra — que foram encontrados 8.347 planetas até agora nos quais tapetes de cabelo estão sendo trançados.

— Oito mil...?!

— E não parece haver um fim tão próximo. — O homem bateu na mesa com a palma da mão, causando um estalo. — Esse é o ponto que precisamos transmitir. Algo está acontecendo e não sabemos o quê.

Eu sei, pensou Emparak com satisfação. *O arquivo também sabe. E se você soubesse como olhar, também poderia saber...*

A loira se levantou de uma vez e se aproximou de Emparak, mantendo os seios enormes quase na frente do rosto do arquivista corcunda.

— Emparak, temos duas pistas agora — disse ela, olhando para ele. — Oitenta mil anos. Galáxia Gheera. Podemos encontrar algo sobre isso no arquivo?

— Galáxia Gheera? — resmungou Emparak. Ela o surpreendeu com sua aproximação repentina, e a proximidade de seu corpo tentador despertou desejos esquecidos que o dominaram por um momento e o deixaram sem palavras.

— Deixe-o em paz, Lamita! — gritou a bruxa ruiva ao fundo. — Tentei isso muitas vezes. Ele não faz ideia, e o arquivo está uma bagunça completa, não há nenhuma sistemática.

A jovem deu de ombros e voltou ao seu lugar. Emparak olhou para a ruiva, fervilhando de raiva. Que atrevida. Às centenas e aos milhares eles haviam falhado na tentativa de acessar o legado de um homem como o Imperador, mas ela ousava chamar o arquivo de caos. Como ela chamava aquilo que o autoproclamado Conselho Provisório estava fazendo lá fora? Que palavra tinha para a desorientação sem limites das pessoas cujas vidas eles haviam destruído, para a decadência da moral, para a depravação desenfreada? Como descreveria o resultado de seu fracasso sem fim?

— O que exatamente está acontecendo com os tapetes de cabelo em Gheera? — perguntou a ruiva. — Eles têm que estar empilhados em algum lugar.

— Os tapetes de cabelo são transportados por uma grande frota de navios decrépitos, mas consistentemente adequados para a viagem espacial — relatou o homem. — Uma casta separada é responsável por isso, os marinheiros imperiais. Eles, sem dúvida, guardam o legado tecnológico, enquanto apenas culturas pós-atômicas primitivas podem ser encontradas nos próprios planetas.

— E para onde eles transportam os tapetes?

— A expedição conseguiu segui-los até uma gigantesca estação espacial que orbita uma estrela dupla sem planeta. Aliás, uma das duas estrelas é um buraco negro. Não sei se isso nos diz alguma coisa.

— O que você sabe sobre essa estação espacial?

— Nada, exceto que é extremamente vigiada e fortemente armada. Uma de nossas naves, o cruzador leve Evluut, foi atacado e bastante danificado ao se aproximar.

Claro. Até aquele dia, Emparak não conseguia entender como os rebeldes, aqueles fracotes intrometidos e presunçosos, tinham conseguido enfraquecer o Imperador imortal e todo-

-poderoso e usurpar o Império. Os rebeldes não conseguiam lutar! Mentir, trapacear, esconder e inventar intrigas insidiosas, isso tudo eles conseguiam fazer, mas lutar? Seria incompreensível para ele, para o resto de sua vida, como tinham conseguido superar o vasto e invencível maquinário militar do Imperador. Eles, dos quais seriam necessários dez ou mais para fazer frente a um único soldado imperial.

— Bom. — A ruiva fechou uma pasta para encerrar a discussão por ora. — Devemos nos preparar agora. Acho que vamos montar um projetor e deixar as tabuletas históricas prontas caso alguém esteja procurando um contexto histórico. — Ela olhou na direção do velho arquivista. — Emparak, precisamos da sua ajuda!

Ele sabia que tipo de ajuda. Deveria buscar o dispositivo projetor e configurá-lo. Nada mais. Emparak poderia ter respondido a todas as perguntas e resolvido todos os enigmas em pouco tempo. Se ao menos tivessem sido um pouco mais gentis com ele, um pouco mais corteses, um pouco mais agradecidos...

Mas ele não compraria sua aprovação. Eles tinham de lutar por conta própria. O Imperador sempre soubera o que estava fazendo; teria suas razões aqui também, e não cabia a ele questioná-las.

Emparak saiu da sala de leitura para o vestíbulo e virou à direita. Não havia pressa. Ao contrário dos três jovens, ele sabia exatamente o que fazer.

Desceu a larga escadaria que levava às áreas subterrâneas do arquivo. Ali, a luz era fraca, não dava para enxergar muito longe. Elas preferiam ficar no andar de cima, as moças, entre as intermináveis prateleiras da cúpula. Ele raramente as tinha visto ali. Provavelmente era assustador para elas, e isso ele podia até entender. Não havia como escapar do hálito da história ali embaixo. Lá estavam armazenados artefatos inacreditáveis, testemunhas de eventos inimagináveis, documentos de valor inestimável. Ali embaixo, o tempo era palpável.

Ele destrancou a porta da pequena sala de equipamentos ao pé da escada. Oitenta mil anos. Diziam isso com tanta facilidade, esses desavisados, como se não fosse nada. Falavam sem temor, sem sentir nenhum horror diante desse abismo do tempo.

Oitenta mil anos. Um período em que vastos impérios poderiam surgir e depois se desintegrar e ser esquecidos. Quantas gerações vieram e se foram nesse período, viveram a vida, esperaram e sofreram, alcançaram coisas e depois pereceram novamente no turbilhão implacável do tempo! Oitenta mil anos. Falavam no mesmo tom com que falavam de oitenta minutos.

E, no entanto, era apenas parte da imensurável história do Império. Emparak meneava a cabeça, pensativo, enquanto arrastava o projetor escada acima. Talvez devesse lhes dar uma pequena dica, afinal. Não muito, apenas um pequeno fragmento. Um rastro. Só para mostrar que sabia mais do que eles pensavam. Só para imaginarem o tamanho daquele homem em que atiraram como se fosse um vagabundo. O poderoso Império nunca teria existido por tanto tempo sem esse homem, sem o décimo primeiro Imperador, que havia alcançado a imortalidade. Sim, pensou Emparak. Apenas um rastro para que pudessem encontrar o restante por conta própria. Em seu orgulho tolo, não seriam capazes de aceitar mais que isso.

— Ele deve chegar a qualquer minuto — disse a ruiva, que agora olhava continuamente para o relógio enquanto os outros separavam os papéis. — Como temos que nos dirigir a ele?

— O título dele é *membro do Conselho* — respondeu a loira.

Emparak colocou o projetor sobre a mesa e removeu a tampa.

— Ele não gosta de títulos — comentou o homem. — Prefere ser chamado pelo nome, Jubad.

Ao som desse nome, Emparak sentiu como se estivesse congelando até as pontas dos dedos. *Berenko Kebar Jubad! O homem que matou o Imperador!*

Ele se atrevia. O assassino do Imperador se atrevia a adentrar o local que preservava a glória do Império. Uma afronta. Não, pior ainda: uma insensibilidade. Essa pessoa comum e tacanha não era capaz de entender o significado de suas ações, o simbolismo dessa visita. Só ia até ali ouvir um pequeno relatório estúpido feito por pessoas pequenas e estúpidas.

Que viesse. Ele, Emparak, ficaria parado e calado. Tinha sido o arquivista do Imperador, e assim permaneceria até seu último suspiro. Estava envergonhado por quase ter decidido cooperar com esses novatos barulhentos. Nunca. Nunca mais. Ficaria calado, e calado poliria o mármore milenar até que um dia o pano de polimento caísse de sua mão.

A ruiva foi até o painel de controle do vestíbulo e abriu um dos portões. Apenas um. Emparak assentiu com satisfação. Não entendiam nada de estilo ou aparência. Não eram grandiosos.

Toda a recepção do líder rebelde parecia a Emparak uma imitação ridícula. Um pequeno carro parou e Jubad saltou, um homem atarracado de cabelos grisalhos cujos movimentos pareciam agitados e nervosos, que caminhava ligeiramente curvado como se o peso de sua responsabilidade o esmagasse. Subiu as escadas como uma marionete inquieta e, sem prestar atenção à atmosfera grandiosa do vestíbulo, imediatamente vociferou para a ruiva que o conduzisse até a sala de leitura.

Emparak tomou seu lugar habitual junto aos pilares e observou Jubad enquanto ouvia o relato dos outros três. Dizia-se que ele sofria de uma doença crônica, talvez incurável. Emparak ficou inclinado a acreditar nisso quando olhou para a expressão de dor reprimida do líder rebelde. Podia ser uma coincidência. Ou talvez fosse uma punição do destino.

— Então nada se sabe sobre o paradeiro final dos tapetes de cabelo? — concluiu Jubad ao final da apresentação.

— Não.

— Dentro da estação espacial?

— Não é grande o suficiente para isso — respondeu o homem. — É só estimar o volume total de tapetes de cabelo produzidos e compará-lo com o volume da estação espacial... é muitas vezes maior.

— Talvez os tapetes de cabelo não sejam mantidos — disse a loira. — Talvez sejam destruídos.

— Talvez — disse Jubad com indiferença. Era óbvio que ele estava preocupado com pensamentos completamente diferentes. — A imagem de horror que me oprime é a possibilidade de que, em algum lugar do universo, ainda haja um palácio imperial desconhecido, no qual os tapetes de cabelo agora estão se empilhando como montanhas. E se houver um palácio não descoberto, quem sabe o que mais pode haver... talvez exércitos ocultos que estão profundamente adormecidos há milênios?

A ruiva assentiu.

— Talvez um clone do Imperador que também seja imortal?

— Exatamente — concordou Jubad com seriedade. — Não sabemos como o Imperador conseguiu não envelhecer e viver este tempo incomensurável. Há tanta coisa que não sabemos, e alguns segredos inexplicáveis têm de ser mais do que interesse acadêmico, porque podem ser perigosos.

Emparak teve de admitir de má vontade que esse Jubad tinha uma mente incrivelmente alerta. Algo da grandiosidade do Imperador parecia ter se transferido para seu conquistador. E ele tinha razão: nem mesmo o arquivo tinha informações sobre a imortalidade do Imperador.

Jubad folheou os documentos enquanto os outros o observavam silenciosa e pacientemente. Ele se deteve em um pedaço de papel, leu-o e depois o entregou ao homem.

— O que significa isso?

— A estrela Gheerh não foi localizada — disse ele. — A frota expedicionária foi inicialmente encarregada de verificar a precisão dos mapas estelares encontrados. Algumas das estrelas do catálogo tinham nomes em vez de números, e entre elas, a estrela Gheerh não pôde ser localizada.

— O que você quer dizer com não pôde ser localizada?

O homem deu de ombros.

— Simplesmente não está lá. O sol e seus planetas... simplesmente varridos do universo.

— Isso pode ter alguma coisa a ver com aquela suposta guerra oitenta mil anos atrás?

— O que chama a atenção é a nomenclatura. Gheerh. Gheera. Talvez Gheerh fosse a capital de um Império chamado Gheera, e por isso foi destruída nessa guerra.

Jubad olhou para a ruiva. O horror silencioso brilhou em seus olhos.

— A frota imperial era capaz de... destruir um sistema solar inteiro?

Sim, pensou Emparak. *Ela fez isso várias vezes.*

— Sim — disse a ruiva.

Jubad mergulhou em pensamentos novamente. Ele olhou para os papéis como se pudesse arrancar deles o segredo.

— Uma das duas estrelas do par em torno do qual essa estação espacial orbita é um buraco negro? — perguntou ele de repente.

— Isso.

— Há quanto tempo?

As mulheres e o homem ficaram surpresos e perdidos.

— Não faço ideia.

— É uma configuração muito perigosa, não é? O lugar mais arriscado para se construir uma estação espacial... Radiação incessante e severa, o perigo constante de ser engolido pelo horizonte de eventos... — Jubad olhou para os outros, um de cada vez. — O que dizem os antigos mapas estelares?

— Ah. — A loira se inclinou sobre seu dispositivo portátil de armazenamento de dados e apertou alguns botões. — Não dizem nada sobre um buraco negro. Apenas a gigante vermelha aparece aqui. Nem mesmo uma estrela dupla.

— Isso nos diz alguma coisa! — Jubad levantou-se. — Vou interceder junto ao conselho para enviar uma frota de combate a Gheera para atacar e capturar a estação espacial. Precisamos resolver o mistério dos tapetes de cabelo, e acho que a estação espacial é decisiva para isso. — Ele assentiu vagamente. — Obrigado.

Com isso, ele correu de volta para seu carro, que o levou embora.

O homem se afundou no assento com um suspiro aliviado e se alongou.

— Bem? — disse ele. — Correu bem, não foi?

A ruiva parecia insatisfeita diante do tampo da mesa.

— A coisa sobre a estrela dupla foi embaraçosa. Poderíamos ter notado isso também.

— Ah, Rhuna, sua eterna perfeccionista! — vozeou a loira. — Você nunca fica satisfeita? Caso resolvido... não queríamos chegar mais longe.

— O pior teria sido se ele tivesse dito: causa perdida, estamos chamando de volta a expedição Gheera — enfatizou o homem.

— E talvez não tenha sido tão ruim que ele tenha descoberto isso sozinho — disse a loira. — Isso deve tê-lo convencido mais do que se tivéssemos mastigado tudo para ele.

— Bem, isso é verdade. — A ruiva sorriu e começou a recolher os papéis. — Tudo bem, crianças, fiquemos satisfeitos. Vamos encerrar e depois pensar onde vamos comemorar.

A loira fez um gesto para Emparak.

— Você já pode desmontar o projetor. Muito obrigada.

Por que ela havia agradecido a ele? E por que o olhava de um jeito tão estranho?

Emparak não disse nada. Pegou a tampa e se arrastou até a mesa para colocá-la de volta. Os três jovens saíram, carregados com suas valises e pastas e sem prestar mais atenção nele.

— Você vai ver, ainda vamos descobrir o que são esses tapetes de cabelo...

Essa foi a última frase que Emparak ouviu, e ficou no ar por um tempo, como se procurasse um eco das profundezas insondáveis do arquivo.

Emparak observou-os partir; seu rosto estava inexpressivo. Em sua mente, podia ver o armário que continha todas as respostas a todas as perguntas deles.

Apenas procurem, pensou ele enquanto fechava o portão de aço novamente. *Quebrem a cabeça nisso. Acham que descobriram um grande segredo. Vocês não têm ideia. Sequer chegaram a arranhar a superfície da história do Império.*

JUBAD

A mão esquerda segurava a direita diante do peito (gesto que se tornara sua marca registrada e que muitas vezes era imitado, tanto por admiradores como por invejosos) e seu olhar deslizava sobre jardins ensolarados e bordas floridas, sobre lagos reluzentes e passeios paradisíacos, mas ele não via nada, apenas a escuridão nebulosa e cinzenta de uma era perdida. Seu carro seguia um caminho que serpenteava alegremente entre edifícios impressionantes de todas as épocas e que o levaria ao centro do antigo palácio imperial, mas os olhos de Jubad viam apenas a estrutura maciça, escura e cheia de colunas que eles haviam deixado.

O arquivo do Imperador... Ele sempre tinha evitado entrar no antigo prédio que abrigava documentos e artefatos de toda a época imperial. Talvez devesse tê-lo evitado hoje também. Mas, por algum motivo, tinha parecido inevitável comparecer à reunião que havia sido realizada lá, mesmo que não se lembrasse dele agora.

Ao final, ele havia praticamente fugido. Dissera sim e claro para tudo e fugira como se tivesse de escapar do espírito do governante morto. De repente, Jubad teve de respirar pesada e dolorosamente, e de soslaio percebeu um olhar preocupado de seu motorista. Queria dizer algo para acalmá-lo, mas não sabia o quê. Mal se lembrava do tópico da reunião, pois tivera de combater as ondas das lembranças que ameaçavam inundá-lo. Lembranças de um passado que determinara sua vida.

Berenko Kebar Jubad. Seu próprio nome havia muito lhe parecia o de outro homem, de tantas vezes que o ouvira em discursos e o lera em livros de história. Jubad, o libertador. Jubad, o subjugador do tirano. Jubad, o homem que matou o Imperador.

Desde o fim do Império, ele mesmo vinha levando uma vida de governante. Participava do Conselho Rebelde, falava diante do parlamento e, aonde quer que fosse e o que quer que dissesse, sempre sentia olhares reverentes e afeição respeitosa. Porque era respeitado, tinha sido capaz de desempenhar um papel decisivo na concessão de independência à região de Tempesh-Kutaraan, e a pacificação da província de Baquion também fora, pelo menos em parte, obra sua. Mas não eram dessas realizações que as gerações posteriores se lembrariam. Ele seria lembrado para sempre como o homem que tinha dado o golpe fatal no déspota.

Em uma inspiração repentina, pediu ao motorista que parasse o carro.

— Vou andar um pouco — disse ele.

E, ao ver o olhar preocupado do homem, acrescentou:

— Não sou tão velho quanto pareço. Você deveria saber disso.

Tinha cinquenta e quatro anos, mas não raramente estimavam setenta para ele. E, quando desceu do carro, quase se sentiu assim também. Parou e esperou até que o carro estivesse fora de vista.

Então, respirou fundo e olhou ao redor. Estava sozinho. Sozinho em um pequeno jardim cercado por arbustos azul-esverdeados, delicadamente emplumados com botões vermelhos-escuros. Em algum lugar, um pássaro piava uma canção solitária, uma sequência de tons que se repetia várias vezes. Parecia um ensaio cuidadoso.

Jubad fechou os olhos, escutou o canto do pássaro que o lembrava mais dos tons de uma flauta que dos pássaros de sua terra natal, e desfrutou do calor do sol em seu rosto. *Delicioso*, ele pensou, *apenas ficar aqui, em um lugar qualquer, e ser alguém sem importância nenhuma. Não ser observado por ninguém. Apenas viver.*

Quando abriu os olhos de novo, para sua surpresa, um garotinho estava parado na frente dele, olhando para ele. Não o tinha ouvido chegar.

— Você é Jubad, não é? — perguntou o menino.

Jubad assentiu.

— Isso.
— Você estava refletindo sobre algum problema difícil? — questionou o garotinho. — Foi por isso que não incomodei você.
— Foi muito gentil da sua parte — disse Jubad com um sorriso. — Mas não estava pensando em nada especial. Estava apenas ouvindo o pássaro.

O menino arregalou os olhos.

— Sério?
— Sério — confirmou Jubad.

Ele olhou para o garotinho, que estava balançando os quadris, inquieto, e claramente tinha algo em mente. Finalmente, ele soltou:

— Quero te perguntar uma coisa importante!
— Sério? — disse Jubad involuntariamente. — Pergunte.
— É verdade que você matou o Imperador do mal?
— Sim, é verdade. Mas isso foi há muito tempo.
— E ele morreu de verdade? Você verificou com cuidado?
— Eu verifiquei com muito cuidado — falou Jubad, tão sério quanto pôde. Lutou para conter uma risada. — O Imperador estava realmente morto.

O menino de repente pareceu muito preocupado.

— Meu pai sempre diz que nada disso é verdade. Ele diz que o Imperador ainda está vivo e que só entregou seu corpo para continuar vivendo entre as estrelas e os planetas. Ele tem um monte de fotos do Imperador no quarto e diz que você é um vigarista. Está certo? Você é um vigarista?

Uma dor bem conhecida percorreu Jubad. O passado. Ele nunca o abandonaria.

— Olha — explicou ele cuidadosamente —, quando seu pai era uma criança, como você é hoje, o Imperador ainda governava, e seu pai, como todas as crianças, teve que ir para uma escola sacerdotal. Os sacerdotes de lá o machucaram e o aterrorizaram de um jeito muito, muito terrível... Colocaram nele um grande medo de algum dia fazer algo de que o Imperador não gostasse. E esse medo nunca o abandonou. Ele ainda está com medo hoje... e é por isso que diz coisas assim. Consegue entender?

Era quase exigir demais de uma criança que devia ter quatro ou cinco anos e que precisava se preocupar com essas coisas porque amava o pai.

Seu pequeno rosto movimentou-se muito por um tempo enquanto o menino tentava chegar a uma conclusão. Mas, de repente, toda a preocupação foi varrida e ele sorriu:

— Não acho que você seja um vigarista.

— Obrigado — disse Jubad secamente.

— Além disso — continuou o menino alegremente —, o Imperador puniria você severamente se ainda estivesse vivo! — Com isso ele saiu saltitante, aliviado e cheio de energia.

Jubad observou-o partir, um tanto espantado com essa percepção infantil.

— Sim — murmurou ele finalmente. — Isso é lógico.

*

Quando Jubad entrou em seu apartamento, um homem estava sentado calmamente à mesa, como se estivesse esperando ali havia algum tempo. Ao lado de sua mão, que estava apoiada no tampo da mesa, havia uma mala pequena e escura.

Jubad parou por um momento, depois fechou lentamente a porta.

— De novo isso?

— Sim — respondeu o homem.

Jubad fez que sim com a cabeça, então começou a fechar todas as venezianas das janelas. Do lado de fora já começava o crepúsculo, e algumas das sete luas estavam visíveis no céu escuro como se cobertas de veludo preto.

De uma de suas janelas, Jubad tinha uma boa visão da grande cúpula que formava o centro do palácio. Abrigava os antigos e magníficos apartamentos privados do Imperador, que agora estavam trancados a sete chaves e só podiam ser acessados por cientistas com permissão especial. Anos antes, no entanto, e isso era inacreditável, houvera vozes que queriam que Jubad se mudasse para lá, o que ele recusara sem pestanejar, é claro.

— Alguém viu você chegando?
— Acho que não.
— Não tem certeza?
O homem à mesa riu baixinho.
— Tenho. Mas o boato de que você tem alguma doença grave nunca vai desaparecer do mundo.
Jubad fechou a última veneziana, acendeu a luz e também se sentou à mesa.
— Estamos falando de um dos segredos de Estado mais importantes — declarou ele com seriedade. — Nem mesmo o Conselho pode saber disso.
— Sim. — O homem abriu a maleta, tirou uma seringa e começou a puxar um líquido azul-claro. — Mas quanto tempo mais você vai aguentar?
— O máximo possível.
Ele se recusava a criar superstições sobre isso. Era uma coincidência, nada mais. Devia ter contraído o vírus em algum lugar quando jovem, provavelmente até em sua primeira viagem em nome do Conselho Rebelde, que o levou até Jehemba. E, então, a doença havia ficado adormecida nele por muitos e longos anos, sem o menor sintoma.
O líquido na seringa escureceu lentamente. Assim que atingisse um certo tom escuro, quase preto, tinha de ser injetado. Arderia como o inferno por horas, mas impediria o progresso da doença. Jubad começou a tirar a camisa.
Corrosão-do-deserto. Esse foi o nome dado à doença em Jehemba. Jubad afrouxou cuidadosamente a braçadeira que simulava uma pele saudável. Abaixo estava a pele de um ancião; enrugada, rachada e murcha, caída sobre os músculos duros e encolhidos, que não eram mais grossos que um dedo mindinho.
De repente, pensou no arquivo e no garotinho novamente. E em tempos anteriores, de muito, muito antes, quando o Imperador ainda estava vivo e tinha Jubad, o rebelde, em seu poder.
Precisava ser mantido em segredo. Ninguém tinha permissão para descobrir que o braço direito de Berenko Kebar Jubad estava murcho, o braço com o qual ele havia matado o Imperador...

O IMPERADOR E O REBELDE

Ele não esperava mais nada, apenas a morte. E seria terrível, terrível para ele, e ainda mais terrível para aqueles que dependiam de seu silêncio. As vidas de milhares, e possivelmente até o futuro de todo o movimento, dependiam de sua capacidade de manter silêncio sobre os segredos que lhe haviam sido confiados. E ele sabia que não seria capaz de guardá-los.

Os capangas do Imperador empregariam todos os métodos que pudessem para romper seu silêncio. E esses eram métodos terríveis, procedimentos cruéis dos quais ele não tinha como se defender. Esperava-o uma dor que excederia qualquer uma que já houvesse experimentado. E a dor não seria tudo. Havia outros procedimentos, métodos complicados e elaborados, contra os quais a força de vontade não adiantava. Eles lhe dariam drogas. Usariam sondas nos nervos. Usariam dispositivos dos quais ele nunca tinha ouvido falar e, por fim, eles o fariam falar. Em algum momento, eles descobririam tudo o que queriam saber.

Havia apenas uma salvação, apenas uma esperança: ele tinha de morrer antes que chegassem tão longe.

Mas isso não era tão simples. Se tivesse visto uma oportunidade de acabar com a própria vida, não teria hesitado nem por um momento. Mas haviam tirado tudo dele: primeiro a cápsula de veneno que todo rebelde carregava e depois todos os outros equipamentos, tudo. Tinham examinado todos os orifícios de seu corpo em busca de objetos escondidos e o radiografado da cabeça aos pés. Tudo o que estava vestindo agora era um traje leve e fino feito de um material semelhante ao algodão.

A cela em que fora colocado era pequena e estava completamente vazia, quase assepticamente limpa. As paredes eram feitas de aço nu e liso como um espelho, bem como o teto e o piso. Havia uma pequena torneira da qual escorria água morna quando ele a abria e um recipiente que estava firmemente aparafusado ao chão para suas necessidades. Era tudo. Sem colchão, sem cobertor. Ele tinha de dormir diretamente no chão.

Havia pensado em bater o crânio nas paredes em um ato de desespero repentino, antes que eles pudessem detê-lo. Mas a um palmo das paredes começava um campo de força que impossibilitava movimentos rápidos e que, em tentativas como essa, funcionava como uma cobertura de borracha, só que melhor.

O lugar era quente. As paredes e o chão pareciam aquecidos; ele suspeitava de que uma grande máquina estivesse instalada muito perto de sua cela, talvez um gerador, pois, quando estava deitado no chão, podia sentir vibrações sutis. A luz dos três elementos luminosos no teto nunca se apagava, e ele tinha certeza de que estava sendo observado, mesmo que não soubesse de que maneira.

Havia uma escotilha semicircular na porta que às vezes se fechava e, quando se abria, nela estava sua refeição diária. Era sempre a mesma coisa, uma polpa fina e sem gosto em uma tigela transparente. Esta fora a única ameaça feita a ele: caso se recusasse a comer, seria amarrado e alimentado artificialmente. Então, ele comia. Não havia colher, tinha de beber o mingau. A tigela em si também era macia e frágil, não sendo adequada para cortar os pulsos ou algo assim.

Essa era a única mudança e sua única medida de tempo. Na maior parte do dia, ele ficava sentado em um canto com as costas contra a parede, pensando. Os rostos dos amigos pareciam se despedir, e episódios de sua vida retornavam, como se exigissem uma prestação de contas. Não, ele não se arrependia de nada. Faria tudo de novo. Até mesmo esse voo exploratório que acabou se revelando uma armadilha sofisticada. Ninguém poderia suspeitar disso. Ele não tinha feito nada de errado.

Às vezes, até os pensamentos eram silenciosos. Então, ele apenas ficava lá sentado observando seu reflexo indistinto na parede oposta e sentindo que estava vivo. Não demoraria muito. Cada momento era precioso agora.

Nesses momentos, ele ficava em paz consigo mesmo.

Também havia os momentos de medo. A certeza de que a morte está próxima e é inevitável desperta um medo animal, de milhões de anos, um medo que nega todo discernimento, que põe de lado toda consideração e que supera toda necessidade superior; que surge das profundezas mais escuras da alma e se transforma em uma inundação terrível. Como um homem se afogando, ele procurava esperança durante essas horas, uma saída, e encontrava apenas incerteza.

Aos poucos foi perdendo a noção do tempo. Logo se tornou impossível para ele dizer quanto fazia que estava preso, dias ou meses. Talvez tivesse sido esquecido. Talvez ficasse trancado ali, ano após ano, envelhecesse e morresse.

Eles vieram quando ele estava dormindo. Mas o som das chaves na fechadura da porta de sua cela o fez acordar e ficar de pé em um segundo.

Havia chegado a hora. A tortura ia começar. Contou dezesseis soldados da Guarda Imperial parados no corredor, todos armados com rifles anestésicos. Sempre pensavam em tudo. Ele não tinha nenhuma chance.

Um deles, um homem atarracado e calvo com o rosto marcado pela aspereza da vida, entrou pela porta.

— Rebelde Jubad? Venha comigo — ordenou ele com rispidez.

Dois soldados se aproximaram cautelosamente e algemaram suas pernas, para que só pudesse dar passos muito pequenos e vacilantes. Então, amarraram seus pulsos e colocaram uma corrente em volta da barriga. Jubad permitiu que isso acontecesse. Quando fizeram sinal para que se movesse, ele obedeceu.

Caminharam por um corredor bem iluminado e chegaram a um túnel largo onde um transportador fortemente blindado os esperava com as portas abertas. Não havia escapatória, nenhuma oportunidade de mergulhar em um abismo ou cortina de fogo mortal. Ordenaram-lhe que entrasse, sentaram-se à sua volta, e a viagem começou.

Pareceram seguir em frente por horas. Às vezes, avançavam na escuridão completa, e os rostos dos soldados, que não tiravam os olhos dele nem por um momento, pareciam as caretas de demônios à luz fraca dos equipamentos. Várias vezes tiveram de parar em frente a telas de energia perigosamente cintilantes, para esperar pela inspeção completa de guardas que ficavam sentados em cabines blindadas e faziam longas ligações telefônicas antes de desativar as barreiras e permitir que continuassem. O tempo todo, nenhuma palavra foi dita dentro do transportador.

Em algum momento, quando seguiam novamente pela escuridão em direção a um ponto brilhante à distância, o transportador disparou de repente por uma abertura em uma rocha íngreme e flutuou em frente pelos campos antigravitacionais, livre no ar. Jubad olhou ao redor com espanto, absorvendo a visão assoladora. Seguiram seu caminho bem acima de um mar calmo e azul-escuro que se estendia de horizonte a horizonte e carregava a vasta e imaculada cúpula do céu acima deles. Atrás deles havia um maciço rochoso escarpado que caía abruptamente no oceano, e na frente... Ali na frente deles, brilhando à luz do sol e quase inconcebível em sua extensão inimaginável, ficava o palácio do Imperador.

O Palácio das Estrelas. Jubad tinha visto fotos, mas nenhuma imagem poderia reproduzir adequadamente o esplendor orgulhoso e pródigo dessa vasta estrutura. Era a sede do Imperador, o governante imortal sobre todos os seres humanos, e, portanto, o coração do Império. Não havia nenhum rebelde que não sonhasse em chegar a este lugar... como um vencedor. Jubad chegou como prisioneiro. Seus olhos nublaram-se ao pensar nos horrores que poderiam esperá-lo ali adiante.

O transportador mergulhou até chegar tão perto da superfície do mar que dava para tocar com as mãos as cristas na ondulação quase imperceptível. As paredes do palácio se aproximaram, ficando cada vez mais altas. Um portão se abriu como uma garganta e os engoliu, e, além dele, o transportador pousou no meio de um salão alto.

— Você será entregue aos guarda-costas do Imperador — disse o comandante.

Jubad estremeceu. Aquilo não podia ser bom. Os guarda-costas do Imperador eram os mais devotados entre os escolhidos, a elite da elite, dedicados ao Imperador até a morte e implacáveis consigo mesmos e com os outros. Doze deles, gigantes enormes que pareciam irmãos em uniformes dourados, já o esperavam no local de desembarque.

— Honrarias demais — murmurou Jubad, inquieto.

Os guarda-costas o posicionaram no meio deles e esperaram com rostos imóveis até que o transportador partisse novamente. Então, um deles se abaixou e tirou as algemas dos tornozelos. Havia condescendência neste gesto. *Você não vai conseguir escapar de nós mesmo se puder correr*, ele parecia dizer.

Eles o conduziram por corredores intermináveis. O medo pulsava em Jubad, mas ele absorvia cada passo e cada momento. Em breve, no próximo corredor ou talvez no seguinte, a porta do salão onde terminaria sua vida se abriria. O brilho estéril dos instrumentos naquela sala seria a última luz a entrar em seus olhos, e seus gritos seriam os sons que levaria consigo para a escuridão eterna...

Subiram uma escadaria larga. Jubad registrou isso, confuso. Involuntariamente, havia presumido que as salas de interrogatório e as câmaras de tortura ficavam nas profundezas do palácio, nos porões mais subterrâneos, onde ninguém vivia nem podia ouvir os gritos. Mas os guardas conduziram-no em seu passo brusco pelo mármore polido, através de portais dourados e magníficos salões cheios de tesouros artísticos de todas as galáxias do Império. Seu coração batia como um martelo no peito quando passaram por uma pequena porta lateral, mas ela só levava a uma sala branca e simples na qual, além de algumas poltronas e uma mesa, havia apenas um pequeno painel de controle. Fizeram sinal para ele parar, tomaram posição na sala e nas portas e esperaram. Nada aconteceu.

— O que estamos esperando? — perguntou Jubad finalmente.

Um dos guardas se virou para ele.

— O Imperador quer ver você — respondeu ele. — Silêncio.

A mente de Jubad deu um salto à frente, retrocedeu e, em seguida, se fechou em um nó; seu queixo de repente caiu, descontrolado. O Imperador? Ele sentiu um medo fervente explodir dentro de si. Ninguém nunca tinha ouvido falar da participação do próprio Imperador em um interrogatório.

O Imperador queria vê-lo. O que isso poderia significar? Demorou um pouco até que o rebelde percebesse o que isso significava. Significava que o próprio Imperador logo estaria ali. Ali, naquela sala. Provavelmente passaria pela porta que era guardada por dois soldados à direita e à esquerda. O Imperador entraria ali e enfrentaria o rebelde.

Os pensamentos de Jubad corriam como um rebanho assustado. Seria uma chance? Se tentasse atacar o próprio Imperador, certamente o matariam, *precisariam* matá-lo, de forma rápida e indolor. Era a chance que ele estava esperando. Mostraria ao tirano que um rebelde sabia como morrer.

A porta se abriu no meio dos pensamentos de Jubad. Os guarda-costas ficaram em posição de sentido. Um homem mais velho e um pouco atarracado entrou com passos comedidos, parecendo um anão ao lado dos guarda-costas. Tinha as têmporas grisalhas e usava um uniforme quase monstruoso, excessivamente enfeitado com purpurina. Olhou ao redor com dignidade e então disse:

— O Imperador.

Com isso, ele caiu de joelhos, esticou os braços e se inclinou humildemente para a frente até que sua testa tocou o chão. Os guarda-costas fizeram o mesmo e, no final, Jubad foi o único que ficou em pé.

E então o Imperador entrou na sala.

Há coisas que se esquecem e coisas que se lembram, e entre essas últimas há apenas uns poucos momentos da vida que permanecem gravados na mente como imagens enormes e brilhantes. Sempre que, mais tarde, perguntavam a Jubad qual tinha sido o momento mais impressionante e perturbador de sua vida, ele tinha de admitir com relutância: fora aquele momento.

A presença do Imperador o atingiu como um golpe de marreta. Claro que conhecia aquele rosto; todos conheciam. Ao longo dos milênios, a intimidade com aquele rosto parecia ter se tornado parte do genoma humano. Tinha visto seus filmes, ouvido seus discursos, mas nada daquilo o havia preparado para... *isso...*

Lá estava ele. O Imperador. Por dezenas de milhares de anos governante da humanidade, de todo o universo povoado, sem idade e além de todos os padrões humanos comuns. Ele era um homem alto e magro com um corpo poderoso e um rosto afilado, que beirava a perfeição. Vestido com uma simples túnica branca, entrou na sala com infinita serenidade, sem o menor movimento desnecessário e sem pressa. Seus olhos recaíram sobre Jubad, que pensou estar afundando neles, como se fossem dois poços escuros e infinitamente profundos.

Era assolador. Como conhecer uma figura mitológica. *Agora entendo por que as pessoas acham que ele é um deus!*, foi tudo o que o pobre cérebro de Jubad conseguiu pensar.

— Levantem-se.

Até o som de sua voz era familiar, sombrio, cheio de nuances, contido. Assim falava alguém que vivera além do tempo. Ao redor de Jubad, os guarda-costas se levantaram e permaneceram com as cabeças humildemente abaixadas. Jubad ficou horrorizado ao ver que também havia caído involuntariamente de joelhos quando o Imperador entrara. Ele saltou para ficar de pé.

O Imperador olhou novamente para Jubad.

— Tirem as correntes dele.

Dois dos guardas libertaram Jubad das últimas correntes, enrolaram-nas com um estrondo e as fizeram desaparecer nos bolsos dos uniformes.

— E agora me deixem sozinho com o rebelde.

Os rostos dos soldados piscaram horrorizados, mas eles obedeceram sem hesitar.

O Imperador esperou imóvel até que todos saíssem e as portas se fechassem atrás deles. Então, olhou para Jubad, abriu um sorriso fino e insondável e passou pelo rebelde, virando-lhe as costas descuidadamente, como se Jubad não estivesse lá.

Jubad estava quase tonto com a pulsação ardente dentro dele que dizia: *Mate-o! Mate-o!* Era uma oportunidade que não teria de novo nem em mil anos. Estava sozinho com o tirano. Ele o mataria, com as próprias mãos, com dentes e unhas, e livraria o Império do ditador. Ele concluiria a missão dos rebeldes, sozinho. Suas mãos se fecharam silenciosamente em punhos, e seu coração palpitava tão forte que parecia que ecoava por toda a sala.

— Todo o seu pensamento — disse o governante de repente — gira agora em torno da ideia de me matar. Estou certo?

Jubad engoliu em seco. Ofegante, sentiu o ar escapar de seus pulmões. O que estava acontecendo? Que tipo de jogo o Imperador estava jogando com ele? Por que havia mandado os guarda-costas embora?

O Imperador sorriu.

— Claro que estou certo. Os rebeldes sonham com uma situação como essa há séculos: ficar a sós com o odiado déspota... Não é mesmo? Diga algo também, gostaria de ouvir como é sua voz.

Jubad engoliu em seco de novo.

— É.

— Você gostaria de me matar agora, não é?

— Sim.

O Imperador abriu os braços.

— Bem, guerreiro, aqui estou. Por que não tenta?

Desconfiado, Jubad estreitou os olhos. Ele olhou para o Imperador-Deus, que esperava pacientemente em seu manto branco sem adornos, as mãos estendidas em um gesto indefeso. Sim. Sim, ele faria aquilo. No máximo morreria tentando. E não queria nada além de morrer, de qualquer modo.

Faria aquilo. Naquele instante. Assim que descobrisse como fazer seu corpo se movimentar e atacar. Fitou aqueles olhos, os olhos do Imperador, o Senhor dos Elementos e das Estrelas, o Governante Todo-Poderoso, e a força nele se dissolveu. Seus braços travaram. Ele se engasgou. Faria aquilo. Precisava matá-lo. Tinha de fazer aquilo, mas seu corpo não o obedecia.

— Você não consegue — concluiu o governante. — Eu queria mostrar isso a você. O respeito pelo Imperador está arraigado em todos vocês, mesmo nos rebeldes. Ele torna impossível que vocês me ataquem.

Ele se virou e caminhou até o pequeno painel de controle, ao lado do qual havia duas poltronas, ambas voltadas para a parede. Em um gesto sereno, quase gracioso, estendeu a mão e apertou um botão, e parte da parede deslizou silenciosamente para o lado, revelando a enorme projeção tridimensional de um panorama estelar. Jubad reconheceu o contorno do Império. Cada estrela parecia estar representada, e o reflexo das galáxias banhava o espaço em que se encontravam com uma luz fantasmagórica.

— Muitas vezes, fico sentado aqui por horas e observo tudo sobre o que tenho poder — disse o Imperador. — Todas essas estrelas e seus planetas são meus. Todo esse espaço incrível é a área em que minha vontade é feita e minha palavra é lei. Mas poder, poder real, nunca é poder sobre as coisas, nem mesmo sobre sóis e planetas. O poder sempre é apenas sobre as pessoas. E meu poder não é apenas o poder das armas e da violência; eu também tenho poder sobre o coração e a mente das pessoas. Bilhões e bilhões de pessoas vivem nesses planetas e são todas minhas. Nenhuma delas passa um dia sem pensar em mim. Elas me adoram, me amam, sou o centro de suas vidas. — Ele olhou para Jubad. — Nunca um império foi maior que o meu. Nunca uma pessoa teve mais poder que eu.

Jubad olhou para o Imperador, aquele homem cujas feições eram menos sujeitas a mudanças que as constelações no firmamento. Por que ele estava dizendo isso a ele? O que faria com ele?

— Você está se perguntando por que estou lhe dizendo isso e o que pretendo fazer com você — continuou o Imperador. Jubad quase pulou de susto quando se viu tão rápida e facilmente invadido. — E, além disso, está se perguntando se eu consigo ler mentes... Não, não consigo. Tampouco é necessário. O que você pensa e sente está escrito em seu rosto.

Jubad sentiu quase fisicamente o quanto era inferior àquele homem ancestral.

— A propósito, não planejo que você seja interrogado. Por isso, pode relaxar. Estou lhe contando tudo isso porque quero que você *compreenda* uma coisa... — O governante olhou para ele de forma insondável. — Já sei tudo o que quero saber. Sobre você também, Berenko Kebar Jubad.

Jubad não pôde evitar estremecer quando ouviu o Imperador pronunciar seu nome.

— Você nasceu há vinte e nove anos em Lukdaria, um dos mundos secretos da organização rebelde, o primeiro filho de Ikana Wero Kebar e Uban Jegetar Berenko. Assumiu suas primeiras missões como batedor quando tinha doze anos, recebeu treinamento em armas pesadas e canhões de nave, foi nomeado comandante de chalupa e depois comandante de nave e, finalmente, nomeado para a equipe consultiva do Conselho Rebelde. — Um sorriso quase irônico se esgueirou pelo rosto do Imperador, enquanto Jubad o olhava, atordoado. — Quer que eu lhe conte detalhes picantes de seu pequeno caso com aquela jovem navegadora? Você tinha apenas dezesseis anos, e o nome dela era Rheema...

Jubad ficou horrorizado.

— Como... como o senhor sabe? — gaguejou ele.

— Eu sei tudo sobre você — disse o Imperador. — Sei nomes, locais e níveis de equipamentos de todos os seus planetas-base... Lukdaria, Jehemba, Baquion e todos os outros. Conheço seu governo paralelo em Purat, suas alianças secretas em Naquio e Marnak, e até conheço sua base secreta, Niobai. Conheço cada um de vocês pelo nome, conheço seus objetivos e seus planos.

Ele poderia muito bem ter enfiado uma espada incandescente no corpo de Jubad. O choque fora quase fatal. Jubad havia se preparado para uma tortura que tentasse arrancar essa informação dele, e estava disposto a morrer para manter um único desses nomes em segredo.

Suas pernas cederam. Sem perceber o que estava fazendo, afundou em uma das poltronas. Depois de tudo o que havia passado, estava à beira de perder a consciência.

— Ah — disse o Imperador, inclinando a cabeça em agradecimento. — Vejo que você é realmente um rebelde...

Jubad demorou um pouco para entender o que ele queria dizer: havia se sentado enquanto o Imperador ainda estava de pé. Normalmente, isso seria considerado um insulto mortal. Jubad permaneceu sentado de qualquer maneira.

— Se já sabe de tudo isso — disse ele, tentando controlar a voz —, então eu me pergunto o que quer de mim.

O Imperador o encarou com um olhar tão insondável quanto o abismo entre as estrelas.

— Quero que você volte e se certifique de que os planos mudem.

Jubad ergueu-se de uma vez, indignado.

— Nunca! — gritou ele. — Prefiro morrer!

Pela primeira vez, ele ouviu o Imperador rir alto.

— Sua intenção era causar algo dizendo isso? Não seja estúpido. Você entende que sei tudo sobre vocês. Eu poderia acabar com todo o movimento rebelde de uma hora para outra, até o último homem e sem deixar rastros. Sou o único que sabe quantas revoltas e rebeliões houve, e sempre gostei de esmagá-las e exterminá-las. Mas desta vez não farei isso, porque o movimento rebelde desempenha um papel importante nos meus planos.

— Não vamos permitir que nos torne suas ferramentas!

— Pode não gostar disso, mas vocês têm sido minhas ferramentas desde o início — respondeu o Imperador com calma.

Então acrescentou:

— Eu fundei o movimento rebelde.

Os pensamentos de Jubad estacaram, ao que lhe parecia, para sempre.

— O quê? — ele se ouviu murmurar, sem forças.

— Você conhece a história do movimento — disse o Imperador. — Cerca de trezentos anos atrás, nos mundos marginais, apareceu um homem que proferia discursos inflamados e sabia como colocar as pessoas contra o governo do Imperador. Ele fundou o núcleo do movimento rebelde e escreveu o livro que permaneceu como a obra mais importante do movimento ao longo dos séculos e cujo título lhe deu o nome. O livro se chama *O vento silencioso*, e o nome do homem era Denkalsar.

— Isso.

— Eu era aquele homem.

Jubad olhou para ele. O chão abaixo dele parecia estar se desfazendo, pedaço por pedaço.

— Não...

— Foi uma aventura interessante. Disfarcei-me e me pus contra o Império, e depois voltei ao palácio e lutei contra os rebeldes que eu mesmo havia incitado. Estive disfarçado um número infinito de vezes na minha vida, mas esse foi o maior desafio. E tive sucesso... O movimento rebelde cresceu cada vez mais, imparável...

— Não acredito.

O Imperador sorriu com pena.

— Basta olhar para o nome. Denkalsar... é um anagrama do meu nome, Aleksandr. Ninguém nunca percebeu isso?

O chão abaixo de Jubad parecia ceder sem parar. As profundezas tinham se aberto e queriam devorá-lo.

— Mas... por quê? — conseguiu dizer. — Por que tudo isso?

Ele já sabia a resposta. Tudo tinha sido apenas um jogo que o Imperador, em seu tédio, havia jogado consigo mesmo para passar o tempo. Tudo em que ele, Jubad, tinha acreditado com todas as fibras de seu ser era na verdade para diversão do governante imortal e todo-poderoso. Ele havia iniciado o movimento rebelde; ele o eliminaria novamente quando estivesse farto dele.

Parecia não haver nenhuma chance, nenhuma esperança contra sua onipresença. Sua luta tinha sido inútil desde o início. *Talvez*, pensou Jubad de um jeito estúpido, *ele fosse realmente o deus que pensavam que era.*

O Imperador olhou para ele em silêncio por um longo tempo, mas não parecia realmente vê-lo. Seu olhar estava ausente. Memórias milenares refletiam-se em seu rosto.

— Foi há tanto tempo, e pode ser difícil de imaginar, mas eu também já fui jovem, já tive a idade que você tem hoje — ele começou a contar lentamente. — Percebi que tinha apenas essa faísca de vida e, o que quer que eu quisesse, tinha que agarrar antes que se apagasse. E eu queria muito. Eu queria tudo. Meus sonhos não conheciam barreiras, e eu estava pronto para fazer qualquer coisa para torná-los realidade, para me levar ao limite e alcançar o topo. Queria fazer o que ninguém jamais havia feito; queria ser mestre de todas as classes, vencedor em todas as disciplinas, queria segurar o universo em minhas mãos e também seu passado e seu futuro.

Ele fez um gesto vago.

— O conteúdo da consciência dos Imperadores antes de mim vive em mim, então sei que eles foram movidos pela mesma visão. Na minha juventude, o Imperador Aleksandr X governava, e eu estava determinado a sucedê-lo. Consegui chegar à sua escola, a Filhos do Imperador, e menti e enganei, subornei e matei até me tornar seu favorito. Em seu leito de morte, ele me entregou o domínio do Império, confiou-me o segredo da longevidade e me aceitou no círculo dos Imperadores.

Jubad estava vidrado nos lábios do governante. Sentia vertigem tentando imaginar quanto tempo antes tudo isso tinha acontecido.

— Mas havia mais a ser alcançado, mais a ser conquistado. Eu tinha poder e uma vida longa, e lutei por mais poder e mais vida. Não descansei até que a longevidade se transformasse em imortalidade. Travei guerra após guerra para expandir cada vez mais as fronteiras do Império até o infinito. Quanto mais poder eu tinha, mais ganancioso ficava por mais poder. Não havia fim. Era uma febre que nos impulsionava. O que quer que tivéssemos, sempre havia uma promessa de mais.

O olhar do imperador estava fixo na projeção estelar.

— Ganhamos o poder, então o mantivemos e o saboreamos sem consideração. Travamos guerras, oprimimos ou exterminamos povos e sempre impusemos nossa vontade impiedosamente. Não havia ninguém que pudesse nos enfrentar. Cometemos atrocidades diante das quais toda a história soa como contos de fadas, atrocidades para as quais a linguagem não tem palavras e em que nenhuma imaginação pode pensar. E ninguém nos impediu. Corremos com sangue até os quadris, e nenhum raio nos atingiu. Empilhamos crânios, e nenhum poder superior nos parou. Oferecemos rios de sangue humano, e nenhum deus interveio. Então, decidimos que nós mesmos éramos os deuses.

Jubad mal ousava respirar. Ele sentiu como se estivesse sufocando, sendo esmagado pelo que estava ouvindo.

— Tínhamos poder sobre os corpos e estávamos prestes a ter poder sobre os corações. Todo mortal, sob qualquer sol, nos temia, mas isso não era mais suficiente para nós: eles deveriam aprender a nos amar. Enviamos sacerdotes que santificaram nosso nome e proclamaram nossa onipotência em todas as galáxias, e conseguimos expulsar as velhas imagens de deuses do coração das pessoas e substituí-las por nós mesmos.

O Imperador ficou em silêncio. Jubad o encarava, imóvel. O ar na sala parecia ser feito de aço maciço.

O governante se virou para ele, infinitamente devagar.

— Consegui o que queria. Poder absoluto. Vida eterna. Tudo — disse ele. — E agora eu sei que isso não significa nada.

Jubad sentiu uma desolação inexprimível naquelas palavras, e percebeu de repente que aquele era o cheiro do Império: aquela dormência sem fôlego, aquela escuridão desesperançosa. O sopro de putrefação que não se espalhava porque o tempo havia parado.

— O poder é uma promessa que só existe enquanto os obstáculos o impedem. Acumulamos um poder imensurável, mas não resolvemos o enigma do ser. Estamos mais próximos dos deuses que das pessoas comuns, mas a realização não se concretizou. O Império, por maior que seja, é apenas um grão de poeira no universo, mas é previsível que ainda mais poder não nos aproxime da realização. Devo conquistar outra galáxia? Que utilidade teria isso? Nunca encontramos outros seres que seriam comparáveis a nós, humanos, e os humanos, sem exceção, vivem sob meu domínio. E, assim, tem havido uma estagnação por milênios, nada mais se move; tudo funciona, mas nada de novo acontece. Quanto a mim, o tempo deixou de existir. Não importa se vivi cem mil anos ou apenas um, não adianta continuar nesse caminho. Percebemos que nossa busca havia falhado e decidimos libertar o povo de nosso jugo, devolver o que conquistamos e não manter nada disso.

As palavras caíram como golpes de martelo no silêncio. Jubad não conseguia afastar a sensação de que se transformara em fumaça.

— Você entende o que quero dizer com isso? — perguntou o Imperador.

Sim. Não. Não, ele não entendia mais nada. Havia parado de acreditar que entendia qualquer coisa.

— Nós — disse o Imperador, que de alguma forma misteriosa abrigava as memórias de seus predecessores — decidimos morrer.

— Morrer?

Não. Ele não entendia.

— Qualquer um que tenha conquistado tanto poder como nós nunca se livrará dele — respondeu o Imperador com calma. — É por isso que vamos morrer. O problema com isso é que o Império não pode continuar sem o Imperador. As pessoas são muito dependentes de mim. Se eu simplesmente desaparecesse, elas não teriam futuro. Não posso simplesmente desistir do governo sem condenar todos à morte. Para resolver esse problema, fundei o movimento rebelde.

— Ah. — Jubad sentiu vozes começando a duvidar e a considerar a coisa toda como uma manobra intransponível do tirano, mas um profundo conhecimento no fundo do seu coração lhe dizia que o Imperador estava falando completamente sério.

— É fácil estabelecer um jugo espiritual, mas é difícil tirá-lo da mente das pessoas. As pessoas não terão futuro se não puderem se livrar do meu domínio espiritual. O objetivo do movimento rebelde era, portanto, reunir pessoas e instruí-las para que tivessem liberdade intelectual.

O Imperador voltou a fechar a parede diante da projeção do Império.

— Isso foi alcançado. Estamos nos aproximando dos estágios finais do meu plano, e agora depende de você. Você precisa conquistar o Mundo Central, me matar, usurpar o governo e repartir o Império em muitas partes individuais e viáveis. E, acima de tudo, deve erradicar da mente das pessoas a crença em mim como o Imperador-Deus.

Jubad percebeu que não respirava fazia um bom tempo e inspirou fundo. Uma pressão sobre-humana pareceu desaparecer dele, a atmosfera de escuridão fisicamente tangível evaporou.

— Mas como vamos fazer isso? — perguntou ele.

— Vou explicar isso agora — respondeu o Imperador. — Conheço seus planos; eles são inúteis. Depois da nossa conversa, você será levado de volta à sua cela e poderá escapar nesse ínterim. Meu departamento de defesa organizou tudo para que pareça absolutamente crível para você. Não se engane, tudo será de propósito. Eles prepararam tudo de maneira que, em sua fuga, você terá documentos secretos que revelam um ponto fraco na defesa do Mundo Central. Esses planos também são falsificados; se você atacasse esse suposto ponto fraco, cairia em uma armadilha sem saída. Em vez disso, só lançará um ataque falso e direcionará seu ataque real à base de Tauta. Tauta, você precisa se lembrar desse nome. Tauta é uma das minhas bases, a partir da qual opero disfarçado. Lá há um túnel dimensional secreto que acaba bem aqui no palácio. Dessa forma, você pode minar todas as defesas planetárias e ocupar o palácio por dentro.

Jubad arfou. Ninguém jamais acreditara que a existência de tal acesso fosse possível.

— E, agora, para a minha morte — continuou o Imperador, indiferente. — Você vai me matar. Quando atacarem, estarei esperando por você aqui, nesta sala. Você vai me matar com um tiro no peito... e prepare-se! Você já viu por si mesmo que não é fácil me atacar. Da próxima vez que nos encontrarmos, precisa ser capaz de fazê-lo!

Jubad assentiu, desacreditado.

— Tudo bem.

— Duas coisas são importantes — insistiu o governante. — Primeiro de tudo, você precisará mostrar meu corpo em todos os canais de mídia para provar que estou morto. Mostre-o em uma posição degradante, por exemplo, pendurado pelos pés. Você não deve mostrar qualquer respeito, isso seria fatal. Lembre que, antes de mais nada, você deve abalar a crença no Imperador. Precisa mostrar que eu era apenas um mortal, apesar da minha vida longeva. E tem de provar que é realmente meu cadáver... então deixe a cabeça intacta. Não pense que você tem uma tarefa fácil. Nada é mais difícil de erradicar que uma religião, por mais errada que seja.

Jubad assentiu.

— A segunda coisa diz respeito a nós dois, você e eu — continuou o ancião, dando ao rebelde um olhar perscrutador. — É importante que leve essa conversa com você para o túmulo, como seu segredo.

— Por quê?

— As pessoas devem acreditar que recuperaram sua liberdade; devem ser capazes de se orgulhar de sua vitória... Esse orgulho as ajudará nos tempos difíceis que virão. Elas não podem descobrir que a vitória não foi *delas*. Nunca. Não devem descobrir que já haviam perdido completamente sua liberdade e que minha intervenção foi necessária para devolvê-la a elas. Pela autoestima das gerações futuras, pelo futuro de todos os seres humanos, você deve ficar em silêncio.

Jubad, o rebelde, fitou os olhos do Imperador e viu neles o cansaço indescritível. Ele assentiu, e foi como uma promessa solene.

*

Quando os rebeldes capturaram o palácio seis meses depois, Jubad se separou silenciosamente de seu grupo de combate. Tinham pegado os guardas do palácio de surpresa. Houve tiros por todos os lugares, mas não restavam dúvidas sobre o resultado da luta. Jubad alcançou os arredores do vasto palácio sem contestação e finalmente entrou na sala onde o Imperador o esperava.

Ele estava no mesmo lugar onde Jubad o tinha visto pela última vez. Dessa vez usava seu uniforme oficial de desfile e o manto imperial em volta dos ombros.

— Jubad — disse ele simplesmente quando o rebelde entrou. — Está pronto desta vez?

— Sim — respondeu Jubad.

— Então, vamos acabar com isso.

Jubad sacou sua arma de laser e a sopesou na mão, hesitante. Ele olhou para o Imperador, que estava quieto e o encarava.

— Está arrependido do que fez? — perguntou o rebelde.

O Imperador levantou a cabeça.

— Não — respondeu ele. A pergunta pareceu surpreendê-lo. Jubad não disse nada.

— Não — repetiu o Imperador por fim. — Não. Nasci neste mundo sem saber o que significava a vida. O poder era a única promessa que prenunciava a satisfação desta vida, e eu o segui, longe o bastante para ver que era uma promessa falsa, e que esse caminho terminava em nada. Mas eu tentei. Mesmo que não obtenhamos respostas às nossas perguntas, ainda é direito inalienável de todo ser vivo procurá-las, por todos os meios, por todos os caminhos e com todas as forças. O que eu fiz era direito meu.

Jubad estremeceu com a dureza de suas palavras. O Imperador era inflexível com todos, inclusive consigo mesmo. Até o fim, ele não desistiu do controle rígido que havia exercido por cem mil anos. Mesmo na morte e além, ele determinaria o destino da humanidade.

Ele tem razão, reconheceu Jubad, consternado. *Ele não vai conseguir se livrar do poder que conquistou.*

O cabo da arma pesava em sua mão.

— Um tribunal julgaria de forma diferente.

— Você tem que me matar. Se eu continuar vivo, você falhará.

— Talvez.

Jubad havia se preparado para a ira do Imperador, mas, para sua surpresa, viu apenas desgosto e cansaço em seus olhos.

— Vocês, mortais, são felizes — disse o governante devagar. — Não vivem o suficiente para descobrir que todas as coisas são vãs e que a vida não tem sentido. Por que acha que fiz tudo isso, que assumi todos esses esforços? Eu poderia ter matado todos comigo se quisesse. Mas não quero. Não quero ter mais nada a ver com a existência.

Gritos e sons de tiros vieram de fora. A luta se aproximava.

— Atire agora! — ordenou o Imperador, ríspido.

E Jubad, por reflexo e sem pensar, levantou sua arma e atirou no peito do Imperador.

Mais tarde, eles o celebraram como um libertador, como um subjugador do tirano. Ele sorriu para as câmeras, assumiu poses triunfantes e fez discursos aclamados, mas em tudo isso sempre teve a consciência de que estava apenas interpretando o vencedor. Só ele sabia que não era um vencedor.

Até o fim da vida, ele se perguntaria se aquele último momento fazia parte do plano do Imperador.

A compreensão por si só não resiste ao tempo; ela se transforma e desaparece. A vergonha, por outro lado, é como uma ferida que nunca é exposta e, portanto, nunca cicatriza. Ele cumpriria sua promessa e ficaria em silêncio, mas não por compreensão, e sim por vergonha. Ficaria calado por causa daquele único momento: quando ele, o rebelde, *obedeceu* ao Imperador...

VOU VOLTAR A TE VER

O ataque veio sem aviso. As naves alienígenas surgiram do nada e se aproximaram da estação espacial sem dar nenhum sinal de identificação nem responder aos chamados. E quando os robôs de combate voadores, a primeira linha de defesa da estação, abriram fogo, os alienígenas revidaram maciçamente.

Conseguiram afugentá-los e até danificaram gravemente uma de suas naves espaciais. Mas era de se esperar que os alienígenas voltassem. O dano que o ataque havia deixado na estação tinha de ser reparado o mais rápido possível para que, da próxima vez, eles pudessem ser alertados e estar totalmente prontos para enfrentá-los.

*

Ludkamon fora designado à função de reparos na Seção-Base 39-201, junto com todos os estivadores comuns, e a havia odiado desde o início.

A Seção-Base 39-201, uma unidade estrutural plana e semelhante a um corredor que servia como uma instalação de armazenamento intermediário de contêineres totalmente automatizada, fora atingida por um tiro e estivera fora de serviço desde então. O dano ao casco externo havia sido reparado, e a seção, inundada novamente com ar, mas ainda não estava funcionando.

— Ouçam com atenção — vociferou o chefe da equipe de reparos com aquela voz acostumada a comandar. — Formaremos duplas e marcaremos todas as partes da instalação que não estão funcionando corretamente. Em seguida, reduziremos a gravidade na área e descarregaremos manualmente os contêineres inacessíveis. E tudo isso rapidamente, se não for pedir muito. O navio-túnel está esperando!

A antepara se abriu e liberou o caminho para o enorme e sombrio salão cheio de prateleiras e trilhos de transporte, alguns dos quais estavam amassados ou derretidos. Cheirava a frio e poeira.

A formação em dupla não deu certo, e Ludkamon saiu sozinho. Para ele, tudo bem. Ele não suportava estivadores, não desde Iva...

Ele não queria pensar naquilo. Talvez fosse uma coisa boa que tivesse algo em que se concentrar. Puxou o marcador e se dedicou a examinar com cuidado os trilhos, cutucando os rodízios com a mão, ouvindo o som de seu giro e depois parando-os novamente. Fez uma marca ao lado de onde os rodízios não estavam girando ou o barulho do giro era suspeito.

E, então, descobriu o contêiner virado.

Havia uma quantidade imensa de contêineres tombados no corredor. No entanto, aquele havia caído de uma esteira transportadora ao ser atingido. Havia batido no painel lateral estraçalhado de uma prateleira e tido sua tampa arrancada, como se por um abridor de latas.

Ludkamon prendeu a respiração. Um contêiner aberto!

A vida toda havia se perguntado o que havia nesses contêineres que chegavam ali aos milhares todos os dias para serem recarregados nos navios-túneis. Era proibido saber disso. Os contêineres (do comprimento e da largura de um homem e na altura da cintura) estavam sempre trancados e lacrados. E circulavam os rumores mais fantásticos sobre seu conteúdo.

Ludkamon olhou ao redor em todas as direções. Ninguém ali para prestar atenção nele. Um passo e ele saberia. Um passo e a ira do Imperador recairia sobre ele.

E daí? Um passo, e Ludkamon se inclinou sobre o buraco arreganhado na tampa do contêiner.

Um cheiro rançoso e desagradável o atingiu. Sua mão sentiu algo macio, peludo. O que ele pegou e puxou pelo buraco parecia um cobertor grosso ou um tapete fino. Parecia ter exatamente as dimensões do contêiner. E o contêiner estava cheio disso.

Tapetes? Estranho. Ludkamon empurrou a coisa macia de volta o melhor que pôde.

— Você não estava prestes a olhar dentro do contêiner, estava? — Uma voz retumbante o fez pular.

Ludkamon se endireitou.

— Hum, não. — Ele titubeou.

O líder do esquadrão parou diante dele e o olhou de cima a baixo, desconfiado.

— Pois eu aposto que sim. Ludkamon, sua curiosidade ainda vai lhe custar a cabeça!

*

O médico se inclinou sobre a ferida aberta com uma expressão apática, no máximo um pouco nauseada, e um movimento que indicava claramente que achava sua presença ali uma rotina irritante. O osso do crânio havia estourado em uma superfície do tamanho de duas mãos, e a massa encefálica escorria sob ele, cinza e sem vida. Ele puxou a lâmpada que pairava sobre a cabeça para mais perto, de modo a iluminar a fratura sem lançar sombras.

— Então? — perguntou o outro homem. Sua voz ecoou na grande sala clinicamente estéril. — Não funciona mais.

O médico suspirou, tirou uma sonda de medição de seu suporte e tocou o cérebro com ela, sem nenhum cuidado especial. Por um tempo, observou os instrumentos. Nada se movia.

— Está morto, não há dúvida sobre isso — disse ele por fim.

O outro bufou com raiva.

— Que desastre! E logo agora!

— Vocês estão contando com a volta dos agressores?

— Alertas e mais bem armados. Sim. Não há outro jeito: precisamos de uma substituição na seção superior o mais rápido possível, antes que a Estação do Portal seja atacada pela segunda vez.

O médico assentiu com a cabeça, indiferente.

— Estou pronto.

Ele começou a desconectar os cabos do suporte vital e a desligar os equipamentos. O zumbido baixo e subliminar que tinha sido audível na sala fria o tempo todo parou.

*

Ping!

Com um bipe metálico, o sistema de monitoramento da sala indicou que um novo ponto reflexivo havia aparecido nas telas. O homem no console levantou a cabeça. Imediatamente localizou o ponto, que piscava solitário na tela, e sua mão se moveu nervosamente para o botão do alarme.

Segundos intermináveis se passaram antes que a identificação correspondente aparecesse ao lado do ponto e ele parasse de piscar. K-70113: uma nave do Imperador. O homem soltou o botão do alarme e ligou o rádio.

— K-70113, aqui é a Estação do Portal. O horário a bordo é 108. Estamos em prontidão de alerta redobrada. Esteja pronto para ser escoltado por robôs de combate. Você foi designado ao quadrante de aproximação sudoeste. De 115 em diante, você receberá um feixe de orientação; sua baia de pouso é a 2.

A voz do alto-falante soava calma e profissional, como sempre.

— Estação do Portal, nós entendemos. Aproximação a sudoeste, baia de pouso 2, feixe de orientação em 115. Desligo.

— Câmbio, desligo — confirmou o homem. Não pediram detalhes. Provavelmente não sabiam nada sobre o ataque das naves alienígenas. Bem, agora eles saberiam.

*

De seu lugar na cabine de vidro, Ludkamon podia ver toda a área de desembarque, os enormes portões, as passarelas e as escadas e as pilhas de contêineres vazios da altura de prédios. *Servimos ao Imperador.* As pérolas individuais da corrente de guardião deslizavam por entre seus dedos com um efeito tranquilizador.

Cuja palavra é lei. Quem poderia dizer quantas vezes naquele dia ele havia recitado o voto dos guardas do portal para manter os pensamentos selvagemente galopantes sob controle? *Cuja vontade é a nossa vontade. Cuja fúria é terrível.* Tudo estava indo mais devagar desde os ataques alienígenas. Os reparos estavam em grande parte concluídos e havia longos períodos de espera durante os quais ele não sabia o que fazer. *Que não perdoa, mas castiga. E cuja vingança dura para sempre.*

Mais uma vez, perguntou-se por que a bolinha que se alcançava na última frase do voto era coberta por uma pelagem, e pensou no estranho tecido que havia encontrado no contêiner. Então, viu Iva, sua Iva, flertando com Feuk, aquele sujeito nojento e pomposo, e o ciúme que ele vinha controlando com tanto esforço ferveu nele.

Ludkamon estudou seu reflexo em uma das telas desligadas. Viu um jovem magro que parecia canhestro e desajeitado e tinha uma aparência bastante indistinta. Com relutância, teve de admitir que não conseguia explicar, em primeiro lugar, como uma garota como Iva sentia algo por ele. Fazia mais sentido para ele que ela gostasse de Feuk, e com esses pensamentos sentiu uma dor lancinante nas entranhas, sentiu-se feio e pequeno. Feuk era um estivador, alto, forte e confiante, um gigante com cachos dourados e músculos de aço. Ele, Ludkamon, chegara a supervisor de carregamento surpreendentemente jovem, uma posição que seria sempre impossível para Feuk por suas exigências intelectuais, e ele sentia que tinha vocação para coisas ainda maiores. No entanto, nunca tinha visto mulheres se impressionarem com habilidades intelectuais.

Uma mensagem apareceu na tela diante dele. Ludkamon a leu a contragosto e ligou os alto-falantes do salão com um gesto raivoso para o anúncio necessário.

— O controle de tráfego espacial relata a aproximação da nave imperial K-70113. Hora prevista de chegada: 116.

Houve movimento dos carregadores. Correias transportadoras foram colocadas em posição, contadores foram reiniciados, carrinhos de transporte foram preparados. Uma lâmpada de sinalização se acendeu acima das comportas para mostrar que o ar estava sendo bombeado para fora da câmara da eclusa. O rangido dos grandes portões, que tinham de suportar o vácuo, ressoou ameaçadoramente pelo corredor, mas as pessoas estavam acostumadas com isso.

Olha lá! Feuk beliscou o traseiro dela, e ela riu. Ela só fazia o que queria. Ele nunca lidaria bem com aquele entusiasmo despreocupado dela pela vida. Ludkamon amassou furiosamente a primeira folha de seu bloco de anotações e lançou a bola num canto.

*

A notícia foi divulgada por todos os meios de comunicação da Estação do Portal até os bairros.

— A direção da Estação anunciou que o vencedor do próximo campeonato será promovido para a seção superior.

Centenas sentiram que era sua chance. Era uma oportunidade de entrar no nível de gestão aberta a todos. Coisas maravilhosas eram ditas sobre o luxo de que se desfrutava na seção superior. Ninguém nunca a tinha visto: a seção superior era estritamente isolada da seção principal, e nenhum dos convocados para o nível de gestão jamais havia retornado às terras baixas. Diziam que os membros da seção superior até desfrutavam de tratamentos que prolongavam a vida. De qualquer forma, nunca mais levantariam um dedo. Nunca mais carregariam contêineres. Essa era a chance.

*

Ela o beijou longa e carinhosamente, e ele sentiu como se estivesse se dissolvendo em fumaça rosa. Suspirando, ele pegou os cabelos dela, sugou seu perfume como uma fragrância celestial e sussurrou com os olhos fechados:

— Iva, eu te amo.

— Eu também te amo, Ludkamon. — Ela o beijou novamente na ponta do nariz e se sentou.

Ele ficou lá de olhos fechados, saboreando as sensações delicadas dentro de si. Quando percebeu que ela estava se vestindo, ele se levantou.

— O que está fazendo? Aonde vai?

Ela olhou para o relógio.

— Tenho um encontro com Feuk.

— Com Feuk...?! — Ele quase gritou. — Mas... você acabou de dizer que me *ama*!

— E é verdade o que eu disse. — Ela abriu um sorriso que implorava por perdão. — Mas também amo Feuk.

Ela o beijou uma última vez e foi embora. Ludkamon olhou para ela, incrédulo. Então, cerrou o punho e bateu no colchão uma, duas, três vezes.

*

A nave de transferência pendia como uma grande protuberância em forma de bolha na parte inferior da Estação do Portal. Comparada com as naves imperiais que zumbiam ao redor da estação como insetos em volta de uma flor, era monstruosamente grande. Os contêineres desapareciam em um fluxo interminável em seus porões insaciáveis, vigiados por homens e mulheres em uniformes pretos que eram reverentemente chamados de "condutores do túnel".

As naves imperiais chegavam todos os dias, atracavam em uma das vinte e quatro baias de desembarque, eram descarregadas e saíam com contêineres vazios. Nos dias de pico, cinquenta mil contêineres eram movimentados, às vezes até oitenta mil. O normal eram dez mil contêineres, que rolavam todos os dias pelas intermináveis esteiras transportadoras e rotas de transporte da seção de carregamento, indo das baias de desembarque até a estação de ancoragem da nave de transferência.

A luz vermelha do sol próximo brilhava sombria na superfície externa opaca da enorme Estação do Portal, arranhada por fluxos de partículas e micrometeoritos. Quase ninguém olhava para o espaço. Havia poucas janelas de visualização, pois quase não havia nada para se ver. Um grande sol vermelho e, em seguida, essa estranha mancha escura no espaço, nas bordas da qual a luz das estrelas distantes ficava distorcida: o túnel.

*

Ludkamon a confrontou no pátio de contêineres, esperando que ela não notasse como ele tremia.
— Iva, para mim não dá mais. Você vem até mim, vai até Feuk, e de Feuk você volta para mim, sempre para lá e para cá. Eu não aguento. — Quando ele disse as últimas palavras, teve de se segurar para evitar que sua voz se transformasse em soluços impotentes.
— E daí? — perguntou ela com rispidez. — O que você quer fazer? Vai se separar de mim?
A mera ideia, a mera palavra, fazia tudo ficar apertado dentro dele. Ele cerrou os punhos.
— Você tem de escolher um de nós! — insistiu ele.
Ela fez uma cara de teimosia.
— Eu não tenho de fazer nada.
— Iva, eu te amo!
— A maneira como você diz isso se parece com: "Eu quero possuir você!".
Ludkamon não sabia como responder àquilo. Ela estava certa, e isso só o deixou com mais raiva.
— Você vai ver! — disse ele por fim, virando-se. Enquanto saía, esperava que ela o chamasse de volta, mas ela não o fez.

*

A próxima nave a atracar na baia de carga 2 foi a K-5404. Surpreendentemente, trouxe não apenas carga, mas também equipes substitutas, suprimentos e peças de reposição. Os suprimentos e as peças de reposição já eram esperados com urgência, apenas as equipes eram um problema. A K-22822, que deveria levar as tripulações liberadas, ainda não havia chegado; os estreitos e desconfortáveis aposentos de emergência na seção de máquinas tiveram de ser arejados e aquecidos. Para isso, a tripulação das estações de batalha poderia ficar temporariamente duplicada.

*

— Feuk!

Ludkamon gritou para toda a cantina, e não deu a mínima que centenas ao redor o ouvissem.

— Feuk, eu desafio você!

O estivador de ombros largos se virou lentamente. Seu olhar se moveu de um jeito inquisitivo pela multidão, e músculos como cordas de aço apareceram sob suas roupas.

— Ah, é? — rosnou ele, divertindo-se, quando viu o supervisor de carga magrelo avançando em sua direção.

— Feuk, quero lutar com você! — Ludkamon estava ofegante na frente de seu rival.

— Com prazer. — Ele sorriu. — Vamos lá fora, ou eu acabo com você aqui mesmo?

Ludkamon fez que não com a cabeça.

— Desafio você a competir comigo no campeonato. O que chegar mais longe de nós dois fica com Iva, e o outro se retira.

De repente, uma atenção tensa surgiu na sala de jantar.

Feuk pensou no desafio.

— Nunca participei de um campeonato — disse ele, devagar.

— Nem eu. Então, é justo.

Alguém murmurou em concordância.

Feuk encarou seu desafiante como se o avaliasse.

— Está bem — disse ele. — Pelo que vejo, você nem vai se qualificar. Tudo bem, então.

Ludkamon estendeu a mão.

— Negócio fechado? Por sua honra?

— Negócio fechado. Pela minha honra — respondeu Feuk com um sorriso, e apertou a mão de Ludkamon com tanta força que ele quase caiu de joelhos.

As pessoas ao redor aplaudiram.

*

O grande salão de conferências, que ficava exatamente no centro da Estação do Portal, estava preparado para o campeonato. Como sempre, as instalações técnicas necessárias foram montadas rapidamente. Os problemas organizacionais eram mais difíceis. Ainda estavam em estado elevado de alerta, então os sistemas de defesa tiveram de permanecer totalmente tripulados durante o torneio. Por outro lado, como o vencedor seria admitido na seção superior, não havia limite para o número de participantes. Qualquer um que se qualificasse teria permissão para lutar.

*

— Ludkamon! Você ficou louco?!
— Não. Só estou evitando *ficar* louco.
Ela estava fora de si de tanta raiva. Indo completamente contra os regulamentos, havia entrado na cabine de supervisão dele durante o horário de trabalho, e agora toda a equipe de carregamento observava lá de baixo enquanto ela o confrontava, cheia de ódio, e fazia uma cena. O fato de não ser possível ouvir nada através das paredes de vidro só tornava as coisas mais interessantes.
— Achei que não tinha ouvido direito. Lutar por mim. Vocês querem sair na mão por mim... Obrigada, muito lisonjeiro. E ninguém pensa em perguntar a minha opinião sobre a coisa toda, certo?
— Eu *perguntei*, Iva.
— Quando?
— Perguntei qual de nós você escolheria.
— Mas eu não quero escolher!
— E por isso vamos resolver a coisa entre nós.
— A coisa. A-há! Então, eu sou uma coisa para vocês. Um troféu. O prêmio de primeiro lugar, que você coloca na sua prateleira. Ou que põe na sua cama, neste caso.
— Só queremos finalmente colocar tudo às claras.

— E por que não se bateram lá mesmo?

— Iva, Feuk é um estivador e um armário de homem. Seria injusto.

— Ludkamon, o sucesso no campeonato, na maioria das vezes, depende da disposição. O fato de ser um supervisor enquanto Feuk é um simples estivador não significa que você tenha melhores chances.

— Isso mesmo. É justo.

Ela olhou para ele, incrédula.

— E se você perder, vai terminar comigo?

— Sim.

— Canalha!

— Mas eu vou ganhar.

Um grito inarticulado escapou da garganta dela.

— Por que vocês não decidiram nos *dados*? *Isso* seria justo! — gritou ela.

Então, abriu a porta e gritou por todo o corredor:

— HOMENS!

*

O oficial de qualificação examinou o jovem na cadeira, que parecia estranhamente nervoso.

— Qual é o seu nome? — perguntou ele com a caneta em riste.

— Ludkamon.

— Posição?

— Supervisor na baia de carga 2.

O homem consultou uma lista. Supervisor de carga, essa não era uma posição defensiva importante. Portanto, não era necessário nomear um representante. Ele deixou o formulário de lado e entregou ao candidato o capacete de combate.

— Já lutou em um campeonato antes?

— Não.

Ah, Imperador! Mais um aventureiro que sonhava em fugir das miseráveis rotinas cotidianas do serviço do Portal. Mais um que se considerava digno de ser aceito na misteriosa seção superior, o círculo mais elevado que se poderia imaginar.

— Bem, vou explicar para você — começou o responsável, com toda a paciência. — Coloque este capacete, garantindo que os sensores frontais estejam próximos à sua testa. Isso. Agora, abaixe a viseira. O que está vendo?

— Uma bola amarela.

— Ótimo. Mova-a.

— Mover? — perguntou o jovem, espantado. — Como?

— Simplesmente *pensando* — explicou o responsável. — Com sua imaginação. No campeonato, você luta apenas com seus pensamentos. O capacete capta esses impulsos e os converte em movimentos. Nessa apresentação, só você vê a bola; no campeonato, os espectadores também a verão. E é claro que não fica em uma bola. Na segunda rodada serão três, depois cinco, e assim por diante. Você lutará com seu oponente pelo controle dessas bolas, e quanto mais bolas você conseguir controlar, mais longe vai chegar.

— O principal é que eu possa ir mais longe que... — começou o rapaz, mas depois parou.

O responsável ouviu com atenção.

— Que quem?

— Nada. O que preciso fazer?

Ah, bem. Para ele não importava quais problemas tinha o jovem magricela.

— Mova a bola. Em círculos, se possível. — O homem verificou uma tela para ver o que o visor estava mostrando. A bola se moveu, hesitante no início, depois rapidamente se tornando mais segura, em uma trajetória aproximadamente circular.

— Obrigado — disse o homem, fazendo uma marca no formulário. — Você está qualificado.

*

O campeonato, geralmente um evento bastante negligenciado, foi aberto com grande pompa desta vez. Praticamente todos os que não estavam vinculados a seus postos pelo estado de alerta se reuniram nas arquibancadas do saguão; a música tocava, cores brilhantes dançavam pelo teto e a atmosfera era animada.

O porta-voz da gerência deu um passo à frente. A música silenciou, o jogo de cores desvaneceu, o silêncio pairou no grande círculo.

— Vou declarar solenemente o início do campeonato recitando o nosso juramento, o voto dos guardas do Portal. Por favor, repitam depois de mim. — disse ele.

Houve um ruído abafado enquanto todos se levantavam de seus assentos.

— Servimos ao Imperador — começou ele.

Servimos ao Imperador, repetiu o coro de mil vozes das equipes.

— Cuja palavra é lei. Cuja vontade é a nossa vontade.

Cuja palavra é lei. Cuja vontade é a nossa vontade.

— Cuja fúria é terrível. Que não perdoa, mas castiga.

Cuja fúria é terrível. Que não perdoa, mas castiga.

— E cuja vingança dura para sempre.

E cuja vingança dura para sempre.

Um tocar de fanfarra.

— O campeonato — gritou o orador — está aberto!

*

Enquanto Ludkamon corria para o campo ao lado dos outros, com o capacete apertado pressionando a cabeça, seus olhos vasculharam as arquibancadas e não encontraram Iva. Havia rostos demais. Talvez ela não tivesse vindo.

Precisava se concentrar na batalha. Era sua chance de vencer Feuk, a única que ele tinha.

Seu primeiro oponente foi fácil. A um sinal, uma bola amarela apareceu entre eles e um retângulo azul-claro brilhou sobre a cabeça de cada jogador. Venceria aquele que mantivesse a bola sob seu controle e a colocasse no retângulo acima da cabeça do adversário. Ludkamon venceu em segundos.

Então, olhou ao redor. Feuk estava longe, mas também parecia ter vencido.

Muito bem. Próxima rodada.

Eram três bolas desta vez, mas Ludkamon controlou todas e as colocou no alvo. Novamente, vitória.

Ele procurou Feuk. Ele também já havia terminado e, por sua vez, estava à procura de Ludkamon.

Isso o preocupou. Ludkamon enxugou o suor da testa. Não ouvia os gritos da plateia, só tinha olhos para seus adversários. Ele contava secretamente com sua superioridade mental frente aos rivais, mas parecia que Iva estava certa e que padrões diferentes se aplicavam ali. Aos poucos, começou a sentir que não seria uma luta fácil.

*

— Estação do Portal, aqui é a K-6937, uma nave imperial. Pedimos instruções.

— K-6937, aqui é a sala de monitoramento da Estação do Portal. No momento, o descarregamento não é possível. Por favor, aguarde.

— Por quê, monitoramento?

— Há um grande campeonato acontecendo agora.

Outro canal.

— Nave imperial K-12002 chamando Estação do Portal.

— K-12002, aqui é a sala de monitoramento...

O número de pontos de luz ao redor da Estação do Portal aumentava constantemente. O trabalho estava parado nas baias de pouso. Apenas o carregamento da nave de transferência continuava apesar do campeonato.

*

Onze bolas. Os olhos de Ludkamon ardiam de suor, e o capacete parecia prestes a esmagar seu crânio. Onze bolas, e os dois ainda estavam no jogo. Através do campo fortemente iluminado dos outros jogadores, ele lançou a Feuk um olhar sombrio. Não cederia. Sentia a paixão queimar como uma chama consumidora.

Onze bolas. Com isso, eles já haviam deixado muitos jogadores bons e conhecidos para trás. Eles sem dúvida acabariam frente a frente no campo em algum momento.

O pensamento de que, como iniciante, havia derrotado competidores famosos, como o técnico Pahi e o soldado Buk, o inquietou e, por um momento, a estrutura de onze bolas tremendo uma em torno da outra vacilou.

Só não perca a concentração agora. Ele cerrou os punhos e balançou para a frente e para trás, pernas afastadas, sem tirar os olhos das bolas. Seu oponente era forte e astuto. Com mais de sete bolas em jogo, as lutas eram duras e longas.

*

O último contêiner ficou preso no contador pouco antes de rolar para dentro da nave de transferência. Como o número predefinido não havia sido alcançado, a esteira transportadora continuou a funcionar vazia, e os rolos giratórios raspavam com um ruído enervante na parte inferior do contêiner imóvel.

O barulho alertou um membro da tripulação da nave de transferência. O condutor do túnel se apressou e tentou libertar o contêiner de sua posição, mas, contra a pressão implacável dos rolos de transporte, não conseguiu soltá-lo sozinho. Ele buscou um segundo homem.

— Essas coisas sempre acontecem no final — comentou ele.

— É. Como vai o jogo?

— Parece que dois azarões chegarão à final desta vez. É uma pena que não estejamos mais lá.

O único cronograma com o qual os condutores do túnel estavam comprometidos era a pulsação do túnel, chamada de *maré*.

Os dois conseguiram empurrar o contêiner de volta para a esteira. Ele rolou sacolejante para o local designado e, em seguida, com um baque retumbante, todo o sistema de transporte foi desligado. De repente, tudo ficou quieto nos corredores e fossos, exceto pelo zumbido fraco de alguns rolos de transporte.

*

O salão rugia. Homens e mulheres estavam em pé nos assentos e agitavam os braços, gritando. Em seu assento alto, o mestre de jogo mal conseguia se fazer entender contra o barulho estrondoso quando anunciou o placar.

— Final! Próximo jogo... Ludkamon contra Feuk!

A sensação era perfeita. Dois iniciantes haviam conseguido, em um grande campeonato, derrotar todas as celebridades e chegar à final. Uma final que, com dezenove bolas, tinha um nível de dificuldade ao qual raramente se chegava.

Agora eu acabo com você, pensou Ludkamon, decidido. *De uma vez por todas, vou acabar com você.* Ele observou Feuk com olhos semicerrados enquanto um ajudante massageava apressadamente seu pescoço. Borrifaram água no rosto do rival. Seu torso nu brilhava de suor.

De repente, Ludkamon viu Iva na plateia. Enquanto todos ao redor vaiavam e gritavam, ela estava ali, parada, pálida de horror, com os olhos bem abertos e as mãos sobre a boca. Quando ele a viu, se lembrou de que o vencedor do campeonato estava destinado a ser promovido para a seção superior!

E um deles seria aquele vencedor após a luta seguinte!

Um sorriso perverso surgiu nas feições de Ludkamon. Era genial. Era o truque mais engenhoso de todos os tempos. Ele, Ludkamon, *perderia de propósito* a final! Feuk automaticamente se tornaria o vencedor do campeonato e seria nomeado para a seção superior, e ele, Ludkamon, teria Iva só para si.

Era genial. Era a oportunidade perfeita para se livrar do rival irritante para sempre. E o melhor: não tinha como dar errado.

*

— Anteparas trancadas e apertadas.
— Absorvedores prontos e funcionando.
— Linha de alimentação desacoplada, alimentação de bordo funcionando.

O homem de uniforme preto se inclinou para a frente e apertou uma série de interruptores.

— Nave de transferência para sala de monitoramento. Estamos prontos para desacoplar.

— Aqui é da sala de monitoramento. Vocês perderão a final do campeonato.

— É. Mas nossos corações batem com as marés do túnel... — Um ditado familiar entre os condutores do túnel.

— Claro. Pronto para desacoplar em dez... cinco... três... dois... um... Desacoplar! Tenha um bom voo.

O homem de uniforme preto sorriu.

— Obrigado, Estação do Portal!

Delicadamente, sem o menor solavanco, a nave de transferência se desprendeu da grande estação espacial e deslizou lentamente na direção do ponto preto e misterioso no mar de estrelas.

*

Ludkamon havia provocado e irritado Feuk de todas as maneiras possíveis para atiçar sua fúria. Agora que estavam frente a frente para a partida final, ele mostrou a língua novamente, ao que o público respondeu com silvos frenéticos, o que obviamente deixou Feuk com uma raiva louca. Ótimo. Ele deveria ficar cego de raiva, ficar cego de fúria e lutar ferozmente. Ele deveria odiá-lo, deveria esquecer tudo, exceto o desejo de derrotar Ludkamon.

E ele lhe concederia esse desejo. Ludkamon sorriu, confiante na vitória.

O gongo soou, e as projeções tridimensionais de dezenove bolas de jogo apareceram sobre o campo de batalha.

Por um momento, outro pensamento surgiu em Ludkamon: se lutasse e vencesse, descobriria o que era a seção superior. Talvez o que diziam fosse verdade, sobre luxo inimaginável, vida mais longa... Talvez ele estivesse travando uma luta boba aqui? A seção superior: essa era uma oportunidade que não voltaria. E jogá-la fora por uma mulher inconstante...

Ludkamon viu com horror repentino quando as dezenove bolas começaram a se mover abruptamente. Elas voaram para o alvo acima da cabeça de Feuk e desapareceram nele antes que Ludkamon pudesse intervir.

A tensão na multidão se transformou em aplausos ensurdecedores. Fanfarras explodiram. O mestre de jogo tentou em vão se fazer entender pelo sistema de alto-falantes. Mas foi só quando os primeiros espectadores pularam a barreira e correram em sua direção que Ludkamon percebeu que, de alguma forma, havia vencido o campeonato.

— Mas... eu não fiz nada! — murmurou ele.

Feuk! Feuk, aquele vagabundo! Tudo estava claro para ele agora. Feuk tivera exatamente a mesma ideia que ele, mas não havia hesitado em provocar a própria derrota imediatamente!

Ludkamon teve de assistir, quase desmaiando, quando Feuk se curvou para ele com um sorriso zombeteiro. Ele o havia enganado. Ludkamon estreitou os olhos. Agora, era só esperar que a seção superior compensasse. Pelo menos nunca mais precisaria levantar um dedo.

*

Iva estava com os olhos marejados quando o encontrou.

— Está satisfeito agora? — soluçou ela.

— Iva — murmurou ele, envergonhado. — Ninguém poderia suspeitar...

Ela o abraçou e o apertou com o desespero da despedida.

— Agora você ganhou e, ainda assim, perdeu, seu... seu idiota!

— Não é definitivo, Iva — sussurrou ele, impotente.

— Você logo vai me esquecer. Vai para a seção superior e não pensará mais em mim.

Ele balançou a cabeça e teve uma sensação asfixiante na garganta.

— Não vou esquecer você. Vou voltar a te ver. Vou voltar a te ver, prometo.

*

Treva arrebatadora, trêmula e pulsante, um turbilhão sinistro de escuridão impenetrável que parecia engolir as estrelas. A nave de transferência era como uma partícula de poeira enquanto flutuava em direção ao enorme vórtice.

— De novo para o reino da escuridão — disse um dos homens na cabine.

Haviam ousado cair nele mil vezes, mas os condutores do túnel ainda prendiam a respiração.

A escuridão parecia inchar. Era uma sensação como a queda da beira de uma catarata. A nave de transferência desapareceu do universo.

*

As conexões estavam prontas. A grade que conteria o novo membro da seção superior estava aberta, as soluções nutritivas pulsando uniformemente através da malha de tubos transparentes.

O médico verificou os instrumentos. Mostravam funcionamento normal. Um caso rotineiro.

Tubos flexíveis de prata entravam na boca entreaberta do paciente, cabos cinza-esbranquiçados terminavam nas narinas e em incisões na nuca raspada. Olhos e ouvidos já haviam sido removidos e substituídos por módulos acopláveis. O olhar do médico passou casualmente pelo corpo esguio e bem-feito do jovem nu deitado na mesa à sua frente, e ele sentiu um arrependimento passageiro. Então, afugentou o pensamento, encaixou a serra e começou a separar a cabeça do torso.

*

— Iva, você precisa finalmente esquecê-lo. — Feuk segurou as mãos delicadas de Iva em suas manzorras e olhou para elas, desesperado. O olhar dela vagava na distância. — Ele está na seção superior agora e pertence ao nível de gestão. Não acha que poderia entrar em contato se quisesse?

Iva balançou a cabeça lentamente.

— Não consigo acreditar que ele tenha me esquecido tão rápido.

*

Ele enxergava através de mil olhos e tinha mil braços. Em sua mente, ouvia as ordens a serem executadas, e apenas com o pensamento dirigia os esquadrões de robôs de combate controlados remotamente que cruzavam o espaço ao redor da Estação do Portal. Conectado ao sistema de computador da Estação do Portal, cujas linhas e unidades de comutação percorriam toda a estação espacial, ele via tudo e viveria por séculos.

Eu vejo você, Iva. Vejo você com mil olhos. Não te prometi isso?

O PALÁCIO DAS LÁGRIMAS

Este é um planeta solitário, o planeta mais solitário do universo e o mais amaldiçoado. Não há esperança aqui. O céu está sempre cinza-chumbo e coberto por nuvens pesadas e desoladas, e à noite você nunca vê estrelas. Este planeta já teve um nome, mas quem ainda se lembra dele? O resto do universo esqueceu este mundo, seus habitantes e seu destino, e também seu nome.

Em algum lugar deste mundo existe uma vasta planície deserta que se estende de horizonte a horizonte e muito além. Nada cresce ali, nada vive, nenhum arbusto, nenhum talo de mato, nenhuma planta e nenhum animal, tudo é pedra cinza e poeira cinza. Se alguém se encarregasse de marchar por esta terra plana, não encontraria elevações nem vales por dias ou semanas, nada para comer e nada para beber e nenhuma mudança exceto a subida e a descida do disco nebuloso do sol, até que um dia veria a silhueta de uma grande estrutura no horizonte: o Palácio das Lágrimas.

As ameias em ruínas de suas torres se elevam ao céu, como os dentes apodrecidos de um velho guerreiro que não desistirá enquanto viver. Dessas ameias, trombeteiros magnificamente uniformizados outrora tocaram suas fanfarras à noite, mas isso foi há muito tempo...

Se fosse possível voltar no tempo, muito, muito tempo atrás, essa planície não existiria. Em todos os lugares onde agora há rocha plana e rústica haveria casas, correriam ruas, se estenderiam esplêndidas praças. Naquela época, havia uma cidade enorme aqui, a capital de um poderoso império. Ruas largas levavam a todas as direções, mais longe do que os olhos podiam enxergar, e cortavam alamedas pelo mar de prédios ricos. O trânsito nas avenidas e nas praças não parava, fosse de dia ou de noite. Nunca anoitecia de verdade naquela cidade, sempre banhada por um brilho dourado. Seus habitantes eram felizes e prósperos, e sempre que se olhava para cima, viam-se corpos prateados de enormes naves interestelares, que deixavam seus rastros nublados pelo céu claro antes de pousar no porto comercial ou deixar a atmosfera do planeta para seguir em frente com sua carga até destinos distantes, qualquer uma das estrelas que brilhavam e chamavam um milhão de vezes lá em cima.

Mas, então, as estrelas se apagaram...

Nada resta da cidade que antes parecia imortal, invencível. Era possível cavar o quanto fosse e não se encontrariam vestígios das pessoas que viveram ali. Nenhum resto enterrado de paredes de fundação, nenhum sinal de estradas, nada. Há apenas dia e noite, calor e frio, chuva de vez em quando e sempre o vento, que flutua para sempre e sempre sobre as planícies e empurra a poeira marrom-acinzentada à sua frente, com a qual corrói implacável e constantemente a ornamentação de pedra do palácio, a única estrutura que ainda está de pé. Quando ainda havia pessoas aqui, elas consideravam o palácio o edifício mais bonito da galáxia. Mas as forças corrosivas do tempo não deixaram nenhuma indicação disso: as rosáceas de pedra de suas torres, outrora parecidas com flores delicadamente desabrochando, foram moídas em pedaços cinzentos deformados, e nada resta das imagens artísticas em relevo nas paredes, que as pessoas viajavam muitos anos-luz para ver, nem mesmo vestígios que poderiam revelar onde elas costumavam estar. O palácio está em ruínas e abandonado. Paredes quebradas e telhados desabados se rendem ao vento e à chuva. Frio e calor destroem os restos das paredes, e, de vez em quando, uma pedra estoura, um fragmento rola para baixo. Do contrário, nada acontece. Em nenhum lugar nos pátios e nos corredores transversais há qualquer vestígio de vida humana.

A única parte do edifício que ainda está completamente intacta é a própria sala do trono. Com janelas esbeltas e altivas, ergue-se sobre todos os escombros e ruínas, e forças misteriosas salvaram do desmoronamento os ornamentos finamente cinzelados em suas escoras, a decoração lúdica de suas sancas e o nítido estriado de suas colunas.

A sala do trono é um enorme salão cuja abóbada é sustentada por pilares poderosos. Desde tempos imemoriais, celebrações luxuosas foram realizadas nela, discursos pungentes foram feitos e negociações amargas foram conduzidas. Este salão viu muitas vitórias e igual número de derrotas. Não, uma derrota a mais...

Desde então, o poderoso portal de entrada permanece trancado e selado. As incrustações douradas no interior das folhas da porta ainda estão intactas, mas não podem ser vistas. São obscurecidas por um enorme retrato iluminado por uma série de lâmpadas sempre brilhantes.

O trono dourado do governante fica diante de um pedestal. E nesse trono, imóvel, está sentado o único ser vivo que essas paredes ainda abrigam: o próprio governante. Ele fica ali sentado imóvel, empertigado, os braços descansando nos apoios. Poderia ser confundido com sua própria estátua caso seus olhos não estivessem piscando cansados e seu peito, subindo e descendo com a respiração.

De seu assento, consegue ver através das janelas a planície ao redor do palácio, até o horizonte. Em uma mesa à sua frente estão dois grandes monitores que funcionavam havia muito, muito tempo e mostravam imagens de lugares distantes. Mas, em algum momento, as imagens ficaram mais fracas, até que apenas uma cintilação cinza podia ser vista nas telas por anos e séculos. Finalmente, primeiro uma tela se apagou, depois a outra. Desde então, os aparelhos ficaram pretos, imóveis e inúteis na frente do governante.

A vista da janela revela sempre a mesma imagem: um monótono plano cinzento que se funde com o monótono céu cinzento ao longe em algum lugar. E, à noite, o céu é negro, infinitamente escuro, e nem uma única estrela pode ser vista. Nada acontece lá fora, nada muda.

O governante muitas vezes deseja enlouquecer e com frequência se pergunta se isso já não aconteceu. Mas ele sabe que não, e que nunca enlouquecerá.

De vez em quando, uma pedra cai em algum lugar, e o governante consegue sentir esse barulho repentino por dias, chamando-o repetidamente ao ouvido para saboreá-lo ao máximo, porque não há outra mudança.

Ao longo das eras, o material dos vidros das janelas seguiu a força da gravidade, fluindo infinita e lentamente para baixo e afundando. Depois de muitos séculos, os vidros altos ficaram mais grossos na extremidade inferior e mais finos na superior, até que um dia se abriram na extremidade superior e permitiram que o vento entrasse na até então silenciosa sala do trono, inicialmente assobiando com hesitação e depois uivando em triunfo.

As janelas continuaram cedendo desde então, e hoje o vento sopra pelo corredor enquanto passa pela planície. E com ele traz poeira.

O precioso piso de cristal da sala do trono está agora coberto de poeira e invisível. A poeira se acumulou nos quadros e nas estátuas ao longo das paredes, nos assentos estofados das cadeiras e no próprio corpo do governante. A poeira está em seus braços e suas mãos, no colo, nos pés e no cabelo. Seu rosto está cinza de poeira, e apenas as lágrimas que escorrem de seus olhos deixam marcas nas bochechas enrugadas, ao longo do nariz, no lábio superior e no pescoço, onde molham a gola de seu manto de coroação, que já foi roxo, e agora é pálido e cinza.

Então, o governante vê tudo desmoronando ao seu redor, e espera com indescritível desejo que a máquina atrás de seu trono finalmente pare de funcionar, como tudo o mais, e o deixe morrer.

Então, ele permanece imóvel, mas não por sua própria vontade. Fica imóvel porque, no passado, todos os músculos e tendões de seu corpo foram cortados e todas as fibras nervosas foram irremediavelmente queimadas. Suportes de aço pouco visíveis seguram seu crânio, aparafusados firmemente na parte de trás do trono. Penetram sob o couro cabeludo ao nível do occipital, são aparafusados ao osso temporal e seguem adiante até embaixo do osso zigomático, onde fixam a postura ereta do crânio. Suportes adicionais seguram a mandíbula inferior, que de outra forma afundaria indefinidamente.

Atrás do trono fica uma máquina enorme e silenciosa que forçou o corpo do governante a permanecer vivo por milhares de anos. Tubos tão grossos quanto braços se projetam pela parte de trás do trono até as costas do governante, invisíveis para um espectador que entrasse no salão. Fazem com que o peito continue respirando, o coração continue batendo, e abastecem o cérebro e outros órgãos com comida e oxigênio.

Os olhos do governante são as únicas partes de seu corpo que ele ainda consegue mover. Pode derramar lágrimas o quanto quiser, e se elas não tivessem evaporado, o salão estaria submerso pelas lágrimas que ele já verteu. Pode olhar para onde quiser, mas há muito, muito tempo está apenas olhando para a foto à sua frente. É uma imagem cruel e desdenhosa que não perdeu nada de sua crueldade através das eras: o retrato de seu subjugador. O governante olha para ele e espera por misericórdia... espera, espera, espera e chora.

QUANDO VIRMOS NOVAMENTE AS ESTRELAS

O fogo no meio deles era muito pequeno, mal sendo suficiente para manter o conteúdo da panela fervendo frente à resistência do frio implacável. Estavam sentados em um grande círculo ao redor dele, as mulheres, as crianças e os velhos da horda, e olhavam silenciosamente para as chamas cansadas, as bocas mastigando devagar. Distraídos, tentavam prolongar o prazer do mingau simples e sem graça que retiravam de tigelas de madeira raspadas com os dedos nus.

A luz do fogo iluminava apenas vagamente as rochas frias ao redor do pequeno grupo. De um jeito triste, ela brilhava nos rostos emaciados, nos quais as dificuldades de uma vida inteira de fuga haviam sido gravadas. Era a única luz da noite. O amplo céu acima deles era preto como um abismo infinitamente profundo.

Cheun era o único guerreiro do grupo. Comia seu mingau em silêncio, sabendo que não o deixaria satisfeito. Satisfeito... fazia anos desde a última vez que estivera satisfeito. Quando ainda viviam nos vales à beira do rio, vales com pastagens ricas e solo bom. Agora, o inimigo havia conquistado esses vales, e os pastos tinham desaparecido para sempre sob a massa cinzenta com que cobriam tudo o que conquistavam.

Cheun comeu mais rápido. Precisava voltar para os outros homens que montavam guarda na montanha. Eles também estavam com fome e esperavam que ele voltasse.

Com o canto do olho, viu quando o velho Soleun colocou sua tigela quebrada de lado e esfregou a barriga com um sorriso fugaz, como se estivesse cheio e satisfeito. Cheun apenas deu uma olhada. Ele sabia o que estava por vir.

— O céu nem sempre foi escuro — começou a dizer Soleun na voz fina da velhice. — A escuridão nem sempre oprimiu as pessoas quando a noite chegava. Antigamente, há um tempo inconcebível, tão longo que há muito a chuva já levou até o mar todas as montanhas que então ainda eram jovens... naquela época havia estrelas no firmamento à noite.

As crianças adoravam as histórias desses velhos. Cheun fez uma cara de desdém. Poupar-se de se infantilizar novamente na velhice: isso já era razão suficiente para a busca pela morte do guerreiro.

— Estrelas... Depois de todo esse tempo, nossa língua ainda tem a palavra para isso — continuou Soleun bem devagar. — Embora nenhum olho vivo jamais tenha visto uma estrela, sabemos pelas tradições de nossos ancestrais que uma estrela é um pequeno e fraco ponto de luz no céu noturno. E tais estrelas cobriam o céu aos milhares e milhares. Naquela época, a abóbada do céu à noite era uma teia de luz magnificamente cintilante, como uma joia preciosa, cravejada de grandes e pequenos diamantes. Mas então os inimigos vieram. De outro mundo eles vieram até o nosso, e as estrelas se apagaram. Desde então, o céu é escuro à noite e oprime nossas almas.

As palavras do velho e a seriedade com que ele as recitava causaram um estremecimento em Cheun, e ele ficou imediatamente irritado consigo mesmo.

— Os inimigos nos perseguem desde então. Passo a passo, eles nos empurram adiante, nos matam e tornam nosso mundo inabitável. Ninguém sabe por que estão fazendo isso. Eles nos expulsam e expandem a Terra Cinzenta, cada vez mais e mais. À primeira vista, são pessoas como nós, mas na verdade são servos do mal. Não são apenas nossos inimigos, são inimigos da vida, porque querem que um dia a Terra Cinzenta cubra o mundo inteiro e não haja mais nada... nada além da Terra Cinzenta e do palácio no meio dela, que é conhecido como o Palácio das Lágrimas. Mas, sabendo que os inimigos servem ao mal, também sabemos que estão condenados. O mal não perdura por si. Eles podem vencer, mas perecerão e serão esquecidos. Podemos morrer, mas viveremos para sempre. Todos esses horrores um dia chegarão ao fim. Um dia as estrelas voltarão a brilhar. E quando voltarmos a ver as estrelas, seremos redimidos.

O rosto das crianças se ergueu para a escuridão com essas palavras e estremeceu ao ver o vazio pesado acima delas. Os olhos dos adultos continuaram opacos e voltados ao chão, e o ar de sua expiração cintilava vagamente à luz da pequena fogueira.

Um dia. Ninguém sabia quando aconteceria. Até lá, provavelmente a chuva também levaria as montanhas ao redor deles até o mar.

Mesmo sem ter terminado sua tigela, Cheun se levantou com um solavanco raivoso. Descuidado, passou a tigela para a mulher sentada ao lado dele e se afastou do círculo em direção à escuridão.

Ali, não via mais nada. Precisava tatear o caminho de pedra em pedra, montanha acima, por uma trilha que memorizara com precisão durante o dia. Cada som era importante; ele registrava cada pequena mudança no eco que seus passos geravam. O caminho era íngreme e perigoso.

Ele estava sem fôlego quando chegou ao acampamento de guarda, que os homens haviam montado do outro lado do cume. Alguém o cumprimentou com um tapa no ombro. Cheun agarrou sua mão e reconheceu Onnen, o líder da horda.

— Cheun! Como estão as coisas lá embaixo? Os velhos estão se acalmando novamente com seus contos fantasiosos?

Cheun bufou, irritado. Conseguia sentir a presença dos outros homens, ouvir o som de sua respiração e seus movimentos. O medo estava no ar, bem como a raiva, o desespero impotente diante da incapacidade de fazer qualquer coisa para combater o inimigo.

— Soleun está contando as velhas lendas. Diz que só temos que esperar até que os inimigos pereçam por sua própria maldade.

Risadas esparsas saíram do escuro, duras e curtas, como latidos. O vento leve soprava gentil, mas cortante ali, e começou a machucar o rosto de Cheun. Suas narinas pareciam congelar por dentro e ficar dormentes.

— Aconteceu alguma coisa na fronteira? — perguntou Cheun na noite impenetrável.

— Não — respondeu alguém.

Cheun tateou seu caminho até que pudesse enxergar lá embaixo. Ali estava a outra luz, a luz do inimigo. Uma borda de luz azul-escura quase imperceptível marcava o curso da fronteira fortificada. A luz era tão difusa que nenhum detalhe podia ser visto, apenas os contornos angulosos de máquinas colossais que haviam passado pela fronteira.

Cheun se lembrou da primeira vez que vira essa foto quando criança. Antes, a fronteira tinha sido uma interminável e indefinida cerca feita de arame, com raios para matar qualquer um que chegasse muito perto, e que brilhava como uma ameaça incessante à noite, naquela luz azul cintilante. Então, um dia, as máquinas tinham começado a funcionar, lentamente, como grandes animais feitos de aço cinza. Era uma coluna interminável, e elas se alinhavam lado a lado, uma depois da outra, até que finalmente a frente das máquinas em movimento se estendeu de horizonte a horizonte.

Ele havia ficado lá e esperado para ver o que aconteceria a seguir. Sua horda não esperara; tinham empacotado seus poucos pertences e ido embora. Mas, de longe, ele tinha visto: homens chegaram e desmontaram a cerca. E, mesmo sendo tão jovem, Cheun tinha entendido que estavam fazendo isso para abrir caminho para a Terra Cinzenta, para o inimigo que queria matar todos eles, mesmo que não tivessem feito nada contra ele.

E assim as coisas continuaram. Repetidamente tiveram de fugir, cada vez mais para o norte, e o tempo estava ficando mais frio e a comida, cada vez mais escassa. Às vezes, tinham de lutar contra outras hordas cujo território haviam invadido enquanto fugiam do inimigo. E, naquele momento, haviam alcançado a borda do maciço rochoso do norte. Naquele momento, havia apenas o caminho para um terreno estéril e de frio mortal, onde pereceriam entre rochas nuas e ravinas escarpadas.

— O que acha, Cheun? — perguntou Onnen de repente ao lado dele.

Cheun deu um pulo. Não tinha ouvido o líder se aproximar, de tão absorto que estivera em pensamentos e lembranças.

— Não sei aonde podemos ir desta vez — disse ele, então. — Só temos o deserto rochoso e depois o gelo eterno. Não importa o que façamos... só podemos escolher entre morte rápida e morte lenta.

— E o que você escolhe?

— Sempre escolho a luta.

Onnen se calou por um momento.

— Planejei seguir em direção ao nascer do sol quando chegar a hora de novo. Se os relatos estiverem corretos, há vales quentes, solo rico e muitos animais bem alimentados. Mas seria uma longa caminhada e precisaríamos da próxima colheita para sobreviver. O ataque vem cedo demais. Os inimigos vão avançar nos próximos dias e destruir nossos últimos campos lá embaixo, e, se ainda estivermos lá, eles vão nos matar.

— Então, não temos escolha a não ser fugir e deixar os velhos e os fracos para trás — disse Cheun.

No passado, havia tido de deixar sua mãe doente para trás enquanto fugia e, de uma grande distância, vira sua cabana desaparecer no clarão do fogo inimigo.

— Eu tenho outro plano — disse Onnen. — Vamos tentar detê-los.

De repente, Cheun ficou na dúvida se aquilo era apenas um pesadelo. Deter? Do que o líder estava falando? Nenhuma de suas armas era capaz de arranhar os colossos de aço do inimigo.

— Como imagina que faremos isso?

— Quero matar um deles e pegar suas armas — respondeu Onnen com calma. — Nossas armas não são páreo para as máquinas deles, mas, se virarmos suas próprias armas contra eles, podemos ter uma chance.

Era um sonho. Um pesadelo.

— Onnen, existem milhares de máquinas. Mesmo que pudéssemos destruir uma delas, não mudaria nada...

— Mas se conquistarmos uma e a usarmos para atacar as outras... isso mudaria alguma coisa!

— Elas são muito poderosas, Onnen. Destrua uma, e cem outras tomarão seu lugar.

A voz do líder ficou subitamente aguda, intolerante.

— Você não disse que sempre escolhe lutar, Cheun?

Cheun ficou em silêncio.

— Agora é nossa única oportunidade de agir — disse Onnen. Ele passou o braço em volta do ombro de Cheun e, embora não pudesse vê-lo, Cheun sentiu que o líder estava apontando para a planície, em direção à fronteira. — Eles derrubaram a cerca que lançava os raios, e as máquinas estão distantes o suficiente para um homem se esgueirar entre elas. E, olhe com cuidado, entre algumas das máquinas a luz é muito, muito fraca. Podemos nos esgueirar sob o manto da escuridão, penetrar na Terra Cinzenta e atacar por trás... Eles certamente não esperam isso. Vamos aguardar até que um deles esteja sozinho e matá-lo com uma flecha.

Cheun teve de admitir que Onnen havia pensado bem nesse plano. Durante o dia, muitas vezes viam indivíduos andando por trás da fileira de máquinas móveis. A Terra Cinzenta não oferecia esconderijo, mas aquilo não seria necessário se estivesse escuro. Eles atacariam por um lado do qual o inimigo não esperava um ataque e, como as máquinas estavam envoltas em sua luz azul pálida, seriam capazes de ver o inimigo, mas ele não poderia enxergá-los.

E era melhor morrer lutando que na cama, doente.

— Eu vou seguir você — disse Cheun.

Onnen deu-lhe um tapinha no ombro, satisfeito, mas também aliviado.

— Eu sabia.

Agora que o empreendimento ousado estava decidido, não hesitaram nem por um momento. Onnen reuniu os homens e explicou novamente o que eles fariam. Designou um dos mais jovens para o posto de sentinela que ficaria para trás, verificou as poucas armas que tinham (machados de pedra, lanças, arcos e flechas), e então começaram a descer para os campos.

Encontraram o caminho mesmo no escuro. Dedos tatearam em busca de pedras salientes e tocos mortos, musgo empoeirado e sulcos de rocha. Pés deslizaram procurando sobre os escombros, encontrando degraus, cavidades e saliências. Todos sabiam quando precisavam se abaixar e onde deviam tomar cuidado para não cair.

Cheun sentiu a raiva feroz explodir em seu coração e agitar seu espírito de luta. Muitas vezes havia reprimido seu ódio pelos inimigos porque doía ter de admitir sua inferioridade, sua absoluta impotência. A mera ideia de que poderia ser possível infligir pelo menos um ferimento doloroso no inimigo dominante abriu as comportas para o ódio reprimido de uma vida inteira e o encheu de energia impiedosa.

Eles tinham vindo de outro mundo para matar e destruir, e se alguma vez houve uma razão para isso, ela fora esquecida em tempos imemoriais. E o que aconteceria se eles concluíssem seu trabalho inútil um dia, quando tivessem matado todo mundo e coberto o mundo inteiro com suas pedras cinzentas? *Talvez*, pensou Cheun, *fosse muito diferente do que diziam as lendas*. Talvez eles tivessem de destruir o inimigo para ver as estrelas novamente.

Finalmente, ele sentiu a grama ressecada da planície em suas panturrilhas. Sua boca estava seca, e ele sabia que os outros sentiam o mesmo. Ninguém falou uma palavra.

Eles marcharam em direção ao brilho azul, sobre tufos secos e farfalhantes de grama, através de moitas traiçoeiras e retorcidas e arbustos jovens que cresciam nos campos e nunca amadureceriam. A escuridão os envolvia, era interminável em todas as direções, exceto pelo brilho azul-escuro diante deles, que parecia se estender como uma costura de um extremo ao outro do mundo. Além do som de seus passos e sua respiração, nada podia ser ouvido. Todos os animais, mesmo os menores roedores e insetos, fugiam da fronteira com a Terra Cinzenta. Só eles marchavam na direção dela.

Quando deixaram os campos, Onnen parou o grupo.

— Temos que pensar cuidadosamente sobre como proceder — sussurrou ele. — Acho melhor irmos em duplas. Cada grupo escolhe uma lacuna diferente para passar entre os veículos, e nos encontramos na Terra Cinzenta depois. E vamos um após o outro, não todos de uma vez. Ou alguém tem uma sugestão melhor?

Ninguém disse nada. Mãos apalpavam a escuridão, formando duplas em silêncio.

— Então... vamos! — sibilou o líder.

A primeira dupla saiu correndo. Depois de um tempo, os contornos dos dois jovens guerreiros se tornaram visíveis contra a luz da fronteira. Pareciam inesperadamente pequenos e frágeis na frente dos veículos do inimigo, e foi apenas naquele momento, por comparação, que Cheun percebeu o quão enormes eram as máquinas: montanhas de metal enormes e sombrias sobre rodas blindadas.

Involuntariamente, ele balançou a cabeça. Os inimigos eram servos do mal, sim, e eram mais fortes. Eram infinitamente fortes. Eram os vencedores e seriam vencedores para sempre.

E tudo o que restava para eles era uma morte honrosa. Pelo menos ela traria a salvação da fuga eterna e do sofrimento sem esperança.

Dois ruídos de estalo, como chicotadas, cortaram o ar gelado da noite e fizeram aqueles que esperavam se encolherem. Assistiram horrorizados enquanto os dois guerreiros desabavam, com os braços chacoalhando sem parar.

— Parem! — gritou Onnen para impedir o segundo par, que já estava a caminho.

Ficaram imóveis e esperaram. Nada aconteceu, tudo permaneceu em silêncio.

— Temos que pensar em algo — sussurrou Onnen por fim. — Parece que não há como passar, embora a cerca tenha desaparecido. Temos que pensar em outra coisa...

Cheun estendeu a mão e tocou seu braço.

— Não adianta, Onnen. Se não pudermos penetrar na Terra Cinzenta, não poderemos fazer nada.

— Eu me recuso a desistir! — murmurou Onnen com raiva. — Temos que pensar de novo...

De repente, o ar se encheu com um zumbido profundo que ficava lentamente mais alto, um som como o estrondo de um trovão à distância. Cheun se virou de repente, tentando localizar a fonte do barulho. Parecia ameaçador.

— O ataque — sussurrou alguém. — Está começando.

— Eles nunca avançaram à noite — insistiu Onnen, teimoso.

Um zumbido agudo se juntou ao outro, como um enorme enxame de mosquitos se aproximando de forma implacável. Agora, Cheun tinha certeza de que vinha da cadeia de veículos enormes. E ficou mais alto e mais estridente.

— Sim — disse Cheun. — São eles.

Então, uma luz irrompeu sobre eles, brilhando insuportavelmente diante da escuridão perfeita, esmagadora em sua abundância, que se estendia de horizonte a horizonte. Ela atingiu seus olhos despreparados de forma tão inesperada que parecia mais brilhante que o sol, mais brilhante que cem sóis. Cheun cerrou os punhos sobre os olhos fechados, e ainda assim a luz penetrava nas pálpebras como se estivesse sendo pressionada, e doía. Então o chão tremeu sob seus pés, e ele sabia o que isso significava: as máquinas inimigas tinham começado a marchar e agora rolavam, inexoravelmente, em direção a eles.

— Recuar! — gritou ele, tropeçando para trás, ainda mantendo fechados os olhos lacrimejantes, que as luzes queimavam como fogo. O estrondo surdo dos colossos cinzentos encheu o ar, o ranger de suas rodas e o estouro de galhos e pedras embaixo delas. De repente, ficou tão alto que ele não conseguia mais ouvir os outros.

Em seguida vieram os sons agudos e estridentes novamente, cada vez seguidos pelos gritos de seus companheiros. Cheun correu, correu por sua vida e pela vida de sua horda. Havia raiva e medo dentro dele, e os dois deram asas aos seus pés. Batalha. Aquilo também podia ser uma batalha. Às vezes batalhar significava correr, fugir de um inimigo avassalador e tentar de tudo para escapar.

Outro estrondo, como uma chicotada ao longe atrás dele, e essa tinha sido apontada para ele. Sentiu a dor repentina como um relâmpago que atravessou todo o seu corpo e o arremessou para a frente, como um golpe inesperado nas costas. Involuntariamente, sem parar, estendeu a mão para o local onde a dor se originara e, com lágrimas nos olhos, viu sangue em sua mão. Muito sangue.

O inimigo o atingira, mas ele ainda estava vivo. Não desista. Continue correndo. O inimigo cometeu um erro. Até o inimigo pode cometer um erro. Nem esses colossos tinham poder ilimitado. Ele estivera longe o suficiente para poder escapar. Fugiria. Conseguiria. Estava sangrando, sim, mas isso não significava nada. Ele havia lutado. Para correr. Para continuar a correr. Ele sempre escolhia lutar. O desafio. Ele, o guerreiro. Cheun, da tribo Oneun. Ele chegou à base das montanhas, até subiu um trecho do caminho que estava agora sob a luz brilhante antes de desmoronar.

Dessa vez, a hora tinha chegado. Cheun estava deitado com os olhos fechados, as mãos apertando o ferimento, e sentiu a vida se esvaindo dele. Com uma clareza inesperada, soube que morreria, e só sentia pena da horda, que agora tinha de fugir sem seus guerreiros para uma vastidão hostil e morta na qual todos pereceriam.

Ele ouviu os sons dos inimigos avançando, sentiu o tremor desesperador do chão sob suas costas e escutou o estalar e o quebrar de plantas esmagadas milhares de vezes. Sua respiração estava difícil. Então era assim, o fim. Seu fim. Pelo menos ele sangraria até a morte muito antes de as máquinas começarem a subir a montanha. A solidão o encheu enquanto ele estava ofegante e agarrado à última centelha de vida. Imaginou se haveria alguém cuja presença ele desejasse agora, mas não conseguiu pensar em ninguém. Então, esse foi o seu fim: miserável.

E assim, de repente, fez-se silêncio, e nenhuma luz penetrava nas pálpebras. Cheun abriu os olhos. Acima dele, no céu noturno sem fim, ele viu as estrelas.

O RETORNO

Para que tudo aquilo? Ele não sabia. Depois de todos aqueles anos, de todas as descobertas horríveis, de todos os eventos sangrentos e pesadelos...
— Comandante Wasra?
Ele olhou para cima sem vontade. Era Jegulkin, o navegador, e dava para perceber que ele lamentava ter de incomodá-lo.
— Pois não?
— Estamos chegando ao planeta G-101/2. O senhor tem alguma instrução especial?
Wasra não teve que pensar duas vezes. Tantas vezes haviam voado para planetas como aquele nos últimos meses, tantas vezes tinham anunciado o fim do Império, que ele de tempos em tempos se sentia como se estivesse em um pesadelo sem fim no qual estava condenado a dizer as mesmas palavras e fazer os mesmos movimentos de mão para sempre. *Não*, lhe ocorreu, *desta vez é diferente*; ele tinha uma encomenda especial para aquele planeta. Mas aquilo não tornava as coisas mais fáceis.
— Nenhuma instrução especial. Vamos procurar o espaçoporto e pousar lá.
— Sim, senhor comandante.
Wasra olhou para a grande tela principal, que mostrava o espaço como o olho nu o veria. Um ponto pequeno e levemente brilhante se aproximava: o segundo planeta do sol G-101. Ali também viviam tapeceiros de cabelo, como em milhares de outros planetas. Planetas que pareciam ser todos iguais.
E, além dele, as estrelas brilhavam frias e imóveis, cada uma das quais era um sol ou uma galáxia diferente. Wasra se per-

guntou tristemente se conseguiriam deixar o Império para trás definitivamente, se livrar do legado do Imperador para sempre. Parecia não haver esperança. Quem poderia dizer com certeza que por trás de um desses rígidos pontos de luz não havia outra parte não descoberta do Império, que outra porta para outro segredo terrível não pudesse se abrir?

Ele viu seu reflexo na tampa de um aparelho e ficou surpreso, como tantas vezes havia acontecido nas últimas semanas, que seu rosto ainda parecesse jovem. O uniforme cinza de comandante lhe parecia feito de um material mais pesado que os uniformes que usara anteriormente, e o distintivo de seu posto parecia pesar mais a cada dia. Tinha acabado de atingir a maioridade quando se juntou à expedição do general Karswant, ainda era um jovem soldado que queria experimentar coisas emocionantes e se provar. E naquele dia, depois de apenas três anos nessa imensa província, ele se sentia muito velho, tão velho quanto o próprio Imperador, e não conseguia acreditar que não se pudesse ver isso no rosto dele.

Parecia que já havia deixado para trás milhares de aterrissagens como aquela, e parecia que nunca terminariam.

Mas não: este planeta era especial. De certa forma, tudo começara ali. A Salkantar já havia voado para aquele planeta uma vez, em um voo árduo e errante que tinha durado semanas, equipada apenas com mapas antigos e ruins. Naquela época ele ainda era um membro completamente normal da tripulação, e ninguém suspeitava de que enfrentariam batalhas sangrentas com tropas imperiais, que não sabiam que o Imperador estava morto e o Império havia sido derrotado. Na época, parecia que a expedição estava praticamente encerrada. Os preparativos para o retorno tinham sido feitos, preparativos para o grande salto através do espaço vazio entre as galáxias. Wasra havia liderado o trabalho de arrumação no terceiro convés, e se alguém lhe dissesse que ele estaria no comando da Salkantar dois anos depois, teria rido do sujeito. No entanto, assim tinha acontecido, e aqueles dois anos tinham impiedosamente feito um homem do menino que ele fora. E tudo começara ali, naquele planeta, cujo disco claro, desolado, marrom-areia, aos poucos ia ficando maior e mais redondo e de cuja superfície agora se podiam distinguir os primeiros contornos.

Wasra se lembrava da conversa com o general Karswant como se fosse ontem, não semanas atrás. O velho rabugento que todos temiam e ao mesmo tempo amavam lhe mostrara uma foto.

— Nillian Jegetar Cuain — disse ele, e havia uma tristeza inexplicável em sua voz. — Sem esse homem, teríamos voltado para casa há três anos. Quero que você descubra o que aconteceu com ele.

Esse homem havia pousado no G-101/2, apesar de uma instrução explícita em contrário, e descoberto os tapetes de cabelo. Wasra inicialmente se recusara a acreditar nos rumores que se infiltravam nas cabines da tripulação, pois pareciam muito absurdos. Mas então o relato de Nillian fora confirmado em todos os detalhes. Os tapetes de cabelo, anunciaram os líderes da expedição, são trabalhos de amarração extremamente complexos feitos de cabelo humano, tão trabalhosos que um tecelão só completa um tapete ao fim de sua vida. Mas nada disso valeria mais que uma nota no relatório da expedição sem o motivo inesperado: esses tapetes, assim declarados tapetes de cabelo, destinavam-se ao palácio do Imperador, e sua fabricação era um dever sagrado. Isso capturou a atenção das pessoas, pois todos que já tinham estado no palácio imperial confirmaram que as coisas mais estranhas podiam ser encontradas lá, mas, definitivamente, não um tapete de cabelo.

A frota da expedição havia ficado à espreita e, depois de alguns meses, uma grande e lamentavelmente dilapidada nave de transporte realmente apareceu, pousou no planeta e o deixou novamente após cerca de duas semanas. Eles seguiram a nave, a perderam e, por isso, encontraram outro planeta no qual se trançavam tapetes de cabelo, com a mesma justificativa religiosa. E depois mais um, e outro, em breve dezenas, e rapidamente centenas, e então as naves expedicionárias haviam se espalhado de novo e encontrado mais e mais mundos nos quais tapetes de cabelo eram trançados, hordas de robôs exploradores automáticos tinham sido enviados e não encontraram nada diferente disso, e mais de dez mil desses mundos foram descobertos, então a busca foi abandonada, embora fosse de se supor que deveria haver mais...

Os motores entraram em ação, e seu ribombar abafado fez o chão tremer sob os pés deles. Wasra pegou o microfone do diário de bordo.

— Em alguns instantes vamos pousar no segundo planeta do sol G-101 no quadrante planetário 2014-BQA-57, setor 36-01. Nosso horário-padrão é 9-1-178005, última calibração 2-12. Cruzador leve Salkantar, comandante Jenokur Taban Wasra.

O local de pouso se tornou visível, uma enorme área pavimentada, esburacada e queimada por motores decrépitos. Um espaçoporto velho, milenar. Cada um desses planetas tinha exatamente esse espaçoporto, e todos pareciam iguais. Sempre havia uma vasta cidade velha ao redor do local de pouso, e todas as ruas daquele mundo pareciam correr de todas as direções para essa cidade e terminar nela. E assim era, como agora sabiam.

O som dos motores mudou.

— Fase de pouso! — anunciou o piloto.

A Salkantar pousou com um golpe estrondoso que aterrorizaria qualquer um que estivesse voando em uma nave espacial pela primeira vez. Mas os homens e as mulheres a bordo tinham experiência demais para sequer ouvir o som.

*

As anteparas da grande eclusa principal se abriram lentamente diante deles, e a rampa de carregamento afundou com um zumbido no piso sulcado. Chegaram odores, cheiros pesados e nauseantes de fezes e putrefação, de poeira, suor e pobreza, que pareciam se instalar no nariz como uma capa aveludada. Wasra se perguntou novamente, enquanto ajustava o minúsculo microfone em sua laringe, por que todos esses mundos tinham o mesmo cheiro, e essa pergunta vinha à sua mente toda vez que pousava. Parecia não haver respostas em nenhum lugar desta galáxia esquecida, apenas perguntas.

Estava quente. O brilho do sol pálido cintilava sobre o interminável campo de pouso cinza-pó, e um grupo de velhos se aproximou vindo da cidade, caminhando apressadamente e ao mesmo tempo com estranha submissão; eles estavam vestidos com pesados mantos escuros que deviam ser uma provação nessas temperaturas. Wasra deu um passo à frente pela escotilha aberta e esperou que os homens chegassem à ponta da rampa.

Ele notou os olhares que deram à nave espacial enquanto se aproximavam, uma nave tão diferente de qualquer outra que já tivessem visto. Agora olhavam para ele, tímidos, incertos, e finalmente um dos homens se curvou e disse:

— Saudações, capitão. Esperávamos vocês antes, com todo o respeito...

Sempre o mesmo medo. Aonde quer que fossem, encontravam a mesma perturbação inconfessa, pois a coleta dos tapetes de cabelo, que funcionava sem problemas havia milhares de anos, havia sido paralisada. Mesmo essas saudações eram cansativamente iguais.

Tudo era tão parecido: os grandes espaçoportos em ruínas, as cidades acabadas, pobres e fedorentas ao redor deles, e os velhos em suas vestes surradas e sombrias que se recusavam a entender, que contavam histórias sobre o Imperador e seu Império e sobre outros planetas onde se fermentava vinho para a mesa imperial ou se assava pão, de planetas que teciam roupas para ele, cultivavam flores para ele ou treinavam pássaros canoros para seus jardins... Mas nada disso havia sido encontrado, apenas milhares de planetas onde se trançavam tapetes de cabelo, nada além de tapetes de cabelo, uma corrente interminável de tapetes feitos de cabelos humanos que fluíra por esta galáxia por milênios...

Wasra ligou o microfone, que amplificaria sua voz e a transmitiria para os alto-falantes externos.

— Vocês estavam esperando os marinheiros imperiais — explicou ele, como já havia feito muitas vezes antes e havia funcionado. — Não somos nós. Viemos lhes dizer que não há mais marinheiros imperiais, que não há mais nenhum Imperador, e que vocês podem parar de trançar tapetes de cabelo. — Nesse meio-tempo, ele conseguiu entrar no tom do antigo paisi que era falado em todos os mundos daquela galáxia, e às vezes isso quase o assustava. Provavelmente receberiam olhares estranhos quando chegassem em casa.

Os homens, todos eles altos dignitários da guilda dos tapeceiros de cabelo, encararam-no com horror. Wasra meneou a cabeça para o chefe do grupo de reconhecimento e, imediatamente, homens e mulheres desceram a rampa carregando pastas amassadas de fotografias ou dispositivos gastos de visualização de filmes. Pareciam exaustos, como sonâmbulos. O comandante sabia que estavam tentando não pensar em quantos desses planetas ainda tinham pela frente.

Obtinham (e pelo menos isso oferecia uma pequena mudança na rotina) as mais variadas reações às notícias do fim do Império. Em alguns planetas, as pessoas ficavam felizes por poder se livrar da servidão dos tapetes de cabelo. Em outros, tinham sido apedrejados, insultados e perseguidos como hereges. Haviam lidado com superiores de guildas que, a partir de fontes inexplicáveis, já sabiam da morte do Imperador, mas pediam para não deixarem o povo saber por medo de perder sua posição na sociedade. No final, pensou Wasra, eles não tinham controle sobre o que realmente aconteceria quando partissem. Séculos podem se passar em muitos mundos antes que os velhos tempos realmente cheguem ao fim.

Ele se lembrou da missão do general. Bufou com raiva por quase tê-la esquecido e pegou seu comunicador.

— Comandante aqui. Capataz Stribat, por favor, venha até mim na eclusa de solo.

Levou apenas alguns momentos até que um soldado alto e magro saísse por uma porta e fizesse uma saudação relaxada.

— Comandante?

Wasra olhou para cima a contragosto.

— Deixe essa besteira de lado — rosnou ele. Ele e Stribat tinham iniciado seu serviço juntos a bordo da Salkantar. Stribat agora tinha sob seu comando os veículos terrestres e os soldados de infantaria. Não era uma grande carreira. *Grandes carreiras são apenas para tolos*, pensou Wasra sombriamente.

— Lembra que já estivemos neste planeta antes?

Os olhos de Stribat se arregalaram de surpresa.

— Sério? Durante semanas suspeitei de que estivéssemos sempre voando para o mesmo planeta...

— Loucura. Já estivemos aqui antes, mas se passaram três anos. A Salkantar tinha recebido a tarefa de procurar um dos planadores da Kalyt que estava em apuros.

— E como não tínhamos coordenadas de descida, pulamos de um sol para o outro por semanas até encontrarmos o certo.

— Stribat assentiu pensativo. — Nunca vou esquecer o quanto fiquei mal naquela época por causa dos muitos voos acima da velocidade da luz, tão rápidos e seguidos... Nillian, não era esse o nome? Um dos pilotos da Kalyt. Ele pousou, descobriu os tapetes de cabelo e depois desapareceu sem deixar rastro. Ah...?

Wasra viu um brilho de compreensão nos olhos do outro e apenas assentiu.

— Temos de descobrir o que aconteceu com ele. Equipe os veículos blindados; nós vamos para a cidade, até a sede da guilda.

*

Um pouco mais tarde, três veículos fortemente blindados bateram com suas esteiras na eclusa de solo. Seus motores roncavam baixo e com força, e doía a boca do estômago ter de ficar ao lado deles por mais que alguns momentos.

A porta lateral do veículo da frente se abriu, e Wasra entrou. Os líderes da guilda na plataforma de pouso recuaram respeitosamente enquanto os três tanques desciam a rampa, um atrás do outro.

— Essa é a diferença — comentou Wasra, dirigindo-se a Stribat, mas, na verdade, não se dirigindo a ninguém em particular. — Uma vida não valia nada para o Imperador, valia menos que nada. E hoje? O general Karswant está esperando a bordo da Trikood, tudo está pronto para o voo de volta para relatar nossa expedição ao Conselho... mas não, ele não quer partir até saber o que aconteceu com essa pessoa, esse tal de Nillian. Faz bem saber disso. Isso meio que me deixa... — Ele procurou a palavra certa.

— Orgulhoso — ofereceu Stribat.

— Orgulhoso, sim. Isso me deixa orgulhoso.

Quando chegaram ao solo, o comandante parou por um momento.

— Levaremos um dos superiores conosco; ele deverá nos levar até a sede da guilda. — Ele empurrou a porta lateral e acenou para um dos velhos que por acaso estava por perto. O superior da guilda veio sem hesitação e entrou de bom grado.

— Estou tão feliz por vocês finalmente terem vindo — começou a falar enquanto a pequena coluna voltava a se mover. — É muito desconfortável para nós, vocês devem saber, quando os capitães do Imperador não vêm na hora marcada, pois nossos acampamentos agora estão transbordando com tapetes de cabelo... Ah, isso já aconteceu outra vez, eu me lembro... na época eu era uma criança. Levou quatro anos para os marinheiros imperiais retornarem. Foi ruim e uma provação difícil para nós. E, naquela época, a guilda tinha depósitos muito maiores que hoje, vocês devem saber. Hoje está tudo mais difícil do que costumava ser...

Wasra olhou para o homem velho e curvado em sua capa esfarrapada, que observava o interior do veículo com olhos brancos prateados, quase cegos, e balbuciava como uma criança empolgada.

— Diga — interrompeu o comandante —, qual o seu nome?

O velho fez uma reverência.

— Lenteiman, marinheiro.

— Lenteiman, você ouviu o que meu pessoal explicou agora há pouco?

O superior da guilda franziu a testa, os olhos incertos procurando a direção de onde o comandante estava falando. Sua boca se abriu descuidadamente, revelando uma fileira de tocos de dente pretos. Nem parecia entender o que estava sendo dito.

— Lenteiman, não somos marinheiros do Imperador. Não precisa mais esperar pelos marinheiros, pois eles nunca mais voltarão... nem depois de quatro ou de quatrocentos anos. — *Embora eu nem tenha certeza disso*, pensou Wasra. — Não precisam mais trançar tapetes de cabelo para o Imperador, pois o Imperador está morto. O Império não existe mais.

O velho ficou em silêncio por um momento, como se tivesse de deixar o que ouvira passar pela cabeça. Então uma risadinha retumbante veio de sua garganta. Ele virou a cabeça para o sol pálido e brilhante.

— O sol ainda está brilhando, não está? Vocês, marinheiros, são um povo estranho e têm costumes estranhos. Para nós seria uma heresia o que você diz, e é melhor aconselhar seus homens a guardar a língua quando forem à cidade. Mesmo que vocês sejam muito admirados, pois todo mundo está feliz que vocês finalmente tenham vindo. — Ele riu novamente.

Wasra e Stribat trocaram olhares atordoados.

— Às vezes tenho a sensação — murmurou Stribat — de que Denkalsar era um otimista. — Denkalsar era uma figura quase mitológica; diziam que, algumas centenas de anos antes, um homem com esse nome realmente havia vivido e escrito o livro cujo título dera nome ao movimento rebelde: *O vento silencioso*. Desde a queda do Imperador, no entanto, ler Denkalsar havia se tornado um tanto fora de moda, e Wasra ficou surpreso que Stribat o conhecesse.

— Lenteiman — perguntou ele —, o que vocês costumam fazer com os hereges?

O velho fez um gesto largo e vago com suas mãos retorcidas.

— É claro que os enforcamos, como manda a lei.

— Há vezes em que só os prendem?

— Em casos de heresia menor, com certeza. Mas é raro.

— E há um registro dos julgamentos e dos enforcados?

— Onde você pensa que está? Claro, e todos os livros são guardados, como a lei do Imperador exige.

— Na sede da guilda?

— Sim.

Wasra assentiu com satisfação. Começou a apreciar o rugido e a agitação dos motores dos tanques que sacudiam cada fibra de seu corpo; parecia uma sensação de poder superior e invulnerável. Estava chegando com três carros blindados, com soldados e armas que eram inalcançavelmente superiores a qualquer coisa que houvesse naquele planeta. Podia entrar sem ser contestado no prédio que representava o centro dessa cultura e fazer o que quisesse nele. Ele gostou da ideia. Seu olhar vagou para a linha marrom-clara de cabanas e casas baixas para onde eles estavam seguindo, e ele gostou de ser um vencedor.

*

Chegaram à sede da guilda, poderosa e imponente. Suas paredes marrom-acinzentadas, inclinadas para fora como as paredes de um *bunker*, não tinham janelas, apenas aberturas estreitas, semelhantes a troneiras. À sombra do prédio havia uma grande praça que apresentava um quadro estranho: como se estivesse acontecendo uma feira que esperava em vão por convidados havia meses e cujos expositores tinham adormecido. Havia carruagens de todos os tipos em toda parte, grandes, pequenas, magnificamente decoradas e decrépitas, carroças blindadas feias e carroças abertas de mercado, e em todo canto animais de tração grandes e peludos estavam amontoados e boquiabertos enquanto os cocheiros cochilavam em suas carroças: eram as caravanas dos mercadores de tapetes de cabelo que tinham se reunido ali para entregar os tapetes à guilda. A chegada dos tanques certamente trouxe movimento àquela imagem: cabeças se ergueram, chicotes foram sacudidos e, pouco a pouco, as carroças que bloqueavam o caminho até o grande portal da sede da guilda abriram espaço para o lado.

O portal estava bem aberto, mas Wasra ordenou que parassem diante do portão. Ele entraria com Stribat, o superior da guilda e um grupo de homens armados, os outros deveriam ficar e vigiar os veículos.

— É prudente parar aqui — resmungou Lenteiman —, porque não há mais espaço no pátio... vocês sabem, os tapetes...

— Lenteiman, você nos levará ao ancião da guilda — ordenou Wasra.

O velho assentiu de boa vontade.

— Tenho certeza de que ele está esperando impacientemente pelo senhor, capitão.

Alguém empurrou a porta do carro blindado, e um cheiro quase insuportável de excremento animal entrou. Wasra esperou que o grupo que o acompanharia à reunião se posicionasse antes de desembarcar. Quando pisou no chão empoeirado da praça e realmente pôs os pés no planeta pela primeira vez, quase conseguiu sentir fisicamente os olhares das pessoas ao seu redor. Ele evitou olhar ao redor. Stribat se aproximou dele, então veio o velho, e com um aceno de cabeça o comandante ordenou que a escolta se movesse.

Eles passaram pelo portão. Havia um silêncio antinatural e aterrorizante ao redor. Wasra pensou ter ouvido alguém na multidão sussurrar para outros que não pareciam marinheiros imperiais. Mesmo que os velhos da guilda tivessem dificuldade para entender e resistissem à verdade com todas as fibras de seu ser, as pessoas do povo sempre suspeitavam do que estava acontecendo e do que sua aparência significava.

Havia um pequeno pátio atrás do portão. *Provavelmente o nome dele aqui também é pátio de contagem*, pensou Wasra quando viu o caminhão de transporte blindado sendo descarregado por alguns homens. Com reverência, pegavam um tapete de cabelo após o outro e os empilhavam na frente de um homem que vestia o traje de um mestre da guilda, que comparava cada peça com as notas nos papéis de embarque com uma precisão arrogante. Ele lançou à tropa que se aproximava apenas um olhar fugaz e desdenhoso; mas então avistou Lenteiman e se apressou em fazer uma profunda reverência, assim como seus assistentes. Apenas o mercador de tapetes de cabelo, um homem corpulento que acompanhava todo o procedimento com um olhar embotado, não se mexeu.

A visão da pilha de tapetes de cabelo mais ou menos na altura do joelho fez Wasra estremecer. Ver um único tapete de cabelo era absolutamente opressivo, sabendo como era feito: que um tapeceiro de cabelo havia trabalhado nele a vida toda e que só usara o cabelo de suas mulheres para isso; que havia passado a juventude tramando as bases e determinando os padrões que lhe custaria o resto da vida terminar; que ele primeiro trançava as linhas principais, cuja cor era determinada pelo cabelo de sua esposa, e depois, mais tarde, quando tinha filhas ou concubinas, preenchia as áreas com cores diferentes; e que finalmente, com costas curvadas, dedos gotosos e olhos quase cegos, ornava todo o tapete com pelos encaracolados que cortava das axilas das mulheres...

Um único tapete de cabelo era uma visão que inspirava respeito. Uma pilha inteira de tapetes de cabelo, por outro lado, era uma monstruosidade.

Outro portão, e atrás dele um corredor curto e escuro, tão largo que parecia um salão com pé direito baixo. Os soldados de escolta olhavam ao redor com desconfiança, e Wasra notou seu comportamento com satisfação.

Chegaram ao pátio, e ficou óbvio por que estava tão escuro no corredor: no pátio interno, os tapetes de cabelo se empilhavam formando montanhas. Wasra esperava uma visão como essa, mas ainda assim perdeu o fôlego. Os tapetes de cabelo jaziam camada sobre camada, empilhados ordenadamente uns em cima dos outros em pilhas da altura de um homem, e uma dessas torres ficava ao lado da outra, de um canto ao outro do pátio. O rendimento de três anos de um planeta. Era impossível pensar nisso e simplesmente não querer enlouquecer.

Ele foi até uma das torres e tentou contar. Devia haver duzentos tapetes por pilha, pelo menos. Estimou a extensão do pátio interno, calculou os números em sua cabeça. Cinquenta mil tapetes de cabelo. Ele se sentiu mal, um pânico que ameaçou dominá-lo.

— O ancião? — rosnou ele para o superior da guilda, de um jeito mais violento e ameaçador do que pretendia. — Onde podemos encontrá-lo?

— Venha comigo, capitão.

Lenteiman se espremeu pelos vãos entre as pilhas de tapetes e a parede do pátio com uma agilidade surpreendente. Wasra fez sinal para que a escolta avançasse e seguisse o velho. Ele sentiu um impulso irresistível de se debater, derrubar os tapetes de cabelo empilhados acima da altura de um homem, de espancar o superior da guilda. Loucura, tudo loucura. Eles haviam lutado e vencido, destruído tudo o que era possível do Império do Imperador e, no entanto, não havia fim, aquilo continuava e continuava. A cada passo que dava, um tapete de cabelo estava sendo retirado da moldura em algum lugar desta galáxia, naquele exato momento. A cada respiração que dava, porque um tapeceiro de cabelo só podia ter um filho, um recém-nascido era morto em algum lugar, em qualquer um dos incontáveis planetas em que não tinham estado, ou até em um dos planetas que haviam visitado e que não havia acreditado neles. Parecia impossível deter a enxurrada de tapetes de cabelo.

Quanto mais avançavam, mais penetrante era o odor que emanava dos tapetes de cabelo: um odor pesado e rançoso que lembrava gordura podre e resíduos fermentados. Wasra sabia que não era o cabelo que fedia, mas os agentes impregnantes que os tapeceiros de cabelo usavam para deixar os tapetes duráveis por um tempo surpreendentemente longo.

Por fim, chegaram a outra abertura escura na parede. Um pequeno lance de escadas levava para cima. Lenteiman fez sinal para que ficassem quietos e foi na frente, com reverência, como se estivesse andando em solo sagrado.

A sala para a qual ele os levou era grande e escura, iluminada apenas pelo brilho vermelho do fogo que queimava em uma tigela de metal no centro da sala. O teto baixo os obrigava a ficar com a cabeça humildemente abaixada, enquanto o calor sufocante e a fumaça acre faziam as testas suarem. Wasra procurou nervosamente a arma em seu cinto, apenas para sentir que estava lá.

Lenteiman se curvou em direção ao cansado fogo incandescente.

— Venerável mestre. É Lenteiman quem te saúda. Trago-lhe o capitão dos marinheiros imperiais, que deseja falar com o senhor.

Um farfalhar e um movimento indistinto perto do fogo foram a reação. Wasra só então reconheceu uma espécie de sofá que ficava ao lado da prateleira de metal, não muito diferente de um berço, e entre cobertores e peles surgiram o crânio e o braço direito de um homem muito velho. Quando abriu os olhos, Wasra viu as pupilas cegas e prateadas refletindo o brilho das chamas.

— Que rara honra... — sussurrou o velho. Sua voz soava fina e distante, como se estivesse falando com eles de outro mundo. — Saúdo você, capitão do Imperador. Meu nome é Ouam. Esperamos por vocês há muito tempo.

Wasra trocou um olhar perturbado com Stribat. Decidiu que não queria perder tempo informando ao ancião da guilda que eram rebeldes, não marinheiros do Imperador. Pelo menos não enquanto não tivessem feito seu trabalho. Ele pigarreou.

— Saudações, Venerável Ouam. Meu nome é Wasra. Pedi para falar com o senhor porque tenho uma pergunta importante.

Ouam parecia estar ouvindo mais o som da voz estranha que o significado das palavras.

— Pergunte.

— Estou procurando um homem chamado Nillian. Quero saber do senhor se um homem com esse nome foi acusado de heresia ou executado nos últimos três anos.

— Nillian? — O ancião da guilda balançou seu crânio murcho pensativamente. — Preciso procurar nos livros. Dinio?

Wasra estava prestes a se perguntar como esse velho cego olharia algum livro quando outro rosto emergiu da sombra do sofá. Era o rosto de um menino, que encarou os visitantes com frieza e desdém antes de se curvar para o ancião para ouvir algo sussurrado em seu ouvido. Ele assentiu de um jeito solícito, quase de forma canina, e ficou em pé de uma vez, desaparecendo por uma porta em algum lugar no fundo da sala.

Voltou um momento depois, um grosso tomo debaixo do braço, e se agachou no chão ao lado da fogueira para examinar as entradas. Não demorou muito. Novamente, ele se inclinou sobre o sofá e sussurrou para o velho. Ouam abriu um sorriso fantasmagórico de caveira.

— Nao registramos esse nome — disse ele então.

— Seu nome completo é Nillian Jegetar Cuain — disse Wasra. — Talvez esteja registrado com um nome diferente.

O ancião da guilda ergueu as sobrancelhas.

— Três nomes?

— Sim.

— Um homem estranho. Eu deveria me lembrar disso. Dinio?

O menino consultou os registros novamente. Quando sussurrou dessa vez, evidentemente teve mais a dizer.

— Os outros dois nomes também não estão relacionados — disse Ouam. — Nos últimos três anos, houve apenas uma execução por sacrilégio.

— E qual é o nome?
— Era uma mulher.
Wasra refletiu.
— Vocês sabem quando alguém é executado por sacrilégio ou heresia em qualquer cidade?
— De vez em quando. Nem sempre.
— E suas masmorras? Vocês têm prisioneiros?
Ouam assentiu.
— Sim, um.
— Um homem?
— Sim.
— Quero vê-lo — disse Wasra. Teve vontade de acrescentar que estava pronto para derrubar toda a sede da guilda para conseguir o que queria.

Mas não era necessário ameaçar. Ouam assentiu de boa vontade e disse:
— Dinio vai te guiar.

As masmorras ficavam na parte mais remota da sede da guilda. Dinio os conduziu pelas escadas miseráveis e estreitas, o livro com a lista de execuções e prisioneiros pressionado contra ele como um tesouro. O reboco manchado de marrom desmoronava nas paredes, e quanto mais fundo avançavam, mais penetrante se tornava o fedor de urina, podridão e doença. Em algum momento, o menino pegou uma tocha e a acendeu, e Stribat acendeu a lâmpada que carregava sobre o peito.

Por fim, chegaram ao primeiro grande portão, guardado por um carcereiro pálido e inchado. Ele os encarou com um olhar aborrecido, e se os numerosos visitantes o tinham surpreendido, não dava para notar.

Dinio ordenou que destrancassem o acesso às masmorras, e Wasra deixou dois soldados da escolta para guardar o portão aberto.

Era um corredor sombrio, iluminado apenas pelas tochas acesas na antessala. As portas das celas desocupadas da masmorra estavam abertas à direita e à esquerda. Stribat deixou sua lâmpada vagar. Em cada cela havia uma grande imagem colorida do Imperador. Os prisioneiros eram acorrentados à parede oposta, fora do alcance da imagem, e negados à graça da escuridão completa: os dutos de ventilação com barras acima deles permitiam a entrada de luz apenas o suficiente para que passassem o tempo todo olhando para a foto do Imperador.

Dinio e o carcereiro gordo, que fedia ainda mais que a palha podre que cobria o chão, pararam em frente à única cela ocupada. Stribat iluminou a fenda da porta. Viram uma figura escura com cabelos compridos curvada no chão, braços acorrentados à parede.

— Abra — ordenou Wasra com seriedade. — E o desacorrente.

O homem despertou quando a chave girou na fechadura. Assim que a porta se abriu, ele já estava sentado e olhava calmamente para eles. Seu cabelo era branco como prata, e a lâmpada de Stribat revelou que o prisioneiro era velho demais para ser Nillian.

— Desacorrente-o — repetiu Wasra. O carcereiro hesitou. Foi só quando Dinio assentiu que tirou as chaves e abriu as algemas do velho.

— Quem é você? — perguntou Wasra.

O homem olhou para ele. Apesar de toda a negligência, exalava dignidade e um silêncio pacífico. Teve de começar algumas vezes antes que pudesse dizer uma palavra; aparentemente não falava havia anos.

— Meu nome é Opur — disse ele. — Já fui mestre flautista.

Com isso, ele olhou tristemente para suas mãos, que pareciam grotescamente mutiladas. Em um momento ou outro, cada um de seus dedos deve ter sido quebrado, e todas as fraturas de alguma forma haviam se curado sem uma tala ou tratamento.

— O que ele fez? — perguntou Wasra.

O carcereiro, para quem ele olhava, apenas o encarou estupidamente, e em seu lugar o menino respondeu com fria condescendência:

— Ele deu abrigo a um desertor em sua casa.

— Um desertor?

— Um marinheiro imperial. Um carregador da Kara, a última nave a pousar aqui.

Devia ter sido a primeira nave que eles perseguiram, três anos antes. Apenas para perdê-la e descobrir o outro mundo onde as pessoas faziam tapetes de cabelo e acreditavam que eram as únicas.

— O que aconteceu com o desertor?

A expressão de Dinio permaneceu desdenhosa.

— Ele ainda está em fuga.

Wasra observou o menino por um momento, pensativo, imaginando qual seria sua posição. Então, decidiu que realmente não se importava e se virou para o prisioneiro. Junto com Stribat, ele o ajudou a se levantar e depois explicou a ele:

— Você está livre.

— Não, não está! — protestou Dinio com raiva.

— Ele está livre! — repetiu Wasra bruscamente, dando ao menino um olhar tão ameaçador que este recuou. — Mais uma palavra contra isso, e vou colocar você sobre o joelho e bater até arrancar seu couro.

Ele deixou Opur aos cuidados de dois soldados de sua escolta, a quem ordenou que o levassem até a nave para tratamento médico e depois para um local de sua escolha. Caso não se sentisse seguro neste planeta, Wasra estava determinado a levá-lo para o próximo mundo de tapeceiros de cabelo para o qual voariam.

Dinio observava a marcha dos soldados e do mestre flautista bufando nervosamente, mas não ousava dizer mais nada. Em vez disso, continuou mudando seu livro de um braço para o outro, como se não soubesse o que fazer com ele, e finalmente o pressionou contra o peito como um escudo. Uma coisinha branca escorregou pela lateral e voou suavemente para o chão.

Wasra percebeu e pegou. Era uma fotografia que mostrava o Imperador.

O Imperador *morto*.

O comandante olhou para a foto com espanto. Ele conhecia aquela foto. Tinha exatamente a mesma foto no bolso. Cada membro da frota rebelde carregava consigo uma fotografia do Imperador morto, para o caso de terem de provar a alguém que o Imperador havia de fato caído e sido assassinado.

— Como você conseguiu isso? — perguntou ao menino.

Dinio fez sua cara mais teimosa, apertou ainda mais o livro no peito e não disse nada.

— Isso deve ter pertencido a Nillian — disse Wasra para Stribat, e segurou o verso branco da fotografia sob o feixe de luz de sua lâmpada peitoral. — Parece que sim. Vê isso aqui?

A escrita no verso estava gasta e manchada e tão pálida que quase não existia mais, mas em um ponto dava para imaginar a sílaba *Nill* ali escrita. Wasra encarou Dinio com um olhar que prometia derrubar árvores e partir crânios de crianças.

— De onde veio essa foto?

Dinio engoliu em seco e finalmente grunhiu:

— Não sei. É de Ouam.

— Dificilmente Ouam trouxe isso de alguma caminhada.

— Não sei de onde ele tirou isso!

Wasra e Stribat trocaram um olhar, e foi quase como antes, quando cada um sabia o que o outro estava pensando.

— Estou interessado — disse o comandante — naquilo que Ouam tem a dizer sobre isso.

No caminho de volta, ouviram ruídos sinistros e lamentosos ecoando pelos corredores sombrios da sede da guilda e, involuntariamente, o ritmo deles acelerou. Quando subiram as escadas para os aposentos do ancião da guilda (apressadamente dessa vez, não com deferência), não encontraram mais fumaça e crepúsculo vermelho brilhante, mas brilho radiante e ar limpo.

A sala havia sido transformada. Um homem caminhava lentamente de janela em janela e abria as persianas, e novas cascatas de luz ofuscante entraram. Pelas janelas abertas, os tapetes de cabelo pareciam um mar revolto batendo contra o parapeito da janela.

O fogo no tripé de metal havia sido extinto, e Ouam jazia morto em seu catre, os olhos cegos fechados, as mãos finas cruzadas sobre o peito. O sofá era menor do que Wasra se lembrava e, ainda assim, nele o cadáver antigo e ossudo do ancião da guilda parecia pouco maior que uma criança.

O pessoal da guilda subiu as escadas atrás dos dois astronautas. Eles desviaram dos dois estranhos, desinteressados, sentaram-se no sofá do morto e começaram a chorar. Um eco desse lamento entrou pela janela e se espalhou por toda a sede da guilda, por toda a cidade. O homem que abrira as persianas e, assim, expulsara o que deviam ter sido a fumaça e o fedor de anos se juntou aos enlutados e ofereceu aos rebeldes o espetáculo memorável de um homem que, de uma batida do coração para a próxima, passou da ocupação agitada para a dor inconsolável.

Passos apressados e selvagens na escada fizeram Wasra girar, alarmado. Era Dinio que subia os degraus correndo, sem fôlego, fora de si de desespero. Sem olhar para a direita ou para a esquerda, correu até o sofá do ancião da guilda morto, jogou-se no chão em frente a ele e desmoronou em lágrimas amargas. Era o único gemido na sala que parecia real.

Wasra olhou novamente para a fotografia em sua mão, depois a enfiou no bolso. Trocou um olhar com Stribat, e de novo eles se entenderam sem palavras.

*

Quando estavam novamente em frente à sede da guilda, o sol já se punha, brilhando vermelho como metal derretido. Os dois tanques na praça brilhavam como pedras preciosas sob sua luz. O canto ritual dos mestres da guilda, que uivavam e gemiam, fazia o cenário parecer um sonho.

— Essa é a foto de Nillian, não é? — perguntou Stribat.
— Sim.
— Significa que ele esteve aqui.

Wasra observou os mercadores, que fechavam suas barracas para a noite e, às vezes, lançavam olhares pensativos para a sede da guilda.

— Não sei se significa isso.
— Talvez ele tenha escapado, conhecido uma boa mulher e vivido feliz em algum lugar deste planeta desde então — ruminou Stribat em voz alta.
— É, talvez.
— Três anos... Talvez tenha dois filhos agora. Quem sabe, talvez ele mesmo tenha começado a trançar um tapete de cabelo?

Ele está morto, pensou Wasra, *não se engane*. Eles o mataram e enterraram porque ele falou alguma coisa contra o Imperador. O Imperador imortal. Maldito seja. Levara apenas um dia para derrubá-lo, mas nos vinte anos desde então tinham de lutar todos os dias para derrotá-lo.

— O planador! — deixou escapar Stribat, puxando de um jeito empolgado a manga do outro. — Wasra! O que houve com o planador?

— Qual planador?

— Esse Nillian deve ter vindo em um planador de aterrissagem. E podemos rastrear isso!

— Eles o descobriram faz muito tempo, já naquela época — disse Wasra. — E batedores disfarçados foram enviados para investigar. Nillian foi capturado por heresia, e um mercador de tapetes de cabelo o levou para a Cidade Portuária. Então, eles procuraram na Cidade Portuária, mas Nillian nunca chegou aqui. — Wasra havia estudado os relatórios daquela época. Não tinham sido muito bem-feitos (teria sido necessário um grande esforço até mesmo para encontrar a cidade onde Nillian havia parado) e tampouco eram muito úteis. Os tapetes de cabelo tinham sido considerados uma boa curiosidade e, fora isso, todos já imaginavam o voo para casa. O clima naquele momento era: *Ele recebeu ordens para não pousar e pousou de qualquer maneira, então foi isso que ele recebeu.*

— Não faria sentido que o parceiro de Nillian nos acompanhasse?

— Claro. — Wasra assentiu. Sentiu uma onda de exaustão se espalhando por seu corpo e sabia que era mais que apenas um fenômeno físico. Nunca terminava. Nada terminava. — Só que ele está morto. Estava com os voluntários que fizeram o primeiro ataque à Estação do Portal, e um daqueles robôs de combate voadores o pegou.

Stribat fez um som inarticulado que deveria expressar algo como espanto.

— Como um piloto da Kalyt acaba se voluntariando para um combate? — Quando Wasra não respondeu, ele continuou a resmungar por um tempo, como era sua maneira de pensar às vezes. — E como o general veio a aceitá-lo?

Wasra não ouvia seu resmungo. Perdido em pensamentos, olhava para o enorme casco da Salkantar, que se erguia poderosamente no céu à distância, escura contra o sol poente e prata cintilante ao longo do contorno. Como todas as naves espaciais, pertencia ao espaço; parecia um corpo estranho na superfície de um planeta.

E, no entanto, pensou o comandante emburrado, *a Salkantar vai ficar aqui por muito tempo*. O general Karswant não partiria para o Mundo Central até que soubesse dele, comandante Wasra, algo sobre o destino de Nillian. E até que o general se reportasse ao Conselho Rebelde, eles não podiam decidir o que fazer. E até que alguma decisão fosse tomada, a enxurrada de tapetes de cabelo continuaria, e eles teriam de olhar para essas pilhas obscenas, essas montanhas, essas vastas quantidades de tapetes de cabelo por toda parte.

— Isso significa que devemos vasculhar o planeta inteiro agora? — perguntou Stribat, pressentindo algo ruim.

— Tem uma ideia melhor?

— Não, mas o esforço se justifica? Quer dizer, suponha que Nillian esteja vivo... então, certamente teria vindo até aqui, para a Cidade Portuária. O espaçoporto fica aqui; se tanto, este é o lugar onde ele teria uma chance de ser encontrado. Ou, então, ele está morto, e não é exatamente a única vítima que esta expedição já reclamou.

— Ele descobriu o fenômeno dos tapetes de cabelo.

— Sim, e daí? — Stribat lançou ao capitão um olhar de esguelha, como se quisesse ter certeza de que ele poderia aguentar o que tinha a dizer. — Não quero tirar seu orgulho, Wasra, mas será que os motivos do general Karswant não são tão nobres quanto você gostaria de acreditar?

Wasra prestou atenção.

— Como assim?

— Talvez ele esteja, principalmente, fazendo um favor a um conselheiro em particular?

— Um membro específico do conselho?
— Conselheiro Berenko Kebar Jubad.

Wasra olhou inquisitivamente para o camarada, enquanto pensava muito sobre o que estava tentando lhe dizer. Fora Jubad quem havia capturado o Imperador no ataque ao Palácio das Estrelas e atirado nele em um duelo, e desde então desfrutava de uma reputação quase lendária.

— O que Jubad tem a ver com isso?
— O pai de Jubad — disse Stribat bem devagar — chamava-se Uban Jegetar Berenko...

Se ele o tivesse esbofeteado, teria tido o mesmo efeito. Wasra ficou boquiaberto.

— Jegetar! — repetiu ele com dificuldade. — Nillian Jegetar Cuain. Os dois são parentes...
— Obviamente.
— E você quer dizer que Karswant está esperando *por conta disso*...?

Stribat apenas deu de ombros.

Wasra levantou a cabeça e olhou para o céu escuro, no zênite do qual as primeiras estrelas apareciam. As estrelas que pertenciam ao Imperador. Nunca terminava. O Imperador estava morto? Ou isso já estava tão distante que haviam feito de seu subjugador o próximo Imperador?

— Vamos voltar para a nave — disse ele por fim. De repente, teve a sensação de que não aguentaria mais um instante ali, entre todos os lugares, não ali no portão do pátio de contagem. — Imediatamente.

Stribat sinalizou apressadamente para os soldados da escolta, e de pronto os motores dos dois carros blindados ligaram, abafados e horripilantes. Os animais de tração, já libertados e encostados uns nos outros para dormir, ergueram a cabeça e olharam.

Todos na praça se afastaram obedientemente enquanto eles iam embora. Seguiram o rastro do terceiro carro blindado, que já havia se adiantado com o homem que tinham libertado. *O mestre flautista*. A mente de Wasra circulou em torno do termo por um tempo, e ele tentou imaginar o que significava. Então, quando a vibração do banco se espalhou por seu corpo, ele se lembrou da sensação que havia tido no caminho até ali: sentira força e superioridade, e gostara disso. O poder e suas tentações; parecia que nunca aprenderiam, mesmo depois de 250 mil anos de Império.

Ele se inclinou para a frente e pegou o microfone da unidade de comunicação. Ao falar com o operador de rádio de plantão na Salkantar, ordenou:

— Envie uma mensagem de rádio múltipla para a Trikood, general Jerom Karswant. Texto: Nillian Jegetar Cuain quase certamente está morto. Todos os sinais indicam que foi vítima de linchamento religioso. Tenha um bom voo para casa e minhas melhores recomendações para o Mundo Central. Assinado, Comandante Wasra, e assim por diante.

— Imediatamente? — perguntou o operador.

— Sim, imediatamente.

Quando se recostou, sentiu-se teimoso e desafiador, e aquela sensação foi boa. Era como fogo frio nas veias. No dia seguinte, ele mandaria o esquadrão de batedores até o outro lado da cidade para dizer a qualquer um que pudesse ouvir o que estava acontecendo na galáxia. E que o Imperador estava morto. Céus, de repente mal podia esperar para voar para o próximo daqueles malditos planetas com tapetes de cabelo e jogar a verdade na cara das pessoas.

Notou que Stribat estava olhando para ele de soslaio, com um sorriso que aos poucos se estendia em seus lábios. Talvez um dia esse Nillian aparecesse, afinal. Quem poderia saber? Mas o que importava agora era que Karswant finalmente partiria para o Mundo Central para se reportar ao Conselho. Que as coisas começariam a se movimentar. Se um dia tirassem dele o posto de comandante, isso não mudaria o fato de ele ter agido como achava certo.

Wasra sorriu, e era o sorriso de um homem livre.

A VINGANÇA ETERNA

Havia sete luas no céu. A noite estava clara e sem nuvens, e a cúpula do firmamento se arqueava como um cristal preto-azulado sobre uma paisagem irreal.

Imaginar que todo aquele mundo existira outrora apenas para diversão e distração de um homem! Exceto as extensas masmorras e defesas subterrâneas, é claro. Lamita costumava ficar ali à noite, na pequena sacada em frente ao seu quarto, tentando entender.

Além das muralhas do palácio, se estendia o mar, calmo e prateado à luz das luas. No horizonte, tão distante que à noite já não se distinguia a linha divisória entre água e terra, havia colinas ondulantes e arborizadas. O planeta inteiro era um único parque paisagístico elaborado. Ela sabia que, além do grande palácio, havia inúmeros castelos menores e outras mansões onde o Imperador se entregava a seus divertimentos.

Bem, isso tinha sido muito tempo antes. Naquele dia, o Conselho Rebelde estava reunido na grande sala do trono, e os incontáveis ajudantes do Governo Provisório povoavam o enorme Palácio das Estrelas. Não era consenso que o governo ficasse no antigo Mundo Central. Naquele ambiente paradisíaco, dizia-se, os membros estariam distantes demais dos problemas reais das pessoas de outros mundos para serem capazes de tomar decisões significativas. Contudo, havia razões práticas para o Conselho Provisório manter sua sede ali por enquanto: todos os sistemas de comunicação se uniam ali de uma forma única.

Um sino harmonioso ressoou. Era a chamada de longa distância que ela estivera esperando. Lamita saiu apressada da sacada e foi até o aparelho multiuso ao lado da cama. O símbolo da teia intergaláctica brilhava na tela.

— Há uma conexão de voz com Itkatan — informou uma voz melodiosa, mas claramente artificial. — A participante é Pheera Dor Terget.

Ela apertou a tecla correspondente.

— Oi, mãe. Aqui é sua filha, Lamita.

A tela ficou escura. Mais uma vez, nenhuma conexão de vídeo. Ultimamente, as conexões de vídeo só pareciam surgir quando se falava com outras galáxias.

— Lamita, querida! — A voz da mãe tinha um tom metálico desagradável em algumas das palavras. — Como você está?

— Ora, como se deveria estar aqui? Bem, claro.

— Ah, você em sua ilha de felicidade. Aqui já ficamos satisfeitos que o abastecimento de água esteja funcionando novamente e que os combates no setor norte tenham diminuído. Talvez finalmente tenham se matado lá; ninguém ficaria especialmente triste com isso.

— Alguma novidade do pai?

— Ele está bem. Recebemos medicação novamente e sua condição se estabilizou. O médico disse recentemente que, se ele fosse cinco anos mais novo, seria possível fazer uma operação. Mas é assim que tem de ser agora... — Ela suspirou. Um suspiro a trinta mil anos-luz de distância. — Me conte de você, filha. Quais são as novidades?

Lamita deu de ombros.

— Fui convidada para participar de uma importante reunião do Conselho amanhã. Como observadora. O comandante da expedição Gheera voltou e apresentará um relatório.

— Gheera? Não é aquela província imperial que nem se sabia que existia?

— É. Ficou perdida por oitenta mil anos, e as pessoas de lá parecem não ter feito nada além de tecer tapetes com cabelos de mulheres esse tempo todo — disse Lamita.

Então acrescentou sarcasticamente:

— E independentemente de quais outras esquisitices a expedição tenha descoberto, espera-se que eu descubra o que tudo isso significa.
— Você não trabalha mais com Rhuna?
— Rhuna é a nova governadora de Lukdaria. Ela partiu ontem. Agora sou a única responsável pelos arquivos imperiais.
— Governadora? — Havia um ressentimento claro na voz de sua mãe. — Inacreditável. Quando invadimos o palácio imperial naquela época, ela provavelmente tinha acabado de aprender a andar. E hoje está fazendo uma grande carreira.

Lamita respirou fundo.

— Mãe, isso vale para mim também. Eu tinha quatro anos na época. — Parecia difícil para os velhos rebeldes se acostumarem com a ideia de que, agora que o Imperador imortal não estava mais governando, uma nova geração sempre se seguiria à antiga.

Silêncio interestelar. Cada segundo custava uma pequena fortuna.

— Sim, é assim que as coisas são — disse sua mãe por fim, com um suspiro. — Então, agora você está sozinha no seu museu.

— Não é um museu, é um arquivo — corrigiu Lamita. Sentiu a depreciação subliminar nas palavras da mãe e ficou aborrecida, embora tivesse resolvido não se permitir mais ser provocada. — Além disso, é realmente ridículo. Um quarto de milhão de anos de história do Império, e estou no meio disso tudo sozinha... Seria possível encontrar no arquivo respostas para perguntas que nem sequer fizemos...

Por que a mãe sempre a deixava fervilhando de raiva, ignorando metade do que ela dizia?

— E o que mais? Está sozinha de outra forma também?

— Mãe! — Aquela ladainha de novo. Provavelmente mais um milhão de anos se passaria e os pais ainda infantilizariam seus filhos por toda a vida.

— Só estou perguntando...

— E você sabe a minha resposta. Vai descobrir caso eu, um dia, tenha um filho. Até lá, minhas histórias com homens serão apenas da minha conta... certo?

— Filha, eu não quero interferir em sua vida, de jeito nenhum, só me confortaria saber que não está sozinha...
— Mãe? Podemos mudar de assunto, por favor?

*

O Conselho Provisório havia convidado um número excepcionalmente grande de espectadores para a reunião. Era de se esperar, afinal tratava-se do primeiro relato sobre a conclusão de uma missão sensacional na província redescoberta do Império. Como o Conselho se reunia na antiga sala do trono, que, como convém ao centro cerimonial do Império, era incrivelmente extensa e mobiliada, isso não era um problema.

Lamita se espremeu entre dois velhos conselheiros, buscando o assento que lhe fora designado. Seguramente em uma das fileiras de trás. Recortes de frases a seguiam, construindo uma imagem do clima.

— ... realmente temos outras preocupações no momento para nos importar com um culto obscuro em uma galáxia perdida.

— Acho que isso é uma manobra de Jubad e Karswant para que sua influência no Conselho...

Não havia nada para ela nas fileiras de trás. Agarrou seu convite com força, ressentida com a insegurança diante de todos aqueles velhos heróis da rebelião.

Para seu horror, encontrou sua placa de identificação bem na frente, imediatamente atrás do semicírculo das mesas em que os conselheiros estavam sentados. Na verdade, parecia importante que ela formasse uma opinião. Sentou-se discretamente e olhou ao redor. No meio do semicírculo, em frente ao projetor, havia uma grande mesa. Do outro lado, ela viu Borlid Ewo Kenneken, com quem vinha lidando havia algum tempo no caso Gheera. Ele era membro do Comitê de Administração do Espólio Imperial e, em alguns aspectos, era o chefe dela quando se tratava de arquivos. Ele meneou a cabeça com um sorriso, e Lamita percebeu mais uma vez que seu olhar se afastava apenas com muita relutância da visão de sua figura.

O gongo foi tocado para anunciar o breve início da sessão. Lamita ficou fascinada com o instrumento da altura de um homem e ricamente decorado. Um dia, a sede do governo seria em outro lugar, e o antigo palácio imperial seria um museu, o museu mais fascinante do universo.

Ela descobriu a figura compacta de um general de uniforme completo que acabava de entrar no salão, acompanhado por alguns oficiais. Parecia musculoso, mal-humorado e com uma autoconfiança inabalável. Tinha de ser Jerom Karswant, que comandara a expedição Gheera. Ele pôs um punhado de portadores de dados na mesinha ao lado do equipamento de projeção, arrumou-os cuidadosamente e depois se sentou em sua poltrona.

O segundo gongo. Lamita notou que Borlid estava olhando para ela novamente. Agora, estava irritada por estar usando um vestido que acentuava seus seios. Felizmente, o presidente do Conselho Provisório se levantou para abrir a sessão e dar a palavra ao general Karswant, e a direção do olhar de Borlid seguiu a atenção geral.

Karswant se levantou. Os olhos em seu rosto sombrio brilhavam, despertos.

— Primeiro, quero mostrar a vocês do que se trata — começou ele, e fez um sinal a dois de seus companheiros. Eles levantaram um rolo grande, do tamanho de um homem, do chão até a mesa, e o espalharam cuidadosamente sobre ela.

Veneráveis conselheiros, senhoras e senhores... um tapete de cabelo!

As cabeças se moveram para a frente.

— A melhor coisa a fazer é cada um vir aqui por um momento para ver essa incrível obra de arte de perto. Todo o tapete é feito inteiramente de cabelo humano, e as tramas são tão incrivelmente apertadas que levou uma vida humana inteira para serem feitas.

Primeiro alguns participantes da reunião se levantaram, hesitantes, e caminharam entre as fileiras para inspecionar o tapete de cabelo e, finalmente, tocá-lo com cuidado. Um arrastar geral de cadeiras foi ouvido enquanto os demais seguiam o exemplo, e em pouco tempo a reunião se transformou em uma bagunça animada.

Lamita ficou surpresa quando conseguiu passar a mão pela superfície do tapete de cabelo. À primeira vista, parecia feito de pelo, mas quando se tocava, era possível sentir que o cabelo era muito mais grosso e mais apertado. Cabelos pretos, loiros, castanhos e ruivos tinham sido usados naquele tapete para criar uma variedade de padrões geométricos. Ela vira fotos de tapetes de cabelo nos relatórios da expedição, mas era uma experiência avassaladora ter um deles bem na sua frente. Era possível literalmente sentir a quantidade de dedicação e foco que havia sido colocada nessa obra de arte inimaginável.

Na multidão em geral, Borlid de repente parou ao lado dela, como por acaso. Ele não parecia particularmente interessado no tapete de cabelo.

— Quando tudo isso acabar — sussurrou ele para ela —, posso te levar para jantar?

Lamita inspirou e expirou uma vez.

— Borlid, sinto muito. Não estou com vontade de conversar sobre isso agora.

— E depois da reunião? Vai ficar com vontade?

— Não sei. Provavelmente não. Também tenho certeza de que me sentiria culpada por aceitar um convite seu, pois sei que você poderia se encher de esperança.

— Ah? — disse ele, com surpresa fingida. — Será que eu me expressei mal? Não era para ser um pedido de casamento, mas um simples convite para jantar...

— Borlid, por favor, agora não! — repreendeu-o Lamita, e voltou ao seu lugar.

Como ele conseguia ser tão convencido? Lamita tinha achado agradável trabalhar com ele até aquele momento, mas, embora ele se considerasse irresistível, era apenas tonto e desajeitado. Não parecia querer entender que ela não tinha nenhum interesse nele. Aos olhos dela, ele se comportava de um jeito tão infantil que ela teria se sentido como uma molestadora de crianças.

Aos poucos, o auditório se acalmou novamente. Depois que todos haviam voltado para seus lugares, o general continuou sua palestra. Lamita não deu tanta atenção. Já sabia a maior parte do que ele estava dizendo, como os tapetes de cabelo foram descobertos, detalhes do culto que existia para eles nos mundos de Gheera, as rotas comerciais e as naves espaciais que por fim levavam os tapetes de cabelo a bordo para serem transportados a um destino inicialmente desconhecido.

— Conseguimos seguir o rastro dos tapetes de cabelo até uma grande estação espacial que circundava uma estrela dupla, composta por um sol vermelho gigante e um buraco negro. De acordo com nossas observações, que foram confirmadas posteriormente, a estação espacial era uma espécie de ponto de recarga para os tapetes de cabelo. Ao nos aproximarmos da estação, no entanto, fomos atacados de forma tão surpreendente e violenta que tivemos que recuar numa primeira instância.

Borlid, pelos padrões gerais, era atraente, claro. E o que se ouvia era que ele havia perdido poucas oportunidades com as mulheres da administração do palácio. Lamita começou a ouvir a própria voz interior. Não era por isso que ela o rejeitava. Era mais por... sua imaturidade. Como homem, ela o achava raso, imaturo, desinteressante.

— Há de se ter em mente que, até então, éramos apenas uma pequena frota expedicionária, composta por um cruzador pesado e três leves, além de vinte e cinco naves expedicionárias. Então, esperamos que as unidades de combate aprovadas pelo Conselho chegassem, atacamos a estação e finalmente a ocupamos com relativamente poucas perdas do nosso lado. Descobriu-se que o buraco negro era, na verdade, o campo portal de um enorme túnel dimensional, grande o suficiente para acomodar naves de transporte superdimensionadas. Era para esse túnel dimensional, e isso há dezenas de milhares de anos, que iam todos os tapetes de cabelo feitos em Gheera.

Lamita sabia que era bonita, magra, com longos cabelos loiros e pernas intermináveis. Não havia um homem que não virasse a cabeça para olhar quando ela passava. Não poderia ser por causa de sua aparência que já estava sozinha havia tanto tempo. Ela imaginava o que mais havia de errado com ela.

— Confiscamos uma nave de transporte que vinha do túnel. Estava carregada com contêineres vazios que provavelmente se destinavam ao transporte de tapetes de cabelo. Após investigações e deliberações detalhadas, ousamos voar pelo túnel dimensional com uma força-tarefa completa. E descobrimos um sistema solar que todos acreditavam que não existia mais porque não o havíamos encontrado onde deveria estar de acordo com os mapas estelares: encontramos o planeta Gheerh.

Borlid foi esquecido. Aquele momento era histórico. Acreditava-se que Gheerh tivesse sido o centro de um grande império, o Império de Gheera, antes que as frotas do Imperador o tivessem atacado e conquistado para torná-lo parte do Império. E para depois isolá-lo do resto do Império e voltar a esquecê-lo por algum motivo desconhecido.

— O sistema solar estava em uma enorme bolha dimensional, para a qual o túnel que usamos era o único acesso. Foi por isso que não encontramos Gheerh na posição mostrada nos mapas estelares. Até então, acreditávamos que ele havia sido destruído, mas na verdade a bolha dimensional o havia removido do nosso universo; estava encapsulado, por assim dizer, em um pequeno universo próprio, no qual não havia estrelas além do sol de Gheerh. A bolha era sustentada por instalações localizadas no planeta mais próximo do sol daquele sistema, que supriam as imensuráveis necessidades energéticas diretamente a partir do sol. Essas instalações, por sua vez, eram vigiadas por naves de combate fortemente armadas e extremamente ágeis que nos atacaram imediatamente após nossa chegada à bolha. Como bloquearam nosso caminho de volta, atacamos os projetores da bolha e destruímos tantos deles que o sistema solar voltou ao universo normal. Ele retornou à sua posição original e, depois que as outras unidades de combate vieram em nosso auxílio, finalmente conseguimos neutralizar as forças opostas e ocupar o planeta Gheerh.

Karswant fez uma pausa. Pela primeira vez, ele parecia estar procurando as palavras certas.

— Já vi muitas coisas estranhas na minha vida — continuou ele, hesitante —, e a maioria das pessoas que me conhece diria que não fico surpreso tão facilmente. Mas Gheerh...

A imagem do projetor mostrou um planeta cinza monótono com quase nenhum oceano. Apenas na área dos polos havia uma leve descoloração.

— Encontramos alguns milhões de autóctones levando vidas primitivas em circunstâncias terríveis. E encontramos algumas centenas de milhares de homens, que se consideravam tropas do Imperador, travando uma impiedosa guerra de extermínio contra esse povo. Passo a passo, eles avançavam, matando, queimando e massacrando, e estendiam sua linha de demarcação, imparáveis. Pouco menos de um quarto da superfície do planeta ainda é habitada pelos povos autóctones, e essa parte é composta, em sua maioria, de regiões polares inóspitas.

— Esperamos que vocês tenham posto fim a esta guerra cruel! — disse um dos conselheiros com voz estrondosa.

— Claro — respondeu o general. — Conseguimos parar um ataque que tinha acabado de começar.

Uma conselheira levantou a mão.

— General, você mencionou que os povos autóctones estão amontoados em um quarto da superfície do planeta. E os três quartos restantes?

Karswant assentiu com a cabeça.

— A área limpa pelas tropas, por assim dizer, compreende cerca de dois terços da massa sólida do planeta, e...

Ele parou novamente e olhou devagar ao redor da sala, parecendo procurar ajuda em algum lugar. Quando finalmente falou, sua voz havia perdido a habitual aspereza militar; era como se Jerom Karswant, o homem, estivesse falando.

— Confesso que tive medo desse momento. Minha nossa, como posso descrever o que vimos? Como posso descrever de maneira que vocês acreditem em mim? Nem eu acreditei em meus melhores comandantes, homens a quem eu confiaria minha vida com segurança, mas tive que desembarcar para ver. E eu também não quis acreditar naquilo que meus olhos me mostravam...

Ele fez um gesto vago com a mão.

— Durante todo o retorno de Gheera, nós nos reunimos, ruminando sobre todos os detalhes várias vezes, mas não chegamos a uma conclusão. Se isso fizer algum sentido, por favor, peço que me expliquem. É praticamente a única coisa que quero na vida, uma explicação, uma razão para o planeta Gheerh.

Com isso, ele ligou o projetor de novo, e o filme preparado começou a rodar.

— Cada metro de terra que as tropas imperiais conquistaram com o assassinato ou a expulsão dos autóctones foi imediatamente nivelado e permanentemente pavimentado por pessoal técnico, que somava cerca de quinhentos mil homens, e, quando as tropas combatentes avançavam, a área criada dessa maneira era forrada com tapetes de cabelo. Dessa forma, ao longo dos milênios, as equipes do Imperador cobriram dois terços de toda a superfície do planeta com tapetes de cabelo.

No silêncio atônito, um dos conselheiros pigarreou e perguntou:

— Você está sugerindo, general, que todos os tapetes de cabelo foram feitos para cobrir um *planeta* com eles?

— Essa é a imagem que se apresenta quando se sobrevoa Gheerh. Onde quer que se vá, há tapete de cabelo ao lado de tapete de cabelo, e nem um único trecho da superfície original pode ser visto. Amplas planícies, vales profundos, altas montanhas, praias, colinas, encostas... tudo, tudo está coberto por tapetes de cabelo.

Os presentes ficaram fascinados com as imagens projetadas, que confirmavam a afirmação do general.

— Isso é loucura — disse alguém por fim. — Qual é o sentido de uma coisa dessas?

Karswant deu de ombros, impotente.

— Não sabemos. E tampouco conseguimos imaginar algum.

Uma discussão acalorada eclodiu entre os participantes da reunião, que o presidente do Conselho Provisório interrompeu com um aceno autoritário de sua mão.

— O senhor tem razão, general Karswant, realmente acho difícil de acreditar — disse ele. — É definitivamente a coisa mais incrível de que já ouvi falar. — Ele fez uma pausa por um momento. Era possível dizer que estava lutando para manter o fio do que estava prestes a falar. — Não podemos todos voar para

Gheera, embora, francamente, eu queira muito. Vamos apenas tentar acreditar no senhor, general.

Ele parecia completamente atordoado quando, de repente, ficou em silêncio novamente e olhou ao redor, sem um destino certo. Todos na sala pareciam atordoados.

— Qualquer que seja a explicação para tudo isso — continuou ele, obviamente tentando controlar a situação de alguma forma —, só a encontraremos na história. Estou feliz que nossa adorável Lamita Terget Utmanasalen esteja aqui hoje, uma das melhores historiadoras que temos. Ela administra os arquivos imperiais, e talvez saiba mais que nós.

Lamita se levantou com essas palavras e se virou em todas as direções, nervosa por estar no centro das atenções de um jeito tão surpreendente.

— Sinto muito, não posso comentar nada sobre a questão — disse ela depois de um aceno do presidente. — Até agora, nenhuma referência aos tapetes de cabelo foi encontrada no arquivo. Isso não significa que elas não existam. O sistema organizacional ainda é um mistério para nós, e o arquivo, que inclui toda a era imperial, é enorme...

— Lamita, você está liberada de todas as outras tarefas — interrompeu o presidente. — Lide apenas com este assunto por enquanto.

Obrigada, pensou Lamita com raiva enquanto se sentava novamente. *Sozinha. Eu e o arquivo. E os funcionários que ele deveria ter me prometido?*

— Nossas reflexões — continuou apressadamente o velho conselheiro — devem dizer respeito ao presente e ao futuro. A população de Gheera deve ser esclarecida, as crenças imperiais devem ser removidas e uma nova ordem política deve ser estabelecida. Eu poderia imaginar que, seguindo o exemplo das províncias de Baquion e Tempesh-Kutaraan, Gheera pudesse se transformar em uma federação independente...

Lamita mal acompanhou a discussão política que se seguiu. Não estava interessada na política do dia a dia. Seu interesse era em eventos e desenvolvimentos históricos e nos milênios que estavam por trás deles. Em sua mente, vagou pelo arquivo, tentou pela milésima vez desvendar o segredo de sua ordem, mas não teve nenhuma ideia nova. Ficou feliz quando a sessão finalmente terminou.

Borlid a alcançou antes que ela pudesse sair da sala.

— Lamita, preciso falar com você um momento.

Ela cruzou os braços, seus papéis protegendo o peito.

— Por favor.

— Você está me evitando há semanas. Quero saber por quê.

— Estou?

— Está. Eu pergunto se você quer comer comigo, e você...

Ela suspirou.

— Borlid, não vamos nos enganar. Você quer mais de mim do que apenas um simples jantar. E eu só não quero. Portanto, seria injusto aceitar seu convite. E cansativo.

— Sem chance?

— Nenhuma. — A vaidade masculina ofendida. Terrível!

— Então, há um homem em sua vida?

— E se houvesse, Borlid: isso é da minha conta, não da sua.

*

Ela se deitou de costas e olhou para o teto pintado acima da cama. Os sinos de vento pendurados na porta aberta da varanda giravam suavemente na brisa da noite e soltavam tons delicados e melancólicos. À luz das luas, eles projetavam sombras na colcha, mas, tirando isso, o quarto estava escuro.

— Recusei um dos homens mais bonitos do palácio — disse ela em voz alta. — E agora estou deitada sozinha na minha cama e não sei o que fazer.

Uma risada baixa veio de dezessete mil anos-luz de distância.

— Como você o rejeitou, ele obviamente não era atraente o suficiente, irmã.

— Sim, exatamente. Eu o acho infantil e superficial.

— Você acabou de dizer que ele era um dos homens mais atraentes...

— Ah, bem. Muitas mulheres o acham bastante atraente.

A risada de novo.

— Parece-me, irmãzinha, que você ainda acha que se trata de ser como todos os outros. Na realidade, se trata de ser *diferente* dos outros, de descobrir sua singularidade. Você é uma rebelde de nascença, mas isso não significa muito. Sua própria rebelião ainda está por vir.

Lamita franziu o nariz enquanto tentava entender a observação. Sua irmã mais velha adorava proferir frases misteriosas e deixar para seu interlocutor decifrá-las (ou não).

— Saruna, o que há de errado comigo para eu estar sozinha? — perguntou Lamita em tom de desafio.

— O que você tem contra ficar sozinha?

— É chato. Insatisfatório.

— Inquietante? — insistiu Saruna.

— Também — teve de admitir Lamita com relutância.

— Quanto tempo faz desde que você esteve com um homem?

— Faz tempo. Uma eternidade, na verdade. E, além disso, foi terrível. Eu me senti uma babá.

— Mas já que foi há muito tempo — resumiu a irmã —, você já superou isso. Então, não pode ser o motivo. Lamita, que homem no seu entorno te excita?

— Nenhum — respondeu Lamita à queima-roupa.

— Pense de novo, com cuidado.

Lamita revisitou brevemente todos os jovens razoavelmente aceitáveis com quem ela tinha contato. Todos chatos.

— Não há muito o que pensar. Realmente, não tem ninguém.

— Não engulo essa história. Na minha experiência com o que nossos hormônios fazem conosco — Lamita tinha de admitir que a experiência de sua irmã era enorme; essa era uma das razões pelas quais a havia contatado —, isso é impossível. Insisto que existe um. Existe um homem que te atrai e cuja presença a deixa toda molhada. Você simplesmente não admite isso para si mesma. Talvez ele seja casado, ou seja feio, ou haja algum outro motivo... Em qualquer caso, você o bloqueou de sua consciência. Mas ele está lá. Então, você não se interessa por mais ninguém. — Uma pausa. — Bem, isso desencadeia alguma coisa?

Pensativa, Lamita afastou alguns fios de cabelo da testa. Sim, havia alguma coisa. Ela sentiu um ponto em sua mente onde havia algo como resistência, um ponto cego, uma barreira que ela mesma havia criado. Se deixasse todos os seus tabus de lado por um momento, então vinha... Não. Estava fora de questão. O que alguém diria sobre ela se...

O que os outros diriam? Ali estava! Pensamentos incríveis para alguém que se achava rebelde, não é? Ficou quase zangada consigo mesma, e ainda assim orgulhosa por ter descoberto sua própria armadilha.

— Tem um homem, na verdade... — começou ela, hesitante.

— Então — disse Saruna, muito satisfeita.

— Mas, ainda assim, não rola. Não com ele.

— Por que não? — perguntou a irmã, aproveitando o momento.

— Ele é muito mais velho que eu.

— Deve ser de família. Afinal, o pai não era um jovenzinho quando conheceu a mãe.

— E ele é um defensor incorrigível do Imperador.

— Garantia de uma conversa animada — comentou Saruna, divertindo-se. — Mais alguma coisa?

Lamita pensou.

— Não. — Ela suspirou. — Mas agora realmente não sei o que fazer.

— Não? — disse sua irmã em tom de zombaria. — Aposto que sabe exatamente o que fazer.

*

Ela conhecia aquele estado interior: uma determinação incondicional para agir e ser corajosa e não se impressionar com os obstáculos. Também sabia que esse estado precisava ser usado enquanto durasse.

Nem era possível pensar em dormir. Ela se trocou rapidamente e, em seguida, telefonou para o arquivo imperial. O arquivista atendeu rapidamente.

— O senhor tem alguma objeção à minha ida ao arquivo esta noite? — perguntou.

Ele apenas levantou uma sobrancelha.

— A senhora é a representante do conselho. Pode ir e vir quando quiser.

— Sim — disse Lamita, com nervosismo. — Só queria avisar o senhor. Chego em breve.

— Tudo bem — falou Emparak, o arquivista, e desligou.

O portão do arquivo estava aberto quando ela chegou. Lamita ficou por um tempo no hall bem iluminado, perplexa, e olhou ao redor. Tudo estava vazio e deserto, não se via ninguém. As luzes também estavam acesas na grande cúpula. Lamita entrou na sala de leitura central e deixou sua pasta na mesa oval, onde o próprio Imperador havia se sentado anteriormente. O eco de todos os ruídos ressoava alto e aumentava a sensação de estar sozinha.

Ela entrou em um dos corredores radiais e pegou um velho tomo de uma prateleira. Quando voltou para a mesa com ele, descobriu o arquivista. Como sempre, estava na penumbra dos pilares na entrada da sala de leitura, esperando, imóvel.

Lamita deixou lentamente o tomo grosso sobre a mesa.

— Espero não estar incomodando — disse ela no silêncio.

— Não — respondeu Emparak.

Ela hesitou.

— Onde o senhor mora de verdade?

Se a pergunta o surpreendeu, ele não deixou transparecer.

— Tenho um pequeno apartamento no primeiro andar do porão.

Um tom de desdém. Ela sabia que ele havia conhecido o Imperador e trabalhado com ele e, nas ocasiões em que lidara com o arquivista, percebera que ele era hostil a ela e, em geral, a todos que tinham a ver com a rebelião. Ela olhou para ele. Era um homem atarracado, pouco mais alto que ela, com cabelos grisalhos prateados, e a coluna era um pouco torta, o que o obrigava a se curvar. No entanto, era uma figura digna e imponente que exalava serenidade e maturidade.

— Deve ser estranho viver aqui — disse ela, pensativa. — Em meio a dezenas de milhares de anos da grande história...

Ela notou que Emparak se encolheu com essas palavras, e quando fitou os olhos dele, viu que estava surpreso.

— Quando o Império acabou, eu era apenas uma criança de cinco ou seis anos — continuou ela e, pela primeira vez, teve a sensação de que ele estava realmente ouvindo. — Eu cresci em um mundo que estava mudando. Vi as coisas desmoronarem ao meu redor, e por isso tive interesse naquilo que tinha acontecido antes. Provavelmente, foi por isso que estudei história. E, ao longo dos meus estudos, tive o sonho de um dia estar aqui no arquivo imperial. Escavações, buscas, pesquisas de campo... nada disso me atraía. As perguntas estavam lá fora, mas aqui, eu tinha certeza, estavam as respostas. E eu não estava interessada em fazer pesquisa, estava interessada em saber. — Ela olhou para ele. — E agora estou aqui.

Ele havia dado um passo para fora das sombras, provavelmente sem perceber. Ele a olhava de um jeito inquisitivo, como se a visse pela primeira vez, e Lamita esperou com paciência.

— Por que está me dizendo isso? — perguntou ele por fim. Um tom torturado.

Lamita caminhou até ele, cautelosa. Respirou profunda e lentamente e tentou sentir a coragem que a tinha estimulado antes.

— Vim para descobrir o que há entre nós — disse ela com suavidade.

— Entre nós?

— Entre o senhor, Emparak, e eu... existe alguma coisa. Uma vibração. Uma conexão. Uma eletricidade. Consigo sentir isso, e tenho certeza de que o senhor também consegue. — Ela estava de pé na frente dele agora, e a sensação era forte. — Notei o senhor imediatamente, Emparak, quando o vi pela primeira vez aqui, perto dos pilares. Ainda não admiti isso para mim mesma, mas sua presença desperta desejo em mim; um desejo forte como nunca conheci. Eu vim até aqui investigar.

A respiração dele ficou ofegante, e seu olhar corria para a frente e para trás, pelo chão e pelas paredes, ousando olhar para ela apenas por breves momentos.

— Por favor, não brinque comigo.

— Não estou brincando, Emparak.

— A senhora é uma... uma mulher linda, Lamita. Pode ter qualquer homem que quiser. Por que desejaria sair com um aleijado como eu?

De repente, Lamita sentiu a dor dele como se fosse a dela. Era um sentimento que parecia se originar na área ao redor do coração.

— Eu não acho que você seja aleijado. Posso ver que as costas do senhor são um pouco tortas, mas o que isso tem de mais?

— Eu sou um aleijado — insistiu ele. — E velho.

— Mas é um homem.

Ele não disse nada, afastou-se dela e olhou para o chão de mármore.

— Vim saber como se sente, Emparak — disse Lamita por fim, em voz baixa. Talvez não tenha sido uma boa ideia. — Se você preferir, eu vou embora.

Ele murmurou algo que ela não conseguiu entender.

Ela estendeu a mão e tocou o braço do homem.

— Quer que eu vá? — perguntou ela, tensa.

A cabeça dele virou para os lados.

— Não. Não vá. — Ele ainda não sabia para onde olhar, mas, de repente, a mão dele alcançou a dela e a segurou firme, e as palavras de repente jorraram. — Sou um velho tolo... Isso é tão... Não esperava nunca mais na vida... E uma mulher como a senhora! Nem sei o que fazer agora.

Lamita teve de sorrir.

— Aposto que sabe exatamente o que fazer — disse ela.

Ela esperava ter de enfrentar uma montanha de sentimentos de inferioridade acumulados ao longo da vida dele, e também estava pronta para isso. Mas quando Emparak a tomou em seus braços e a beijou, isso aconteceu com uma certeza carinhosa que a surpreendeu infinitamente. Ela realmente se dissolveu em seu abraço. Era como se o corpo dela sempre estivesse esperando que aquele homem a tocasse.

— Posso lhe mostrar onde moro? — perguntou ele por fim, depois do que pareceram horas para ela.

Ela assentiu, sonhadora.

— Sim. — Ela suspirou. — Por favor.

*

— Ainda não consigo acreditar — disse Emparak na escuridão. — E não sei se vou acreditar um dia.

— Não se preocupe — ronronou Lamita, sonolenta —, pois eu também mal posso acreditar.

— Você teve muitos homens? — perguntou ele, parecendo ciumento de uma forma quase divertida.

— Não tantos quanto a maioria pensa. — Ela sorriu. — Mas o suficiente para perceber que logo fico entediada com homens para quem a parte mais importante da história começou com seu próprio nascimento. — Ela se virou e se aconchegou contra o peito dele. — Felizmente, suas experiências nesta área parecem ofuscar minhas poucas habilidades. Aposto que nem sempre viveu de um jeito tão monástico quanto seu apartamento sugere.

Emparak sorriu, ela conseguiu ouvir pelo som de sua voz.

— Minha posição costumava ser importante, e isso compensava muito. Fui discreto, mas acho que todos sabiam que eu ia atrás de todas as mulheres do palácio... Aí veio o golpe, e vocês rebeldes me degradaram terrivelmente, me fizeram sentir seu poder e também que eu estava do lado errado, do lado perdedor. Vocês me deixaram por perto porque não sabiam se precisariam de mim novamente um dia, mas eu não passava de um velho zelador. E, desde então, eu me retirei completamente.

— Eu notei — murmurou Lamita. Algo nela lhe dizia que a conversa estava se movendo para um território perigoso, mas decidiu continuar correndo riscos. — Eu acho que você ainda é um devoto do Imperador.

Ela sentiu como ele de repente voltou a se fechar.

— O que isso significaria para você? — Um orgulho inflexível vinha nessa resposta, e desafio e medo também. Não era pouco medo.

— Contanto que você continue devotado a mim também, está tudo bem — disse ela com suavidade. Uma boa resposta.

Ela sentiu o relaxamento dele. Apesar de seu medo, ele não estava pronto para negar a si mesmo, nem mesmo por causa dela. Isso a impressionou.

— Eu nunca fui realmente devoto do Imperador no sentido usual — disse ele, pensativo. — As pessoas que o adoravam e veneravam não o conheciam, apenas conheciam as ideias que tinham dele. Mas eu o conheci, cara a cara. — Ele ficou em silêncio por um momento, e Lamita quase conseguiu sentir as lembranças despertando nele. — A proximidade com ele era mais esmagadora que qualquer lenda que seus sacerdotes podiam criar. Era uma pessoa incrivelmente carismática. Para vocês, rebeldes, tudo parece fácil demais, mas não se podia medi-lo pelos padrões convencionais. Em vez disso, deveria ser medido pelos padrões que se aplicam a um fenômeno natural. Lembre-se, ele era imortal, tinha cerca de cem mil anos... ninguém sabe o que isso pode significar. Não, não sou um admirador cego... sou um pesquisador. Tento entender e odeio respostas baratas, rápidas e prontas.

Lamita se sentou e acendeu a luz ao lado da cama. Olhou para Emparak como se o estivesse vendo pela primeira vez, e de certa forma o fez. O velho venenoso e de aparência monótona havia desaparecido. O homem deitado ao lado dela estava bem acordado e vivo e revelou ser uma alma gêmea mais próxima que qualquer outra pessoa que ela conhecia.

— Eu me sinto da mesma maneira — disse ela, e sentiu uma vontade repentina de seduzi-lo uma segunda vez naquele instante.

Emparak, porém, jogou as cobertas de lado, levantou-se e começou a se vestir.

— Venha comigo — disse ele —, quero te mostrar uma coisa.

*

— O arquivo é tão antigo quanto o Império e, ao longo dos anos, houve mais de mil mudanças nos critérios de classificação. Por isso o sistema de classificação é tão complicado hoje. Quando não o conhecemos, é absolutamente impossível desvendá-lo.

A voz de Emparak ecoava pelos corredores baixos e escuros enquanto eles desciam, nível após nível, nas misteriosas profundezas do arquivo. Ali embaixo, apenas os corredores principais eram iluminados, e fracamente, de modo que o que se escondia nas sombras projetadas por armários, vitrines e os muitos espólios misteriosos era deixado para a imaginação. Em algum momento, Lamita havia agarrado a mão do arquivista e não a soltara mais.

— Segundo andar — disse Emparak depois de descerem outra das largas escadas de pedra. Ele apontou para um pequeno sinal discreto no qual o número estava pintado em uma forma antiga.

— Esse é o segundo nível de baixo para cima? — perguntou Lamita.

— Não. Não tem relação nenhuma. O arquivo foi ampliado, reconstruído, reformado e reorganizado inúmeras vezes. — Ele riu, zombeteiro. — Existem mais quatrocentos níveis abaixo de nós. Nenhum rebelde jamais chegou tão longe.

Eles vagaram por um corredor largo. Em uma placa que mostrava a letra L no formato que estava em uso durante o tempo do terceiro Imperador, eles viraram em um corredor lateral mais estreito e, em seguida, começaram uma caminhada por armários de arquivo e artefatos misteriosos, dispositivos e obras de arte que para Lamita pareciam intermináveis. Os numerais usados nas placas passaram por cem mil anos de desenvolvimento semiótico até eles chegarem ao número 967, numa grafia que estava em uso oitenta mil anos antes.

Emparak abriu um grande armário que tinha apenas uma porta. Ele puxou a porta o máximo que pôde e, em seguida, acendeu a luz do teto.

Um tapete de cabelo pendia do lado de dentro da porta do armário.

Lamita percebeu depois de um tempo que sua boca estava aberta e voltou a fechá-la.

— Finalmente — disse ela. — Então, o arquivo tem alguma coisa sobre tapetes de cabelo.

— O arquivo tem *tudo* sobre tapetes de cabelo.

— E você se calou sobre isso o tempo todo.

— Sim.

Lamita sentiu uma risadinha pateta borbulhando dentro dela como bolhas na água que finalmente está começando a ferver, e não conseguiu se conter. Jogou a cabeça para trás, e sua risada ecoou em todos os lugares. Através do véu de lágrimas, ela viu que Emparak a observava com um sorriso.

— Arquivista — bufou ela em uma tentativa fútil de soar severa quando respirou novamente —, o senhor vai me contar tudo o que sabe sobre este assunto de uma vez por todas. Caso contrário, vou amarrá-lo na cama e não vou soltá-lo até que me fale.

— Ah — disse Emparak. — Na verdade, eu estava prestes a lhe contar toda a história, mas agora você realmente me tentou a ficar em silêncio...

Ele puxou um grande mapa estelar embrulhado em papel resistente ao envelhecimento.

— Gheera já foi um reino pujante, cuja história, como é o caso de quase todos os antigos reinos da humanidade, está perdida na escuridão de eras primevas. Esse reino foi descoberto e atacado pelo décimo Imperador, o antecessor do último Imperador, por nenhuma outra razão senão o fato de que ele existia, e o Imperador queria governá-lo. Eclodiu uma guerra que durou muito tempo e fez muitas vítimas, na qual Gheera nunca teve realmente uma chance contra a marinha imperial e, por isso, foi derrotado.

Ele apontou para uma série de gravadores antigos de imagens.

— O rei de Gheera se chamava Pantap. Ele e o Imperador se encontraram pela primeira vez em Ghcerh, quando o reino foi derrotado. O Imperador exigiu de Pantap um gesto solene e público de submissão. — Emparak olhou para Lamita. — Quer levar o material lá para cima?

— Como? Ah, sim — assentiu ela. — Sim, claro.

Emparak desapareceu em um corredor próximo e retornou com um recipiente de arame leve e rolável. Ele colocou o mapa estelar e o dispositivo de imagens nele.

— Gheerh deve ter sido um mundo bonito e vivo naquela época — continuou ele, puxando uma pasta antiga. — Este relatório descreve Gheerh. Ele chama o planeta de joia do universo e elogia os inúmeros tesouros da arte, o modo de vida sábio dos habitantes e a beleza das paisagens.

Lamita pegou a pasta com cuidado e também a guardou no recipiente de arame.

— Sabia que o décimo Imperador foi careca a vida inteira? — perguntou Emparak.

Lamita ergueu as sobrancelhas com espanto.

— Então eu vi as fotos erradas.

— Ele tinha implantes, claro, mas eles precisavam ser substituídos a cada poucos meses porque seu corpo os rejeitava. Era uma reação alérgica que o perseguiu durante toda a sua longa vida, possivelmente relacionada ao seu tratamento de longevidade, ninguém sabe. O que sabemos é que ele sentia essa falha como uma vergonha, como um insulto do destino, que assim o privou da perfeição que almejava.

Lamita respirou ruidosamente.

— Ah! — disse ela, revelando que uma premonição fraca e indistinta das conexões surgia nela.

— Os espiões do rei Pantap descobriram esse ponto fraco do Imperador — continuou Emparak —, e Pantap, obviamente um homem raivoso e orgulhoso, por alguma razão inexplicável, achou sensato golpeá-lo com toda a sua força. Quando o Imperador chegou para aceitar a submissão, Pantap, que, aliás, gozava de um esplêndido crescimento de barba e cabelo, disse literalmente: "Seu poder pode ser tão grande que exige nossa submissão, mas não é grande o suficiente para fazer crescer cabelo em seu crânio, Imperador careca".

— Não me parece uma boa ideia.

— Não. Provavelmente foi a pior ideia que alguém já teve.

— O que aconteceu?

— O décimo Imperador era considerado irascível e vingativo. Ao ouvir isso, ficou furioso. Jurou a Pantap que ele se arrependeria de suas palavras como ninguém jamais havia se arrependido de uma insolência. Ele disse: "Meu poder é grande o suficiente para forçar todo este planeta a ser coberto com os cabelos de seus súditos, e vou forçar você a ver isso!".

Lamita olhou horrorizada para o velho arquivista. Sentiu que dentro dela um abismo se abria de repente.

— Isso significa que a história dos tapetes de cabelo... é uma história de *vingança*?
— Exato. Nada mais que isso.
Ela levou a mão à boca.
— Mas isso é loucura!
Emparak meneou a cabeça.
— É. Mas a verdadeira loucura é menos a ideia em si do que a implacável consistência com que foi posta em prática. Como de costume, o Imperador enviou seus sacerdotes para espalhar e impor o culto ao Imperador-Deus contra toda oposição, e os fez instalar o culto ao redor dos tapetes de cabelo ao mesmo tempo... todo o complicado sistema logístico, o sistema de castas, o sistema tributário e assim por diante. Das forças armadas remanescentes de Gheera foram recrutados os marinheiros que transportavam os tapetes de cabelo dos planetas individuais para Gheerh. O próprio Gheerh, todo o sistema solar, foi encerrado em uma bolha dimensional e, portanto, removido artificialmente do universo normal para tornar impossível qualquer fuga ou interferência externa. Tropas selecionadas e particularmente implacáveis bombardearam a cultura dos habitantes de Gheerh e a devolveram ao primitivismo para então começar sua campanha de extermínio dolorosamente lenta. Ao redor do palácio real, começaram a pavimentar o chão e a colocar os primeiros tapetes de cabelo.
— E o rei? — perguntou Lamita. — O que aconteceu com Pantap?
— A mando do Imperador, Pantap foi acorrentado ao trono e conectado a um sistema de suporte à vida que deve tê-lo mantido vivo por milhares de anos. O Imperador queria que Pantap assistisse impotente ao que ele estava fazendo com seu povo. Primeiro, Pantap provavelmente teve que assistir pela janela da sala do trono à capital sendo nivelada rua após rua e ao chão vazio sendo coberto com tapetes de cabelo. Em algum momento, as equipes começaram a filmar todas as suas atividades, suas extenuantes conquistas e seus trabalhos de construção e a transmiti-las por rádio para telas que haviam sido montadas na frente do rei indefeso.
Lamita ficou horrorizada.

— Isso significa que Pantap ainda pode estar vivo?

— Isso não pode ser descartado — admitiu o arquivista —, embora eu acredite que não, pois a tecnologia de suporte à vida não era tão avançada na época. De qualquer forma, o palácio ainda deve estar lá, em algum lugar em Gheerh, provavelmente no meio de uma área muito grande onde os primeiros tapetes de cabelo há muito se transformaram em pó. Aparentemente, a expedição a Gheera não o encontrou, caso contrário, teriam descoberto Pantap ou seus restos mortais.

A jovem historiadora fez que não com a cabeça.

— Isso precisa ser esclarecido. O Conselho precisa saber, tem que mandar alguém de novo... — Ela olhou para Emparak. — E tudo isso funcionou por muito tempo?

— O Imperador morreu logo após o sistema de tapetes de cabelo entrar em vigor. Seu sucessor, o décimo primeiro e último Imperador, só visitou Gheera brevemente uma vez. Algumas notas sugerem que ele ficou enojado, mas não conseguiu acabar com aquilo, provavelmente por lealdade aos Imperadores anteriores. Após seu retorno, ele apagou a província de todos os mapas estelares e de todos os armazenadores de dados e a deixou por conta própria. E, desde então, o maquinário está funcionando, milênio após milênio.

O silêncio caiu sobre o casal tão diverso.

— Então, essa é a história dos tapetes de cabelo — sussurrou Lamita, abalada.

Emparak fez que sim com a cabeça. Então, trancou o armário novamente.

Lamita olhou ao redor, ainda atordoada com o que tinha ouvido, e seu olhar vagou pelos corredores e cruzamentos, por inúmeros outros armários que se pareciam com aquele, sem parar, e não era possível enxergar o fim.

— Todos esses outros armários — perguntou ela, baixinho —, o que eles contêm?

O arquivista olhou para ela e, em seus olhos, brilhou o infinito.

— Outras histórias — respondeu ele.

EPÍLOGO

Nó a nó, sempre os mesmos movimentos das mãos, sempre os mesmos nós nos cabelos finos, tão finos e ínfimos, com as mãos apertadas e os olhos avermelhados, e ele mal conseguia perceber progresso, não importava o quanto se esforçasse e se apressasse. A cada hora acordado, ele se curvava sobre o tear, diante do qual seu pai já havia se sentado e, antes dele, seu avô, encurvado e tenso, a velha lente de aumento meio cega na frente dos olhos, os braços repousando no apoio de peito e a agulha de nó sendo conduzida apenas com a ponta dos dedos. Nó a nó, ele tramava com pressa febril, como um fugitivo lutando pela vida; suas costas doíam até a nuca, e atrás da testa havia uma dor de cabeça excruciante que pressionava seus olhos, de modo que às vezes ele não conseguia mais ver a agulha de nó. Tentava não ouvir os novos ruídos que enchiam a casa, as discussões altas e desafiadoras de suas esposas e filhas no andar de baixo, na cozinha, e especialmente a voz que vinha do aparelho que tinham montado lá, que continuava fazendo discursos blasfemos.

Passos pesados subiram as escadas até a sala do tear. Não podiam deixá-lo sozinho. Em vez de executar seus deveres naturais, ficavam sentadas o dia todo tagarelando aquelas palavras estúpidas de um *novo tempo*, e os visitantes continuavam chegando e participando daquela baboseira sem fim. Ele bufou e apertou o nó em que estava. Sem tirar a lente de aumento, pegou o próximo cabelo que havia colocado sobre uma almofada de tecido ao lado dele, bem penteado e cortado no comprimento correto.

— Ostvan...

Era Garliad. Ele cerrou os maxilares até os dentes doerem, mas não se virou.

— Ostvan, meu filho...

Furioso, ele arrancou da testa a faixa da velha lupa e se virou.

— Vocês não conseguem me deixar em paz? — gritou ele, seu rosto vermelho de raiva. — Vocês não conseguem *finalmente* me deixar em paz? Quanto tempo vocês vão continuar negligenciando seus deveres e interrompendo meu trabalho?

Garliad ficou ali com seus longos cabelos brancos como a neve e apenas olhou para ele. Aquele olhar carinhoso e compassivo em seus olhos claros o enfureceu.

— O que você quer? — questionou ele.

— Ostvan — disse ela com suavidade —, por que não para com isso de uma vez?

— Não comece com isso de novo! — berrou ele, afastando-se dela e mexendo na lente de aumento, mas sem voltá-la completamente à posição correta. Seus dedos pegaram a agulha de nó e o cabelo mais próximo.

— Ostvan, não faz sentido o que você está fazendo...

— Sou um tapeceiro de cabelo, como meu pai era um tapeceiro de cabelo, e o pai dele antes dele e assim por diante. O que posso fazer além de trançar tapetes de cabelo?

— Mas ninguém mais vai comprar seu tapete de cabelo. Não há mais mercadores de tapetes de cabelo. Os marinheiros imperiais não virão mais para cá. Tudo mudou agora.

— Mentira. Tudo mentira.

— Ostvan...

Aquele tom maternal na voz dela! Por que ela não ia embora? Por que não podia simplesmente voltar para a cozinha e deixá-lo sozinho, deixá-lo sozinho para fazer que tinha de fazer? Era seu dever, sua adoração, o significado de sua vida: um tapete para o palácio do Imperador... Ele deu o nó às pressas, de um jeito descuidado, nervoso. Teria de reabrir todos depois... depois, quando tivesse sua paz de espírito novamente.

— Ostvan, por favor! Não consigo mais ver isso.

A mandíbula dele doía de raiva.

— Você não vai me parar. Eu tenho uma dívida com meu pai. E vou pagar essa dívida!

Ele continuou trabalhando, febrilmente apressado, como se todo o enorme tapete tivesse de ser terminado naquele dia. Ele trançou nó após nó, sempre os mesmos movimentos das mãos, rápido, rápido, sempre os mesmos nós da maneira transmitida por milênios, finos e minúsculos, no tear rangente, seus braços trêmulos no apoio de peito gorduroso e arranhado.

Ela não foi embora. Apenas permaneceu onde estava. Ele conseguia sentir o olhar dela em suas costas como uma dor.

As mãos dele começaram a tremer, e ele teve de interromper seu trabalho. Não podia trabalhar assim. Não enquanto ela estivesse lá. Por que ela não ia embora? Ele não se virou, apenas segurou a agulha de nó e esperou. Sua respiração ficou pesada.

— Tenho uma dívida com meu pai e vou pagar essa dívida! — repetiu ele.

Ela ficou em silêncio.

— E... — acrescentou ele, mas se interrompeu.

Começou de novo:

— E...

Não falou mais nada. Havia um limite que não podia ser ultrapassado. Pegou um novo cabelo, tentou acertar o ilhó na ponta da agulha de nó com ele, mas suas mãos tremiam demais.

Ela não foi embora. Ficou ali, sem dizer nada, apenas esperando.

— Tenho uma dívida com meu pai. E... e tenho uma dívida com meu irmão! — Aquilo explodiu em uma voz como vidro se estilhaçando.

E aconteceu o que nunca deveria ter acontecido: sua mão escorregou com a agulha de nó, ela penetrou no tapete e rasgou o tecido da base; um rasgo do tamanho de uma mão, o trabalho de anos.

Então, finalmente, as lágrimas vieram.

SOBRE O AUTOR

ANDREAS ESCHBACH é um dos maiores e mais aclamados escritores de ficção científica da Alemanha. Ele escreve desde os doze anos, mas se formou em engenharia aeroespacial na Universidade de Stuttgart e mais tarde fundou sua própria empresa de consultoria de TI antes de se tornar escritor em tempo integral.

Com mais de vinte obras publicadas, elas rapidamente se tornaram best-sellers nacionais e conquistaram os mais prestigiosos prêmios da literatura alemã, como Kurd-Laßwitz-Preis e Deutscher Science Fiction Preis.

Os tapeceiros de cabelo, seu primeiro livro, além do destaque em seu país de origem, conquistou aclamação internacional ao vencer o Prix Bob Morane e o Grand Prix de l'Imaginaire como melhor romance de língua estrangeira. Atualmente, Andreas vive com sua esposa na Bretanha, França.

ESTA OBRA FOI COMPOSTA EM CASLON PRO E IMPRESSA
EM PÓLEN NATURAL 70g COM REVESTIMENTO DE CAPA
EM COUCHÉ BRILHO 150g PELA GRÁFICA IPSIS PARA A
EDITORA MORRO BRANCO EM SETEMBRO DE 2022